KB252042

이상문학상 작품집

1983년도 이상문학상 작품집
제7회 대상 수상작 서영은 〈먼 그대〉 외 5편

1983년도 제7회 이상문학상 작품집

먼 그대 외

문학사상사

제7회 이상문학상 대상 수상작 선정 이유서

오늘날의 소설은 날이 갈수록 더욱 광대한 현실의 장場을 그것의 영토 속으로 편입시키고자 한다. 현대 소설은 단순히 현실을 파악하고 반영하는 데 그치지 않고 한 걸음 나아가 현실을 지배하고 현실 그 자체가 되고자 하는 야심을 드러내 보인다. 서영은의 〈먼 그대〉는 그와는 전혀 다른 지평에서 온 것이다. 이 작품은 현실에서 단순화된 몇 가지 재료들을 빌려 오지만 그 조형 방식은 소설의 가장 원초적 형식인 우화에서 찾고 있다. 그 우화적인 틀과 상징적 문체는 인간의 마음 깊은 곳에 잠재하고 있는 욕망의 원형을 비춰 보이기 때문에 뜻밖의 미적 감동을 불러일으킨다.

제7회 이상문학상은 현대 소설이기 전에 가장 단순하고 가장 영원한 소설 장르의 독창적인 구현으로서 서영은의 작품 〈먼 그대〉를 선정한다.

1983년 10월

이상문학상 심사위원회

백철 · 김동리 · 최정희 · 김윤식 · 김화영

차 례

각 심사위원들의 중점적 심사평

대·상·수·상·작

먼 그대

서영은

1943년 강원도 강릉 출생.
1968년 《사상계》에 〈고橋〉 당선.
1969년 《월간문학》에 〈나와 나〉 당선.
소설집 《사막을 건너는 법》《살과 뼈의 축제》《사다리가 놓인 창》 등.
장편소설 《그녀의 여자》 등.
연암문학상 수상.

먼 그대

먼지 낀 유리창 너머로 바람이 세차게 몰아치고 있는 거리를 차분히 내다보며, 문자는 장갑을 한쪽 또 한쪽 끼었다.

빨 때마다 오그라들고 털이 뭉쳐 작아질 대로 작아졌기 때문에 그녀는 장갑 낀 손가락 새새를 꼭꼭 눌러 주어야 했다. 몇 년 전 이미 한 차례 유행이 지나간 알록달록한 털장갑을 여태 끼고 다니는 사람은 그녀 주위에 아무도 없었다. 장갑만 구식인 건 아니었다. 소매 끝이 날깃날깃 닳아 빠진 외투며, 여름도 겨울도 없이 신어 온 쫄쫄이식 단화, 통은 넓고 기장은 짧아 발목이 껑뚱해 보이는 쥐똥색 바지, 보푸라기가 한 켜나 앉은 투박한 양말, 서랍에서 꺼내어 얼찐거릴 때마다 반찬 내를 물씬 풍기는 가방 등, 몸에 걸치고 지닌 것마다 구멍만 뚫리지 않았다 뿐이었다.

문자의 이런 차림새는 사십 고개를 바라보도록 노처녀로 알려진 그녀의 입장을 더한층 측은해 보이게 했다. 아동 도서를 간행하는 H출판사에서 문자는 영업부 편집부 통틀어 최고참이었다. 입사 이래 현재까지 그녀는 줄곧 교정 일만 보아 왔다.

편집부 정원은 부장을 포함해서 일곱이었다. 그사이 문자만 제외하고 자리마다 얼굴이 수없이 바뀌었다. 대학을 갓 졸업한 축일수록 반년도 못 채우고 떠나갔다. 출근 첫날부터 의자가 기우뚱거린다, 화장실이 더럽다, 층계가 가파르다 등등의 불만이 하나씩 쌓여 가다가 나중엔 말끝마다 "이놈의 데 얼른 떠나야지, 더러워서 못해 먹겠어" 하고 군시렁거렸다 하면 견뎌야 한두 달이 고작이었다.

문자는 그런 나이 어린 동료들로부터 노골적으로 따돌림을 받았다. 그네들로서는, 가르마에 새치가 희끗희끗하도록 무엇 하나 이룩해 놓은 것 없이, 한평생 있어 봐야 별 볼일 없는 출판사에, 그것도 말석에서만 십 년을 보낸 노처녀 동료가 있다는 그 자체가 자존심 상하는 일이었다.

그네들의 눈엔, 문자가 교정지를 앞에 하고 등을 쭈그리고 있을 때는, 그녀의 등 뒤에만 보이지 않는, 유난히 시린 바람이 회오리치고 있는 듯이 여겨질 때가 많았다. 그리고 그녀의 턱 언저리는 늘상 소름이 돋아 까실까실한 것같이 보였다.

점심시간에 다들 우르르 몰려 나가 곰탕 한 그릇씩 먹고, 다방에 들러 커피까지 마신 뒤 사무실로 돌아와 보면, 두 손으로 뜨거운 보리차 컵을 감싸 쥔 문자가 그네들을 맞았다. 그네들은 문자가 측은하다 못해 마음이 언짢아져, 어쩌다 그녀 쪽에서 말을 건네 오면 심히 퉁명스럽게 내쏘았다.

그렇더라도 문자는 한 번도 기분 나쁜 표정을 드러내는 일이 없었다. 나이 어린 부장으로부터 이따금 민망할 정도로 면박을 받아도 늘 다소 곳이 받아들였다. 동료간에 그런 것처럼 사내 규칙에 대해서도 그녀는 한 마디 불평 없이 성실하게 지켰다. 다른 동료들이 입 모아 사장을 험구하고, 시설이나 월급에 대해서 불평을 늘어놓아도 그녀만은 잠자코 듣고만 있었다.

그런 그녀를 두고, 나이 어린 동료들은 문자가 밥줄이 떨어질까 봐 두려워해서 몸을 사리는 줄로 알았다. 그네들은 문자가 주눅 들고 처량해 보일 때마다 남몰래 자기 자신에게 다짐하곤 했다.

"나도 저렇게 될까 무섭다. 얼른 여기를 떠야지."

문자는 이제 창문으로부터 돌아섰다. 퇴근 시간이 이십여 분이나 지났음에도 다른 동료들은 자리에 앉은 채 노닥거리고만 있었다. 퇴근 시간이 임박해지자 한참 전화가 오고 가고 하더니 저마다 약속이 된 모양이었다.

문자는 가방을 집어 들고 부장 쪽으로 다가갔다. 그가 다른 동료랑 하던 얘기를 끝낼 때까지 기다린 끝에 먼저 가겠다는 인사말을 남기고 사무실에서 나왔다.

계단을 서너 개 내려오노라니, 안에서 미스 최의 조심성 없는 목소리가 그녀에게까지 들려왔다.

"참 안됐어요. 토요일인데도 전화 한 통 걸려 오지 않구."

"집으로 가 봤자 반겨 주는 사람도 없을 테구."

"어머, 왜요? 결혼은 안 했더라도 가족은 있을 거 아네요?"

"이런, 한 사무실에서 너무들 하시군. 같은 여자끼린데 신상 파악은 하고 있어야지."

"본인이 가르쳐 주지도 않는데 어떻게 알아요?"

"하긴 나도 몇 다리 건너 들은 소리지만, 부모는 일찍 돌아가시고 오빠가 한 분 있었는데 수년 전에 이민 가고 그때부터 내내 혼자 처지인가 봐. 고생도 무지무지하게 하고. 지금까지도 용두동인지 어디에 세 들어 있는 방 전세금이 전부라나 봐."

"이상하다? 옷도 안 해 입고, 도시락도 꼭꼭 싸오겠다, 그만큼 알뜰하게 십 년이나 직장 생활을 한 사람이 어째서 그 정도밖에 못 모았을까."

"이상하구 자시구, 남에게 신경 쓸 거 없이 미스 최나 뜸들이지 말고 대걱 면사포 쓰라구."

문자는 그네들이 혹시나 이쪽에서 들었다는 것을 알고 무안해할까 봐 나머지 계단은 소리를 죽여 살금살금 내려왔다.

길에 나서니 바람이 생각보다 매웠다. 언제나 좁은 골목에 한두 대쯤은 정차하고 있어 행인을 불편하게 하던 승용차들도 보이지 않았다. 길 양쪽으로 즐비한 밥집의 문전도 평일 같으면 드나드는 사람들로 한창 북적댈 시간이었으나 한산하기만 했다. 어느 집 추녀의 못이 삭았는지 함석 귀가 들려 널뛰듯 덜컹거리는 소리만 자못 바람의 기세를 짐작게 했다.

그녀는 목덜미가 선득거리자 외투 깃을 올렸다. 회사 앞 골목을 빠져나오며 그녀는 생각했다.

내 인생이 남 보기에 그렇게 안되어 보일 만큼 실패한 걸까?

그러자 괜히 웃음이 터져 나올 것 같아 입술을 지그시 깨물었다. 자기가 동료들과 세상 사람들을 멋지게 속여 넘기고 있는 듯한 기분이 들었기 때문이다. 물론 그녀가 세상 사람들 앞에 은닉하고 있는 것은 남루한 옷차림의 이 도령이 도포 속에 감춰 가지고 있던 마패 같은 것은 아니었다. 또는 텔레비전이나 영화에서 가난한 여주인공이었던 여자가 알고 보니 무슨 재벌 총수의 딸이더란 식의 돈 많고 지위 높은 아버지를 감춰 두어서도 아니었다. 글쎄, 그녀로선 남들이 눈치 채지 못하는 자기 맘속의 어떤 그윽하고 힘찬 상태, 그걸 뭐라 해야 할지 알 수 없었다.

문자로선 유행의 흐름이란 데 따라 바지통이 넓어지든 좁아지든, 외투 길이가 짧아지든 길어지든, 또 동료들이 자기를 미스라 부르든 선생이라 부르든, 의자가 기우뚱거리든, 사장이 잔소리가 많든 적든, 그런 것은 정말 아무래도 좋은 일로 여겨졌다.

언젠가 자칭 '교정 박사'라는 비교적 나이 든 한 여자가 새로 입사했다. 그녀는 출근한 지 열흘도 못 되어 옆자리의 남자 직원이 자기를 선생이라 부르지 않고 미스라 부른다고 대판 싸운 끝에 이튿날 사표를 집어 던졌다. 문자는 삿대질을 하며 악악거리는 그녀를 멀거니 신기한 듯이 쳐다보며 이렇게 생각했다.

'남들이 자기를 뭐라 부르든 그게 무슨 큰 대수로운 일이라고.'

도로 자기의 교정지 위로 고개를 떨군 문자는 턱을 깊숙이 감춘 채 혼자 빙그레 미소 지었다.

타인의 눈에 자기가 형편없이 초라하게 비치어 있는 것을 의식할 때도 그녀는 잠자코 맘속으로만 이렇게 생각했다. '그래 불쌍해 보여도 좋고, 초라해 보여도 좋다. 너희 맘대로 생각해라.'

또 어떤 날은 출근해서 서랍을 열어 보면 쓸 만한 사무용품들이 다 없어지고 몽당연필 하나와 볼펜 껍질만 소롯이 남아 있는 경우도 있었다. 그때도 그녀는 몽당연필 하나만으로 견디든가 자기 돈으로 다른 볼펜을 사 오면 사 왔지 절대로 내색하지 않았다. 그녀는 속으로만 이렇게 생각했다. '그래 좋다. 내게서 필요한 것이 있으면 다 가져가라.'

다른 회사로 옮겨 가 부장이 된 옛 동료가 봉급을 더 많이 주겠다는 조건으로 몇 차례나 그녀를 끌어 가려 했을 때도 문자는 한사코 거절했다. '몇 푼 더 받겠다고 이리저리 철새처럼 옮겨 다닐 사람은 다니라

지. 하지만 난 그깟 몇 푼 없어도 살 수 있어.'

일요일이나 공휴일에 일직을 하는 거며, 그 밖의 사내社內 궂은일들을 모두 슬그머니 그녀 앞으로 미뤄 놓고 달아날 때도 마찬가지였다. '좋다. 그까짓 얼음물에 청소 좀 한다고 손이 떨어져 나가는 건 아니니까, 뺄 사람은 빠라지.'

물론 이보다 몇 배나 불리하고 괴로운 일을 당한 경우도 마찬가지였다. 그녀는 자기에게 지워진 어떤 가혹한 짐에 대해서도 결코 화를 내거나 탄식하지 않았고, 피하지도 않았다. 그녀의 억센 정신은 아직도 얼마든지 무거운 짐을 짊어질 수 있다는 듯이, 항시 무릎을 꿇고 있었다.

하지만 H출판사 직원들이나 주위 사람들이 보기에 문자는 그저 '죽은 듯이 가만히 있는 사람'으로만 보였다. 그네들은 아무도 문자의 그런 침묵이 '어떤 상황, 어떤 조건 아래서도 나는 살아갈 수 있다'는 절대 긍정적 자신감에서 기인된다는 것을 몰랐다. 더욱이 그 자신감이, 자신들의 키를 훨씬 넘어 아주 높은 곳에 있는 어떤 존재와 겨루면서 몇만 리나 되는 고독의 길을 홀로 걸어오는 동안 생겨난 것이리라고는 꿈에도 몰랐다.

아무리 그렇더라도 남에게 아쉬운 소리를 하는 일만큼은 문자로서도 너무도 곤욕스러웠다. 정말 저녁때까지는 무슨 일이 있어도 이십만 원을 구해야 했다.

짓눌린 듯 무거운 맘으로 문자는 공중전화를 바라보며 걸었다. 한 청년이 전화에 매달려 통화를 하고 있었다. 그의 높은 웃음소리가 그곳서 꽤 떨어진 문자에게까지 들려왔다. 며칠 전 통화했을 때 이모는 분명히 확실한 어조로 잘라 말했다. 그러나 이제 다급해진 문자는 다시 한 번 더 이모에게밖에 매달릴 데가 없었다. 그녀의 사정을 가장 잘 알고, 이따금 급할 때마다 돈을 변통해 왔던 친구에겐 아직 갚지 못한 빚이 있어 더 이상 매달려 볼 염치가 없었다.

청년의 통화는 한정 없이 늘어질 듯했다. 상대쪽에서는 빨리 오라고 조르는 모양이었고, 이쪽에서는 WBC 타이틀 매치 위성 중계를 놓칠까 봐 지금은 안 되겠다는 내용이었다.

청년의 등 뒤에 서서 시린 발을 동동거리며 문자는 건너 빌딩의 높은 꼭대기 위로 빠른 물살처럼 흘러가는 음산한 구름을 초조하게 바라보았다. 바람은 쉬이 잘 것 같지 않았다. 청년은 자기주장대로 관철된 것이 흡족한 듯 담배를 한 대 피워 물고서야 공중전화 앞을 떠났다.

문자는 아직도 청년의 미적지근한 체온이 배어 있는 수화기를 집어 들었다.

"이모, 전화 또 했어요."

그 이상 할 말은 없었다. 찍찍거리는 잡음만 한동안 계속되었다. 이윽고 이모 쪽에서 "쯧쯧" 하고 약간 짜증스럽게 혀를 찼다.

"하여간 얼굴이나 좀 보자."

눈물이 핑 돌아 앞이 흐릿한데도 문자는 기를 쓰고 그래야 하는 듯이 누군가 전화 받침대에다 그려 논 낙서를 손톱으로 지우고 또 지웠다.

매달 얼마씩 가져가는 것 이외에 이따금 한수가 적지 않은 목돈을 요구해 오는 데 대해서 문자는 한 번도 그 이유를 묻지 않았다. 오히려 돈을 받아 넣으면서 불안해진 한수가 제풀에 화를 내곤 했다.

"젠장, 내가 뭐 이러고 싶어서 그러는 줄 알아. 두고 보라구."

그는 항시 이번만은 틀림없다고 전제하면서, 광산에 자금을 투자해 줄지도 모르는 유력한 자본주를 만나는 데 급히 필요하다고 했다. 문자에겐 그의 말의 진부는 아무래도 상관없었다. 옥조를 그가 데리고 있는 이상, 그를 도와줌으로써 옥조에게도 간접적으로 도움이 될 거라 여겨지기 때문이었다.

설사 그가 집에는 한 푼도 들여놓지 않고 예전의 씀씀이대로 그것을 하룻밤 술값으로 날려 버린다 하더라도, 역시 상관없었다. 문자는 이제 그런 일 때문에 더 이상 마음 상하지 않았다. 한수는 그녀에게 천 개의 흉터를 내었을 뿐, 그녀가 그 흉터를 스스로 딛고 일어선 지금에 이르러서 그는 이미 그녀의 맘속으로부터 지나가 버린 그 무엇이었다. 그가 무자비한 칼처럼 그녀에게 낸 상처 하나하나를 딛고 일어설 때마다, 문자의 정신은 마치 짐을 얹고 또 얹고 그러는 동안 자기 속에서 그 짐을 이기는 영원한 힘을 이끌어 낸 불사不死의 낙타 같았다.

그러나 한수는 문자의 주위 사람들이나 마찬가지로 그런 사실을 조금도 눈치 채지 못했다. 그는 바보스러울 만큼 착하다고 여겨지던 그녀가 딱 한 번 '무서운 여자다' 하고 생각된 때가 있었다. 왜 그렇게 생각되었는지 그 이유는 그 자신도 확실히 알지 못했다.

문자가 옥조를 낳은 지 한 달도 못 되어서였다. 그는 아내의 등을 떠밀어서 문자로부터 옥조를 빼앗아 오게 했다. 아내와의 사이에 일남 일녀를 둔 그가 새삼스레 그 자식이 탐났을 리는 없었다. 그는 옥조를 데려옴으로 해서, 문자를 영원히 자기 곁에 붙잡아 둘 수 있으리라고 계산했다.

데려온 핏덩이를 내려놓으면서 그의 아내가 상기된 얼굴로 말했다.

"세상에, 얼마나 변변치 않은 년이었으면 집안을 그 꼴로 해 놓고 산단 말이우. 미리 겁부터 줄려고 뭘 좀 때려부술까 해도 눈에 띄는 게 있어야지. 없다 없다 해도 손바닥만 한 경대조차 없는 여편네는 내 생전 처음이라니까."

한수의 아내는 말은 그렇게 했지만, 기실은 문자의 살림이란 게 캐비닛 하나뿐임을 보고 속으로 적이 안심했었다. 아무것도 없이 산다고 늘상 남편으로부터 들어온 터이긴 해도 그녀는 설마 했었다. 왜냐하면 남편이 광업소 소장으로 있었을 무렵, 봉투나 값진 선물을 가지고 찾아오는 업자들이 문턱에 줄을 이었던 만큼, 그가 마음만 먹는다면 그쪽으로 얼마든지 빼돌릴 수도 있었기 때문이다.

그래서 한수의 아내는 남편 덕으로 뜻하지 않은 밍크나 악어 백이나 보석 같은 것을 몸에 휘감게 될 때마다, 혹시 그년이 나보다 더 좋은 걸 갖고 있는 게 아닐까, 하는 의구심이 치밀어 올라 남편 속을 슬그머니 떠보곤 했다. 그러다 한수는 광업소를 그만둔 뒤 자영自營해 보겠다고 중석 광산을 하나 사들였다. 그리곤 지녔던 동 · 부동산은 물론, 집이며 선산까지 팔아 광산에 집어넣었다. 끼닛거리가 없어 자신에게 남은 마지막 보석 반지까지 팔아야 했을 때 한수 아내는, 나만 이렇게 빈털터리가 되는 게 아닐까, 그년은 여전히 몸에다 보석을 휘감고 있는데 나만 거지꼴이 되는 게 아닐까 싶어 새삼스레 속이 지글지글 끓었다.

올케에게서 빌린 밍크와 악어 백으로 치장하고, 용두동 개천가의 개구멍만 한 쪽문을 밀고 들어서, 한달음에 문자의 살림속을 읽고 난 그녀는 그동안 공연히 가슴을 태웠다 생각하니 우습고 허전했다. 남편이 가져다주었음 직한 것은 정말 아무것도 눈에 띄지 않았다. 한때 방방마다 놓아 두었던 그 흔한 텔레비전 한 대도 없고 보면, 남편의 그녀에 대한 사랑이란 건 대수롭지 않은 게 분명했다.

그러나 한수의 아내는 애엄마가 순순히 아기를 내놓더냐고 남편이 물어보자 매처럼 사납게 눈을 부릅떴다. "순순히 안 내놓음, 지년이 별수 있어요? 호적에도 못 오른 년이 새끼를 낳아 놓고 할 말 하겠다고 들면 그게 되려 뻔뻔스럽지. 어쨌든 눈물 한 방울 안 흘리고 새끼만 잠자코 들여다보더니 딱 한 마디 합디다. 아기가 한밤중에 깨어서 우는 습관이 있으니 그럴 때는 숟갈로 보리차를 몇 모금 떠 먹이라나 어쩌라나."

한수는 그 얘기를 듣는 순간 아내에겐 들리지 않게 "하여간 맹추라니까. 제 속으로 난 자식인데 그렇게 맥없이 뺏겨?" 하고 중얼거리다가 단단한 쇠꼬챙이에 명치를 치받친 듯 입을 다물었다. 갑자기 그 소리 없는 조용함이 간담을 서늘하게 하는 그 무엇으로 그의 가슴에 와 닿았던 것이다.

한수가 십 년 전 처음 문자의 자취방으로 드나들기 시작했을 때는 한겨울이었다. 유난히도 눈이 잦았던 그해 겨울을 문자는 거의 지붕 위에서 살다시피 보냈다. 눈이 쌓인 채로 놔두면 그 물이 언제까지나 콘크리트 천장으로 스며들어 곳곳에서 낙수가 지곤 했다. 오르내릴 사닥다리도 변변치 않았고 고압선이 길게 늘어져 있어 위험하기 짝이 없는데도, 문자는 부삽을 들고 날개가 달린 듯 지붕으로 오르내렸다. 식당을 한다는 주인집 내외가 비죽이 웃으며 대청마루에 선 채 구경 삼아 쳐다보고 있거나 말거나, 그녀는 빨갛게 상기된 얼굴로 마치 춤추듯 가볍게 눈을 퍼서 지붕 아래로 집어 던졌다. 어쩌다 지나가던 행인이 흙탕물이 튀었다고 화를 내면, 날듯 뛰어내려 그의 바짓가랑이를 털어 주며 만족할 때까지 몇 번이나 사과하고 나서 또다시 지붕으로 올라가곤 했다.

또한, 헛간이나 다름없는 문자의 부엌에는 수도가 없었기 때문에 안집 마당에 있는 수도에서 일일이 물을 길어다 먹었다. 안집 마당으로 가자면 부엌 뒷문으로 나가서 높고 가파른 계단을 내려가야 했다. 이전에 세든 사람들에겐, 그 계단이 죽지 못해 오르내리는 굴욕의 사다리로 여겨졌었다. 그 가난한 여인들은 자신의 양손에 물 바께쓰를 들고 낑낑거리며 계단을 오르는데, 주인집 여자가 비죽이 웃으며 자기의 뒷모습을 주시하는 것이 무엇보다 싫었다.

그러나 똑같은 방을 빌려 사는 처지면서도 문자는 그녀들과 전혀 달랐다. 그녀가 뒷문 앞에 나타날 때 보면, 무슨 좋은 일을 하다가 중단하고 나온 것처럼 항시 두 뺨이 발그레했다. 때로 그녀는 양손에 바께쓰를 든 것도 잊고 층계참에 서서 한참 동안씩 하늘을 쳐다보곤 했다. 그러고 난 뒤엔 두 뺨에 발그레한 빛이 안에서 불을 켠 것처럼 더욱 짙어졌다. 그녀가 계단을 내려오는 모습은 마치 몸속에 깃들어 있는 싱싱한 생명의 탄력이 음계를 밟고 있는 듯이 보였다.

그래서, 그 계단은, 그 위에 있는 아주 신비롭고 아름다운 세계를 그녀 혼자만 누리기 위해 외부로 나타난 부분을 일부러 조악粗惡하게 꾸며 논 것같이 보였다.

주인집과 그 집에 세 들어 사는 여느 식구들은 문자가 새벽같이 층계참에 나와 매운 연기를 마셔 가면서도 연탄 화덕에다 신나게 부채질을 활락활락 해 대며 때로는 콧노래까지 흥얼거리는 광경을 종종 볼 수 있었다. 그도 그럴 것이 그 부엌의 아궁이에선 물이 솟았기 때문이다.

아궁이뿐만 아니라, 지붕이며 방고래를 고쳐 달랄 만한데도 문자가 혼자 힘으로 잘 참아 나가자, 주인집은 고마워하기는커녕 오히려 그녀에게 물세 불세까지도 터무니없이 물리었다. 그래도 문자는 한 마디도 따지지 않고 달라는 대로 선선히 내주었다. 마치 큰 여유가 있어 그만한 일은 불문에 붙이는 것처럼.

때문에 한 집에 세 들어 사는 여인들은 문자의 살림 형편이 겉보기보다는 훨씬 알심 있을 거라고 추측했다. 어느 날 그녀들은 자기들끼리 짜고 불시에 문자를 찾아갔다. 방 안을 찬찬히 둘러본즉, 물이 스며든 천장은 페인트 칠이 일어나 너덜거렸고, 녹슨 손잡이가 달린 캐비닛 이외에 이렇다 할 세간이라곤 아무것도 없었다. 그녀들로서는 문자의 두 뺨에 서린 발그레한 홍조와 노래를 몸에 휘감고 있는 듯한 그 발랄한 생기가 어디에서 연유하는지 더욱 몰라졌다. 그녀들은 문자가 수돗가에 나왔다가 떠나고 난 뒤에, 향기 좋은 꽃으로 가슴을 꾹 눌렀다가 뗀 것 같은 그 느낌을 어떻게 설명해야 할지 알 수 없었기 때문에, 그중 누가 엄지손가락으로 돌았다는 시늉을 해보이면 거기에 전적으로 동의하는 듯 폭소를 터뜨렸다.

그녀들이 이미 확인한 바와 같이 문자는 남다른 무엇을 소유했던 게 아니었다. 그녀로선 무엇을 하든 그 일을 하면서 사랑하는 사람을 생각한 것뿐이었다. 콩나물을 다듬든, 연탄불을 피우든, 지붕 위의 눈을 치우든 그를 생각하노라면 어딘가 높은 곳에 등불을 걸어 둔 것처럼 마음 구석구석이 따스해지고, 밝아 오는 것을 느꼈다. 그 따스함과 밝은 빛이 몸 밖으로 스며 나가 뺨을 물들이고, 살에 생기가 넘치게 하는 것을 그녀 자신은 오히려 깨닫지 못했다.

한수가 그녀에게 오는 것은 단지 일요일 밤뿐이었지만, 그는 항시 그녀의 시렁 위에 걸려 있는 등불이나 다름없었다. 시장에서 물건을 깎다가도 그녀는 '그가 만약 이 사실을 안다면' 하고 깎는 일을 그만두었고, 남과 다툴 뻔하다가도 그를 떠올리면 분노가 촉촉하게 가라앉았다.

이렇게 해서 월요일, 화요일……토요일을 보내는 사이에 그는 그녀의 존재 자체를 조금씩 연금鍊金시켜, 이윽고 일요일이 되었을 땐 그녀의 손길이 닿기만 해도 닿는 것은 무엇이든지 금빛 물이 들었다.

문자는 그가 미처 문을 두드리기도 전에 이미 그의 발걸음 소리를 알아듣고 미리 나가서 그를 맞아들였다. 그녀가 그의 옷을 벗기면 그 옷이 금빛으로 물들었고, 양말을 벗기면 양말이 그러했다. 뜨거운 물이 담긴 대야를 가져와 그의 발을 씻기면 그 발 역시 금빛이 났다.

그녀가 그를 위해 마련한 저녁상은, 가난한 자가 일주일 내내 거친 솔과 젖은 걸레로 마룻바닥을 힘들여 닦아서 번 돈으로 성전聖殿 앞에 켤 양초를 사는 것같이 마련된 것이었다.

한수는 그녀가 살코기를 집어 줄 때마다 입을 딱 벌려 받아먹기만 할 뿐, 자기도 그녀의 입에 그 고기를 먹여 주려는 생각은 한 번도 해 보지 않았다. 한수의 마음은 무디고 이기적이어서 온 방 안에 가득 찬 금빛을 보지 못했고, 가만히 있어도 그 침묵이 노래임을 알지 못했다. 심지어는 그녀의 몸을 만지면서도 잘 익은 과육에서 나는 것과 같은 향기가 자기 손가락에 묻어나는 것도 몰랐다.

그는 마치 돈 없는 주정뱅이가 어쩌다가 값싼 술집을 발견하고도 긴가민가하여 자꾸 주머니 속의 가진 돈을 헤아려 보듯이 문자가 과연 자기가 줄 수 있는 것만으로도 만족하고 자기와 살아 줄 것인지를 알고자 끊임없이 탐색의 눈초리를 번득였다. 그는 이미 아내와 자식들이 있었으므로, 그가 문자와 더불어 지낼 수 있는 시간은 그가 빼어내도 그의 아내가 눈치 채지 못할 만큼의 시간에 한정되어 있었다. 그는 또한 여당 소속 국회의원의 비서라는 그럴싸한 직업을 가지고 있었지만 수입은 보잘것없었다. 그래서 그는 문자에게 생활비 같은 것을 보태 줄 처지가 못 되었다.

그는 문자로부터 어떤 요구도 받은 적이 없으면서, 항시 이 여자가 내가 줄 수 있는 한도 밖의 것을 요구해 오면 어쩌나 하고 불안해했다. 그는 문자가 화장도 하지 않고, 모양도 내지 않고, 집 안에 값나가는 물건을 사 놓으려 하지도 않는 걸로 봐서, 욕심 없는 성격이라는 것을 간파했으면서도 여전히 경계를 게을리 하지 않았다.

그러던 차에 그가 모시고 있던 K의원이 장관으로 발탁되었고, 그의 도움으로 광산과 출신의 한수는 반관반민의 동동광업소 소장으로 임명되었다.

그의 수입은 이제 문자에게 정식으로 딴살림을 시킬 수 있을 만큼 풍족해졌다. 그는 멋진 새 집을 사서 이사를 했고, 그의 아내와 자식들은 좋은 옷을 입었고, 가만히 앉아 심부름하는 사람들의 시중을 받았고,

과일과 케이크는 미처 먹지 못해 곰팡이가 필 정도로 지천이었다.

그럼에도 그는 문자에겐 아무것도 나누어 주지 않았다. 사과 하나, 귤 하나도, 이따금 그는 문자에게 가져가려고 무심히 과일 바구니 하나를 집어 들었다가도 도로 내려놓았다. 일단 그녀에게 무엇을 주기 시작하면, 혹시나 끝없이 요구의 손길을 뻗쳐 오지 않을까 겁이 났다.

문자는 여전히 그에게 아무것도 요구하지 않았다. 주인집에서 방값을 올리자 그녀는 자기 힘으로 구해 보다가 끝내는 방을 옮겼다. 그사이 물가가 많이 올라서 문자가 그에게 예전과 같은 저녁상을 차려 내기 위해서는 자기가 일주일 살 몫에서 더 많이 쪼개 내야 했다. 그녀는 버스를 두 번 타는 대신 한 번만 타고 나머지는 걸었다. 그리고 점심도 라면으로 때웠다.

반대로 한수의 몸에서는 날이 갈수록 기름이 번지르르하게 흘렀다. 그는 매번 올 때마다 구두를 갈아 신었고, 와이셔츠와 넥타이와 커프스 버튼과 내의까지도 달라졌다. 양복도 가지각색으로 늘어났다.

어느 날 문자는 시계를 보고 자리에서 일어나는 그의 내의 자락을 뒤에서 꽉 움켜쥐며 "가지 말아요. 오늘 밤만은 함께 있어 줘요" 하고 등에 얼굴을 묻었다. 그러나 이내 잡은 옷자락을 맥없이 놓아주는 순간, 울컥 울음이 넘어오는 것을 간신히 참았다. 예전에는 문자의 손길이 닿는 것마다 금빛으로 물들었던 것이 이제는 그녀의 가슴을 미어지게 할 때가 많았다. 그녀는 그에게 옷을 입혀 주려고 옷걸이에서 양복을 걷어내다 그 속주머니에 찔려진 두툼한 돈 뭉치를 보고도 목이 메었고, 보자기에 싸서 아랫목에 묻어 두었던 그의 구두를 꺼내다가 밑창에 새겨진 고급 상표를 보고도 가슴이 미어졌다.

그녀의 맘속에서는 끝없는 해일海溢이 일고, 번개가 치고, 폭풍이 몰아치는 종말 같은 나날이 계속되었다. 아무도 없는 강가나 깊은 산속에 가서 목 놓아 울고만 싶은 슬픔이 그녀의 두 뺨에서 발그레한 홍조를 차츰차츰 스러지게 했다.

또다시 집값이 올라 하루 종일 방을 구하러 다니다 돌아오던 길에, 문자는 소주 두 병을 샀다. 안주도 없이 단숨에 소주 두 병을 비우고 나서 그녀는 의식을 잃었다. 눈을 떴을 때 그녀는 자기가 눈부신 아침 햇살과 끈적거리는 오물 속에 누워 있음을 발견했다.

새로이 눈물이 괴어 올라 눈앞이 어룽졌다. 그녀는 이를 악물었다. 그때 그녀 속에서 낙타 한 마리가 벌떡 몸을 일으켜 세우며 외쳤다.

"고통이여, 어서 나를 찔러라. 너의 무자비한 칼날이 나를 갈가리 찢어도 나는 산다. 다리로 설 수 없으면 몸통으로라도, 몸통이 없으면 모가지만으로라도, 지금보다 더한 고통 속에 나를 세워 놓더라도 나는 결코 항복하지 않을 거야. 그가 나에게 준 고통을 나는 철저히 그를 사랑함으로써 복수할 테다. 나는 어디도 가지 않고 이 한자리에서 주어진 그대로를 가지고도 살 수 있다는 것을 보여 줄 테야. 그래, 그에게뿐만 아니라, 내게 이런 운명을 마련해 놓고 내가 못 견디어 신음하면 자비를 베풀려고 기다리고 있는 신神에게도 나는 멋지게 복수할 거야!"

회사에도 못 나가고 그녀는 이틀을 꼬박 누워 앓았다. 그 이튿날은 일요일이었다. 문자는 일어나서 아무런 일도 없었던 것같이 그를 맞기 위해 목욕을 하고, 시장에 다녀와서 은행알을 깠다.

그날 저녁 그의 넥타이를 받아 옷걸이에 걸다가 문자는 그것에 꽂혀 있는 진주 넥타이핀을 발견했다. 그러나 그녀의 가슴은 이전처럼 미어지지 않았다. 마침내 그녀의 맘속으로부터 그가 가진 모든 것이 무관해졌던 것이다. 그가 누리는 모든 것이 그녀와 무관해졌다.

문자는 오로지 곁에서 담담한 맘으로 지켜볼 뿐이었다. 그의 끝없는 욕망이 그의 집 문전에 줄을 잇는 업자들의 선물 상자와 돈 봉투를 딛고 자꾸자꾸 높아지는 것을.

어느 날 새벽에 라디오와 TV에서는 베토벤의 영웅 교향곡 2악장을 끝없이 되풀이하여 들려주었다. 계엄령이 선포되었고 국회와 내각이 해체되었다. 그런 뒤 두 달도 못 되어서였다. 한수는 수염이 텁수룩하고 초췌해진 얼굴로 비틀거리며 문자에게 나타났다. 몸을 가누지 못할 만큼 취해 방바닥에 퍼지르고 누운 그에게서 문자는 하나씩 옷을 벗겨 냈다. 갑자기 그가 문자의 옷자락을 움켜쥐며 목쉰 소리로 울먹였다.

"난 이제 아무것도 아냐, 우리 집 문전엔 인적이 끊겼어. 그렇지만 너까지 날 괄시하면 죽여 버릴 테다."

이모가 목욕 중이었으므로 문자는 거실에 앉아 기다려야 했다. 그녀가 앉아 있는 소파는 보드라운 깃방석 같았고, 아라비아풍의 두툼한 양탄자가 깔려 있어 발밑도 포근했다. 모든 것이 포근하고 쾌적했다.

천장에서부터 내려뜨려진 하얀 망사 커튼 너머로 뜰의 나무들이 세찬 바람에 휘청거리는 것이 보였다. 이곳에서는 추운 바깥 날씨조차도 아프고 시린 것이 아니라 쾌적하고 달콤하게 느껴졌다. 음산한 하늘에서 차츰 먹빛이 배어났다.

욕실에서 타일 바닥을 때리는 상쾌한 물줄기 소리가 들려왔다. 문자는 갑자기 등이 시리고 몸이 저렸다. 그러한 자기 자신에게 그녀는 이렇게 타일렀다.

'약한 사람들은 자신의 삶을 보드라운 소파와 양탄자와 금칠을 한 벽난로와 비싼 그림과 쾌적한 침대 위에 세운다. 그런 뒤엔 그 물질로 해서 알게 된 쾌적한 맛에 길들여져 그들은 이내 물질의 노예가 된다. 그들의 갈망은 끝없이 쓰다듬는 손길에 의해서 잠을 잘 잔 말의 갈기와 같다. 허지만 내 정신의 갈기는 만족을 모르는 채 항시 세찬 바람에 펄

럭이기를 갈망한다.'

주방 쪽에서 슬리퍼 끄는 소리가 났다. 아줌마가 주스 쟁반을 들고 왔다.

"오랜만이에요, 아줌마."

"좀 자주 놀러 오시잖구. 애기는 잘 커요?"

"네?"

"어쩌면 엄마를 고렇게 쏙 빼다 박은 것 같죠?"

"어떻게 아세요?"

"사진을 봤어요. 저기 사진이 있잖아요."

아줌마는 거실의 한쪽 벽을 가리켰다. 문자는 아줌마가 주방으로 되돌아갈 때까지 기다렸다가 장식장 앞으로 갔다. 다섯 살이 된 옥조가 생일을 맞았으므로, 문자는 한수에게 부탁하여 아이를 데려와서 하루 동안 함께 지냈었다. 사진은 그날 이모 집에서 찍은 것이었다.

옥조는 이종들의 팔에 안겨 밝게 웃고 있었다. 옥수수처럼 고른 치열이 하얗다 못해 푸르렀다. 문자는 사진틀을 꺼내어 손에 들고, 먼지가 낀 양 손바닥으로 닦고 또 닦았다.

한수의 아내가 아기를 데리러 나타나기 며칠 전부터 문자는 밤마다 아기를 빼앗기는 꿈을 꾸었다. 때로는 아기를 안고 검은 옷의 괴한을 피해 산으로 들로 쫓겨 다니기도 했고, 때로는 아기를 이미 빼앗겨 실성한 듯이 찾아다니다가 잠이 깨기도 했다. 잠이 깨어 보면 꿈속에서 질렀던, 자기 목소리 같지 않은 비명의 여운이 그저도 귓가에 맴돌고 있었다.

불을 켜고, 그 바람에 불빛에 눈이 시려 아기가 눈두덩이를 옴찔옴찔 움직이는 것을 확인하고도 그녀는 여전히 그것이 꿈일까 봐 겁이 났다.

아기를 보고, 또 보는 동안 악몽의 환영은 멀어지는 것이 아니라 더

욱더 그녀를 옥죄었다. 당장 아기를 데리고 먼 곳으로 도망치고만 싶었다. 어느 순간 갑자기 문자는 누구에겐지 모르게 무릎을 꿇고 울음 섞인 목소리로 탄원했다.

"그러면 왜 안 된다는 거지? 나는 그동안 너무 힘들었어. 연명할 것만 남기고 나는 늘 빈손으로 지냈어. 내 손은 무엇을 움켜쥐는 버릇을 잊어버린 지 오래야. 하지만 이제 내 속으로 난 혈육만큼은 놓치고 싶지 않아. 위안받기를 거부하는 일이 이제는 너무 힘들어! 고통스러워!"

그러자 그녀 속에서 또다시 낙타가 우뚝 몸을 일으켰다.

"너는 할 수 있어. 도달하기 위한 높은 것을 맘속에 지님으로써 너는 고통스러울지 모르지만, 그 고통이 너를 높은 곳에 이르게 하는 사닥다리가 되는 거야."

그래도 문자는 고개를 가로저으며 계속 신음했다.

그러나 이제 딸의 사진을 보고도 문자는 담담하게 미소 지을 수 있었다.

타일 바닥을 때리던 줄기찬 물소리가 그치고 나서 욕실 문이 열렸다. 뜨거운 물의 쾌적함에 한껏 도취된 듯 이모의 눈빛은 약간 몽롱했고 우윳빛 살갗에는 분홍색이 감돌았다. 그녀는 브러시로 잘 염색된 갈색 머리카락을 빗어 내리며 소파가 있는 데로 걸어왔다. 깃이 깊이 파인 비단 겉옷 사이로 나이를 멈춘 듯 피둥피둥하고 탄력 있어 보이는 앞가슴이 물결쳤다.

문자는 옥조의 사진을 가만히 제자리에 세워 놓고 돌아섰다.

"옥조는 끝내 그 집에다 놔둘 거니?"

거침없는 이모의 말투는 반드시 문자를 믿거나 해서만이 아닌 듯했다. 문자는 무릎 위에 두 손을 가지런히 모아 쥐고, 다지고 또 다져서 표면이 탄탄하게 굳어진 땅과 같은 표정이 되며 짧게 대답했다.

"네."

"왜? 그 집에서 안 내놓겠대?"

"아뇨. 그쪽에서는 데려가래요."

"그럼 잘됐다. 옥조만 데려오고 나서 그 사람과는 연을 끊어라. 그 사람은 이제 운이 다했어. 끌면 끌수록 너만 손해라는 걸 알아야 해."

"……옥조는 안 데려올 거예요, 이모."

"너 참 이상한 애다. 네 새낀데 가엾지도 않니?"

"가엾어요. 그리고 너무너무 데려오고 싶어요. 하지만, 나는 그 아이를 데려옴으로써 나 자신을 만족시키고 싶지 않아요. 옥조를 내놓을 때 이미 그 아이는 제 맘에서 떠나갔어요. 그렇다고 그 아이를 사랑하지 않는다는 얘기가 아녜요. 제가 옥조를 사랑하는 맘은 여느 엄마들이랑 달라요. 얼마 전 칭기즈 칸에 관한 전기를 보았어요. 그는 금나라를 치고 나서, 그 낯선 나라의 낯선 사람에게 자기 아들을 버리고 떠나더군요. 칭기즈 칸으로 하여금 영원한 영웅이 되게 한 것은 아들을 버림으로써 사랑까지도 밟고 지나갈 수 있었던 바로 그 힘이었던 것 같아요. 소유에 대한 집념과 마찬가지로 혈육 역시도 초극超克되어야 할 그 무엇이라 여겨져요. 나는 꼭 누구랑 끊임없이 대결하는 긴장 상태 속에서 살고 있는 것 같아요."

"무슨 소린지 한 마디도 모르겠구나. 주스나 마셔라. 아줌마, 나는 당근 주스로 갖다줘."

문자는 이모의 살찌고 나태해 보이는 손을 가만히 바라보았다. 뜨거운 물 속에서 나른해졌던 손은 건조해지자 끝이 쪼글쪼글해졌고, 청회색 매니큐어 칠도 벗겨져 얼룩덜룩했다. 재미삼아 손톱으로 매니큐어 칠을 긁어내던 이모가 불현듯 생각난 듯이 목소리를 높였다.

"얘, 참 그렇잖아도 내가 전화할까 했는데 네 발로 왔으니 잘 됐다.

너 이제 그쯤에서 결혼하면 어떻겠니? 마땅한 사람이 있단다. 시집가서 지금 옥조 아빠한테 쏟는 정성의 반의반만큼만 남편한테 쏟아도 너는 귀염 받고 잘 살 거야."

설마 이 얘기를 하자고 오라 했던 건 아니겠지. 문자는 초조해져 창밖을 살폈다. 이제는 뜰의 나무들까지도 먹빛으로 변해 있었다. 한수는 집을 나서고 있을지도 몰랐다.

"어떠니? 그렇게 해 볼래? 나이는 쉰 살이고 애가 둘 있지만 할머니가 데리고 있댄다. 압구정동에 아파트가 한 채, 또 과천 가는 어디에도 목장을 할 만한 산도 있다더라. 직업은 변호사야. 한쪽 눈이 짜부라진 게 큰 흠이지만, 흠으로 치면 너한테도 그만한 게 있으니 쌤쌤이지 뭐."

이모는 문자에게서 좋은 반응을 기대했으나, 그녀는 수심 찬 얼굴로 창밖만 바라보고 있었다. 돈 때문에 저러지 싶었지만 이모는 자기 쪽에서 먼저 돈 얘기를 꺼내고 싶지는 않았다. 이모는 나오지도 않는 하품을 짝 찢어지게 했다. 겸연쩍은 한순간을 그렇게 해서 넘겼다.

하품 소리에 문자는 창밖에서 이모에게로 눈길을 돌렸다. 하품 때문에 질척해진 눈가를 본 순간 그녀는 이유 모를 분노를 느꼈다. 그러나 다음 순간 그녀는 자기 속의 낙타가 그 분노를 지그시 밟고 지나가는 것을 느꼈다.

"이모, 내가 부탁드린 거 어떻게 됐어요?"

"돈 말이니?"

"네."

"나한테 없다고 했잖아. 하지만 아줌마가 나한테 맡겨 둔 거라도 가져갈 테면 가져가. 이자를 줘야 하는데 괜찮겠니? 오 부다."

"네, 좋아요."

그러고도 이모는 선뜻 일어나려 하지 않았다. 손톱으로 매니큐어 칠을 긁어내는 데 자지러져 있으면서 그녀는 여전히 흥얼흥얼 잔소리를 늘어놓는다.

"너, 내 말 허술하게 듣지 마라. 이모라고 두 눈이 시퍼렇게 살아 있으면서 조카가 결혼한 것도 아니고, 그렇다고 안 한 것도 아닌 그런 상태로 일생을 지내게 할 수야 없지 않니? 지하에 계신 느이 엄마가 알아봐라, 날 얼마나 원망하겠니? 그리고 너 매일 돈에 쪼들리는 거 지겹지도 않니? 그 변호사한테 시집만 가 봐라. 팔자가 확 바뀔 텐데."

"네, 알아요."

이모가 이미 대답에는 신경을 쓰고 있지 않다는 것을 알고 문자는 맞장구만 쳤다.

"하여간 어렸을 때부터 네 속엔 괴물이 들어앉아 있었어. 가다가 진창이 있으면 돌아가야 할 텐데, 너는 발이 빠지면서도 돌아갈 줄 모르는 고집쟁이야."

"네, 알아요."

문자는 문자대로 다른 데 정신이 팔려 있었다. 리비아를 여행하고 온 사람이 쓴 글 중에 이런 구절이 있었다.

리비아는 국민 소득이 일인당 만 달러였고, 인구는 삼백만밖에 되지 않았다. 그 나라 정부의 절대 과제 중 하나는 인구를 늘리는 일이었다. 그래서 정부에서는 다산多産을 권장하는 한편, 사막의 오지에 사는 사람들을 도시로 끌어내기 위해 돈 다발로 유혹한다. 폭신한 양탄자에 에어컨 장치에 안락한 침대에 꼭지만 틀면 수돗물이 콸콸 쏟아져 나오는 집에서 편안히 살게 해 줄 테니 제발 도시로 나오라고 간청한다.

그러나 사막에서 살아온 유목민의 상당수가 그 유혹을 뿌리치고 더 깊이 사막 속으로 들어간다. 대부분의 인간은 시달리는 것, 즉 갈증을 몹시 두려워한다. 그런데 그들만은 갈증뿐인 사막 속으로 더 깊이 파고

든다. 사막의 갈증, 흙조차도 타고 바래져서 먼지 같은 모래땅. 해가 뜨면 땅과 하늘 사이는 분홍색 열안개의 도가니가 된다. 해가 지면 그 추위 또한 살인적이다. 사막 속의 인간이 열사熱死와 동사凍死로부터 자기를 보호할 것은 그의 살갗뿐이다. 그들은 무엇 때문에 이 갈증의 길을 스스로 택해서 가는가.

리비아에는 조상 적부터 전해져 내려오는 전설 같은 지도가 있다. 그 지도에는 사막의 땅 속 깊은 곳으로 흐르는 푸른 물길이 그려져 있다. 그들은 이 길을 신神의 길이라고 부른다.

사막의 오지에서 나오지 않는 사람들만은 이 푸른 물길이 어디에 있는지 안다고 한다.

문자는 이모에게 다시 한 번 더 돈 얘기를 상기시켜야 했다. 이모가 돈을 가지러 방으로 들어간 사이에 문자는 옥조의 사진을 한 번 더 봐 두려고 장식장 앞으로 갔다.

'가엾은 자식. 엄마가 네게 지운 짐이 너무 가혹하지? 하지만 너도 네 힘으로 네 속에서 낙타를 끌어내야 한다. 엄마가 너의 삶을 안락한 강변도 있는데 굳이 고통의 늪가에다 던져 놓은 이유를 그 낙타가 알게 해 줄 거야. 그것이 사랑이란 것을 알게 해 줄 거야.'

문자는 이모가 건네준 돈을 받아 가방에 넣고 나서 아줌마에게 고맙다는 인사말이라도 하려고 주방 쪽으로 돌아섰다.

"얘, 얘, 넌 그냥 가라. 아줌마한텐 나중에 내가 얘기해 줄게."

문자는 어리둥절한 채 이모가 허둥거리며 쇼핑백에다 주워 담아 주는 과일을 받아 들었다.

"저어……."

셈을 치르려던 문자는 상점 주인의 망설이는 얼굴을 쳐다보았다.

"저어, 아까 아저씨가 들어가시면서 오징어 한 마리하고 고량주 두 병을 가지고 가셨어요."

"네, 알겠어요. 그건 얼마죠?"

"가만있거라. 보자, 천팔백 원이군요."

찬거리를 들고 문자는 상점에서 나왔다. 다닥다닥 붙어 있는 집들의 노란 창문들이 그녀로 하여금 한층 더 지치고 피곤하여 쉬고 싶은 생각을 간절하게 했다. 그러나 한수가 와 있으니 쉴 수도 없으리라. 그는 요즘 들어 부쩍 허물어진 모습에 주사酒邪까지 늘고 있었다.

문자는 높고 가파른 언덕을 올라갔다. 가는 도중에 그녀는 고목나무 아래서 다리를 쉬었다. 언제나 다름없이 신선한 영감이 가슴을 뿌듯하게 차올랐다.

그 고목은 몸뚱어리가 온전치 못한 불구의 몸임에도 늠름한 키에 풍성한 가지를 지니고 있었다. 그의 가지 하나하나가 모두 하늘을 어루만지려는 갈망의 손으로 보였다. 저토록 높은 데까지 갈망의 손을 뻗치기 위해서는 아마도 그의 뿌리는 자기 키의 몇 배나 깊이 땅속으로 더듬어 들어갔을 것이다. 생명수를 찾아 부단히, 차고 견고한 흙 속으로 하얀 의지를 뻗쳤다. 나무의 뿌리가, 자신의 발밑에 맞닿아 있다는 것을 생각하면 문자는 시린 삶의 아픔이 가시는 듯한 위안을 느꼈다.

문자는 미처 집에 닿기도 전에 대문 안에서 얼굴만 내밀고 자기를 기다리고 있던 주인집 여자를 만났다. 가슴이 철렁했다. 역시 그랬다.

"아유 속상해 죽겠어. 색시 저거 좀 봐요. 저기다 또 오줌을 누었어요. 개도 그렇진 못할진대, 남의 집 얼굴이나 다름없는 문간에다 찌린내를 진동치게 해 놓는다니. 우리는 둘째치고 담벼락 주인이 알고 쫓아올까 봐 무섭군요."

"정말 죄송해요, 아주머니. 지금 당장 씻어 내겠어요."

문자는 부엌 겸 자기 방 출입문으로 들어가서 찬거리랑 가방을 내려놓고 대야에 물을 퍼 담았다. 주인집 여자는 여전히 눈꼬리에 독을 묻혀 가지고 서서 문자를 흘겨보았다.

지칠 대로 지친 육체에 굴욕의 비수가 꽂히자 감미로운 동요가 일어났다.

'고통의 사닥다리를 오르는 일이 다 쓸데없는 짓이라면? 이 길의 끝에 아무것도 없다면? 모든 것이 다 조작된 의미라면? 아픔과 고통의 끝이 또 다른 아픔과 고통의 연속으로 이어진다면…….'

그럼에도 그녀의 팔은 오랫동안 낙타의 지칠 줄 모르는 다리가 되어왔던 까닭에 걸레질을 멈추지 않았다.

문자가 담장을 말끔히 씻어 놓고 안으로 들어가려니, 주인집 여자가 그제야 다소 누그러진 음성으로 그녀를 붙잡아 세웠다.

"색시, 잠깐만 기다려요. 편지 온 게 있어요."

잠시 후에 주인집 여자는 푸른 항공 엽서 하나를 들고 나왔다. 그것을 건네주며 그 여자는 밑도 끝도 없이 씩 웃었다. 그 웃음은 또다시 문자의 가슴을 철렁하게 했다. 틀림없었다.

"이사 온 지 육 개월도 안 됐는데 이런 말 하기가 뭣하지만, 이해해 줘요. 우리 아들이 방을 따로 쓰겠다고 자꾸 보채는구려. 복덕방비는 이쪽에서 물어 줄 테니 다른 데 방을 좀 봐 보려우?"

"네, 알겠어요."

문자는 선선히 대답하고 안으로 들어갔다. 발등이 터진 한수의 헌 구두를 집어 한쪽으로 가지런히 세워 놓고 방문을 열었다. 한수는 곯아떨어져 자는 중이었다. 빈 고량주 병이 머리맡에 나뒹굴었다. 그의 머리는 텁수룩하게 자라 귀를 덮었다. 와이셔츠 깃은 때에 절어 있었다. 새우처럼 등을 구부리고 자는 모습을 바라보고 있는 동안, 문자에겐 이제야말로 내가 이 사람을 진정으로 사랑하는 게 아닐까 하는 생각이 스쳐 갔다.

손에 들려진 편지 생각이 난 것은 그 다음 일이었다. 편지는 뜻밖에도 미국에 간 오빠로부터 온 것이었다. 문자는 저녁을 지으려는 생각이 앞서 편지를 대강대강 읽었다.

"이건 무슨 편지야?"

밥상을 차리는데 방 안에서 그의 목소리가 들려왔다.

"오빠에게서 온 거예요."

"내용이 뭔데?"

"날 보고 들어오래요. 자기가 하는 슈퍼마켓이 너무 잘돼서 손이 모자란대요."

"쳇, 지금까지 소식 한 장 없다가 겨우 손이 모자라니 와서 도와 달라구? 당장 회답을 써 보내, 웃기지 말라구. 물주만 만나 봐, 그까짓 슈퍼마켓 같은 건 열 개라도 차릴 수 있어."

탁, 하고 성냥불 긋는 소리가 들려왔다. 그가 짜증이 난 것은 편지의 내용 때문이라기보다, 돈을 구했는지 못 구했는지 빨리 말해 주지 않기 때문이라고 헤아려졌다.

밥상을 차리다 말고 문자는 방 안으로 들어갔다. 한수는 핏발이 선 눈길을 얼른 모로 빗겼다. 문자는 가방에서 돈을 꺼내 그에게 내밀었다. 그는 돈을 받는 즉시 담배를 신문지 귀퉁이에 눌러 끄고 벌떡 일어났다.

"저녁 다 됐어요."

"지금 몇 신데 저녁 타령이야. 다 늦게 들어와 가지구."

문자는 잠자코 그에게 윗도리와 외투를 입혀 주었다. 순간순간 그의 모질고 이기적인 성격을 엿볼 때마다 문자는 맘속으론 울고 입술로는 웃었다.

그가 단추를 채우는 동안 문자는 먼저 부엌으로 나와서 그가 신기 좋게 구두를 가지런히, 그리고 약간 벌려 놓아 주었다. 밥을 푸다 만 밥솥에서 서려 오른 김을 보고 문득 쓰라린 비애를 느꼈으나 그녀는 조용히 웃었다.

한수는 문자가 문밖에서 배웅하고 있다는 것을 알면서도 곧장 뚜걱뚜걱 계단 아래로 내려갔다. 그는 언덕을 내려가 잠시 후엔 시야에서 사라졌다.

그러나 문자에겐 그가 자기 시야에서 끝도 없이 멀어지고 있을 뿐인 것으로 느껴졌다. 그는 이미 한 남자라기보다, 그녀에게 더 한층 큰 시련을 주기 위해 더 높은 곳으로 멀어지는 신의 등불처럼 여겨졌다. 그리하여 그녀는 그것에 도달하고픈 열렬한 갈망으로 온몸이 또다시 갈기처럼 펄럭였다.

수상 소감

또다시 그 무심한 공간으로

> 나는 내 창조 행위의 의미를, 알을 떠난 그 너머의 무無의 공간, 이미 알이 낳아진 흔적도, 거북이 바다로 되돌아간 흔적도 없는 빈 공간, 거기에 마련하고자 애써 왔다.

"어머니가 기뻐하시겠다." 심사를 마치고 돌아가는 길에 나를 잘 아는 최정희 선생님이 제일 먼저 하신 말씀이다. 선생님이 어째서 그 말씀을 내게 하셨는지, 가슴을 맞댄 듯 알 것 같아 달리는 차 속에서 고개를 창밖으로 돌렸다.

언젠가 어머니는 울듯한 음성으로 나에게 말하셨다.

"야야, 너는 왜 세상에 태어나서 남 하는 짓이라곤 한 번도 해 보지 못하니."

어머니의 말씀 그대로 나는 세상에 대해 떳떳하게 내세울 만한 게 한 가지도 없다. 선생님은 나의 어머니가 나 때문에 지으셨을 눈물마저 잘 알고 계셨던 것 같다. 그래서 이번의 이 수상이 내가 어머니에게 선사할 수 있는 유일한 '남 하는 짓'이 되리란 것도 잘 알고 계셨던 것 같다.

나보다 앞서 이미 여섯 분의 수상자가 이상의 초상이 그려진 메달을 목에 걸었다. 그런 뜻에서 어머니에겐 나의 수상이 남 하는 짓으로 보일 수도 있으리라.

그러나 나는 안다. 이것만은 진정으로 알 것 같다. 문학하는 행위에 어떤 월계관이 씌워진다 하더라도, 그 행위는 결국 자기만이 아는 가슴 속의 일이라고. 한밤중에 아무도 모르게 바다에서 뭍으로 나와 구덩이를 파고 알을 낳은 뒤, 무심히 바다 속으로 되돌아가는 거북. 그 거북은 자신이 낳은 알에서 부화한 새끼들이 바다 속으로 들어와도 알지 못한다. 심한 경우에는 또다시 알을 낳으러 뭍으로 나오는 길에 바다로 기어오는 자기 새끼를 배로 깔아뭉개어 죽이기까지 한다.

나는 내 창조 행위의 의미를, 알을 떠난 그 너머의 무無의 공간, 이미 알이 낳아진 흔적도, 거북이 바다로 되돌아간 흔적도 없는 빈 공간, 거기에 마련하고자 애써 왔다.

오래고도 항상 새로이 깨우쳐야 하는 이 문제를 다시금 깊이 되새겨 본다. 심사위원 여러분께 감사드린다.

서 영 은

우·수·상·수·상·작

미명未明의 하늘

문순태

1941년 전남 담양 출생.
조선대 국문과 및 숭실대 대학원 국문과 졸업.
1965년 《현대문학》에 시 〈천재들〉 추천 발표.
1974년 《한국문학》 신인상에 〈백제의 미소〉 당선 등단.
소설집 《고향으로 가는 바람》《징소리》《시간의 샘물》《된장》 등.
장편소설 《타오르는 강》《걸어서 하늘까지》《느티나무 사랑》《정읍사》 등.

미명未明의 하늘

비록 땅에 떨어져 발에 밟히는 낙엽처럼 시들어 버린 사람일지라도, 누구와 싸울 힘이 남아 있다는 것은, 어떤 어려움 속에서도 살아갈 용기를 가졌다고 할 수가 있다. 싸울 힘마저 잃어버렸을 때가 가장 절망적이다. 원망도, 한恨도, 앙칼스러움도 앙금처럼 가슴 밑바닥에 가라앉아 버린 사람이라면 그나마 생명도 없이 무감각하게 짓밟히는 돌멩이와 다를 바 없다. 체념과 한숨은 죽음과 가깝다. 원망과 한은 생명의 뿌리이며 희망이기도 하다.

김덕주金德周 씨가 점례의 싸우는 광경을 보고 일단은 마음을 놓은 것도 그 때문이었다.

김덕주 씨가 삼십일 년 만에 양공주촌에서 오점례吳點禮를 다시 보게 되었을 때, 그녀는 자신보다 대여섯 살쯤 나이 들어 보이는, 회갑 안팎의 겨릅대처럼 깡마르고 왜소한 초로初老 여인과 싸움을 하고 있었다.

덕주는 첫눈에 그녀를 알아보았다. 쌍스러운 욕지거리를 거칠 것 없이 물을 뿜듯 펌프질해 대는 점례의 목소리는 젊었을 때처럼 목이 찢어지는 듯한 때까치 소리를 냈으며, 오른쪽 눈 밑에 먹물을 찍어 놓은 것 같은 까만 점이 쉽게 그녀를 알아볼 수 있게 해주었다.

옛날 고향 어른들은 점례의 그 때까치처럼 꺽꺽 울리는 목소리 때문에 팔자가 꺽지처럼 뻣세고, 눈물을 받아먹는 검은 사마귀가 있어 늘 외롭고 슬프게 살아갈 것이라고들 했었다. 그들은 점례의 삶을 미리 앞질러 보기라도 한 것처럼 말했다. 그런 점례의 얼굴은 늘 슬퍼 보였었다.

점례가 덕주를 싫다 하고 장터 마을의 장돌뱅이 소금 장수한테 시집을 갔을 때, 덕주 어머니도 그런 말을 했었다. 점례는 사내를 수도 없이 잡아먹고 과부가 될 팔자라는 것이었다. 그러면서 그의 어머니는 점례의 휘움한 안개 눈썹과, 입바람을 부는 것 같은 그녀의 뾰족한 취화구吹火口에 대해서도 정이 너무 헤프다거니 인덕人德이 없다거니 좋지 않게 말을 했다.

지난 삼십여 년 동안 점례의 삶은 덕주 어머니의 예언대로 거의 들어맞았다. 그러나 덕주는, 점례가 그렇게 된 것은 그녀의 팔자가 그렇게 정해진 것이 아니라, 순전히 그의 탓이었다는 것을 알고 있다. 삼십일 년 만에 애써 점례를 찾은 것은 불행하게 된 그녀 앞에 그의 죄를 털어놓고 용서를 받고자 함이었다.

점례와 깡마른 노파가 싸움을 하고 있는 하숙옥 앞의 공터에 공주촌 사람들이 예닐곱 몰려들었다.

공주촌은 광주光州에서 포주浦州읍으로 가자면 읍 조금 못 미처 극락교極樂橋를 건너기 전, 사차선의 고속화 도로가 흑갈색의 쪽판처럼 곧게

뻗은 큰길에서, 비포장 황톳길로 꺾어 들면 아파트촌이 있고, 그 아파트촌에서 밋밋한 산등성이 쪽으로 이백 미터쯤 되는 거리에 재개발을 기다리는 폐촌처럼 을씨년스럽게 웅크리고 있다.

마을의 들머리에 시골 농협 창고 같은 목욕탕이 있으나, 미군 부대가 떠나고, 부대가 있던 그 자리에 아파트촌이 들어서면서부터 문을 닫았고, 문짝마저 떨어져 나간 목욕탕 건물 옆에는 돼지우리처럼 칸막이 방들이 즐비하게 잇대어 있는 단층 바라크의 하숙옥이 여름 한낮의 더운 햇살 속에 길다랗게 뻗대어 있었다. 하숙옥 앞에는 유리가 빨간 페인트칠을 한 술집의 하늘색 포렴布簾이 찢어진 깃발처럼 펄럭였고, 술집 옆에는 담배 간판이 붙은 구멍가게와 세탁소, 이발소, 미장원이 도토리 키재기 하듯 어깨를 바짝 대고 있었다.

공터는 이들 낡은 목욕탕 건물과 하숙옥, 술집, 구멍가게, 세탁소, 이발소, 미장원의 한가운데에 있었다. 미군 부대가 옆에 있었을 때까지만 해도 이 공터엔 미군 지프와 트럭들이 빠져나갈 틈도 없이 빼곡하게 주차를 했으며, 창고 같은 목욕탕의 굴뚝에서는 젊은 욕망의 뜨거운 입김처럼 검은 연기가 하늘로 줄기차게 솟았고, 하숙옥에서는 군화 발소리와 알아들을 수 없는 지껄임, 배고픈 창자를 빨래처럼 비틀어 쥐어짜는 듯한 여자들의 웃음소리가, 공터에까지 낭자하게 흘러나왔다. 술집도 세탁소도 구멍가게도 이발소도 미장원도 온통 벅신거렸었다.

"개만도 못한 녀언! 양갈보질 이십 년에 누렁이, 깜둥이, 흰둥이 가지각색 골고로 새끼들을 퍼질러 나놓고도 부끄러운 줄도 모르고 지랄이여 지랄이! 점례 네년은 얼굴에 개가죽을 둘러쓴 게여, 그러니께 늙어 곯아빠져 갖고도 이 마을을 떠나지 않는 게여!"

깡마르고 키가 작은 초로 여인이 탱글탱글 유리 조각이 깨지는 목소리로 욕질을 하였다.

"힝! 똥 묻은 개가 재 묻은 개 나무라고 자빠졌네! 네년은 영자 춘자 두 딸년 양공주 안 맹글았냐? 서방 가진 년이 뭣이 부족해서 두 딸년을 양갈보로 팔아묵어? 그래 부부간에 코 큰 놈덜 똥구르마 끌다 봉께 그 놈덜 똥까지도 좋아 뵈더냐? 그랑께 딸을 하나도 아니고 둘씩이나 양갈보질을 시켰구만!"

점례도 지지 않고 장작 패는 목소리로 욕지거리를 퍼부어 대며, 당장 춘자 어머니의 머리끄덩이를 잡아 동댕이를 칠 듯이 두 손을 휘저었다.

구경을 하고 있는 마을 사람들 중에서 아무도 싸움을 말리려고 하지 않았다.

두 여자의 싸움은 좀처럼 끝나지 않았고 오물을 토하는 듯한 더러운 욕설은 팽팽한 햇살과 함께 잘 버무려져 칙칙한 여름의 열기를 더욱 뜨겁게 하였다. 두 여자는 서로의 과거를 난도질했고, 쟁기의 날카로운 보습으로 갈아엎어 놓은 듯한 자신들의 지나온 삶에 대해 부끄러움을 느끼는 대신, 힘이 더욱 살아난 듯 오히려 앙칼스러워졌다.

구경하는 마을 사람들은 그들의 욕설이나 서로의 약점을 까발린 내용에 대해서는 흥미를 느끼지 못했다. 마을 사람들은 그들 두 여자의 과거와 현재를 자신들의 손바닥 들여다보듯 환하게 알고 있었기 때문이다. 마을 사람들은 차라리 그들 두 여자가 빗물이 질컥하게 괴어 있는 공터의 진흙 바닥에서 한바탕 붙들고 뒹굴기를 기다렸다. 그러나 그들은 두 여자가 언제나 그랬듯이 똑같은 욕지거리를 푸짐하게 쏟아 놓는 것으로 싸움을 끝내게 되리라는 것을 알고 있었기 때문에 한바탕 엉클어지게 되리라는 것은 기대하지 않은 것인지도 몰랐다.

구경꾼들 중에서 심장이 찐득거리도록 흥미를 느끼는 것은 덕주 혼자뿐인 듯싶었다. 그는 담벽도 대문도 없이 앞이 툭 터진 하숙옥 옆, 목욕탕 건물의 그늘에 무릎이 저리도록 쪼그리고 앉아서 점례와 춘자 어머니라는 여자가 뱉어 내는 욕지거리들에 열심히 귀를 기울였다. 그는 곧 더 자세한 이야기를 듣지 않아도 점례가 살아온 과거를 선명하게 떠올릴 수 있을 것 같았다.

"양코배기 똥이나 퍼주고 살었음시롱 뭣이 잘났다고 지랄이여!"

"그래, 양코배기 똥구르마 끄집어서 우리 식구 안 굶어 죽고 살었다. 으쩔래! 그래도 네년 모양으로 누렁이, 껌둥이, 흰둥이는 낳지 않었다. 으쩔래!"

"나도 그짓 해서 시부모님 자식새끼들 멕여 살렸다, 왜?"

"양갈보짓 해서 시부모님 멕여 살렸응께 양갈보 효부 났구만그려!"

"양코배기 똥 퍼주고 묵고 살었으면 그만이재, 두 딸년은 왜 양갈보를 맹글어!"

"그것들도 묵고 살라고 그랬단다, 으쩔래! 애비 에미 똥 푸는 짓 못허게 헐라고 말이여!"

"힝, 효녀 심청이가 둘이나 나왔구먼!"

"네년의 껌둥이 흰둥이 새끼덜은 뭣이 잘났다고 자랑이여, 그까짓 것덜도 자식이라고 자랑을 혀? 아이고 오메 하늘 부끄르와라!"

"왜 자식이 아녀? 이 에미헌티 을매나 잘허는디!"

점례는 결코 지지 않았다. 갈수록 힘이 더 솟구치는 것처럼 보였다.

점례와 춘자 어머니가 언제나 티격태격 싸움을 하게 된 발단은, 마을 사람들한테 미국에 가 있는 서로의 자식들 자랑을 하다가 시비가 붙곤 한 것이었다. 점례의 검둥이 흰둥이 두 아들이 미국으로 아버지를 찾아간 것처럼, 양공주가 된 영자 춘자도 흑인 병사를 따라 태평양을 건넌 것이다.

덕주는 떨리는 손으로 담배에 불을 붙여 물고 연기를 빨다가 심한 기침을 쏟고 말았다. 기침 소리에 마을의 구경꾼들 시선이 일제히 그에게로 쏠려 왔다.

담배를 구두로 문질러 끄고 조심스럽게 숨을 쉬었으나 기침은 멎지 않았다. 기침 소리에 가슴이 컹컹 울리는 것만 같았다.

덕주가 목욕탕 건물의 엷은 그늘 밑에 쭈그리고 앉아서 두 어깨를 들먹이며 고개를 세운 무릎 사이로 꿍겨 박고 버르적거리듯 기침을 토해 내고 있을 때 담배 가게 앞에서 자랑스럽게 햄버거를 먹고 있던 초로 여인의 남편 춘자 아버지가 공터로 천천히 걸어 나와 그의 부인을 끌고 갔다.

춘자 아버지는 오른손에 햄버거를 들고 왼손으로 부인의 손목을 잡은 채 집으로 돌아갔다.

그렇게 싸움이 끝나자 기침도 멎었다.

싸움이 끝나고 점례가 두 팔을 휘저으며 공터에서 마을 안길로 사라지자, 하숙옥의 여주인은 유일한 투숙객인 덕주에게 다가와서, 두 여자의 욕설에서 들을 수 없었던, 그녀들이 살아온 과거를 양파 껍질 벗기듯 더 자세하게 이야기를 해 주었다.

하숙옥의 여주인한테서 점례에 관한 자세한 이야기를 듣고 난 뒤, 죄책감에 오그라든 덕주의 심장은 꺼져 가는 생명처럼 가까스로 팔딱거렸다. 그는 차마 고개를 쳐들고 태양을 마주보기조차 부끄러웠다.

그는 다시 기침을 쏟으며 비틀거리는 걸음으로 하숙옥의 음습하고 무더운 방으로 뛰어들어 갔다. 담배 연기로 칙칙하고 희누르스름하게 색깔이 바랜, 무덤 속 같은 직사각형 방의 벽지 틈새에, 알아들을 수 없는 미군들의 지껄임과 배고픔에 헐떡거리는 점례의 숨소리가 땟(垢)자국처럼 배어 있는 듯싶었다.

덕주는 그동안 점례의 목숨이 시나브로 꺼져 가는 듯한 비명을 수없이 들으면서 살아왔다. 그녀의 비명은 보이지 않는 원한의 날카로운 화살로 그의 심장에 무수히 꽂혀 왔으며, 그 때문에 그의 지난 삶의 절반은 활터의 과녁처럼 고통의 구멍들이 수없이 숭숭 뚫리게 되었다.

그가 살아온 오십팔 년의 생애에서, 육이오까지의 스물다섯 해는 죄를 짓는 기간이었고, 나머지 서른세 해 중에서 절반은 괴로운 양심의 가책으로, 그리고 지난 십수 년간은 점례를 찾아 헤매느라고 방황하다 지쳐 버렸다.

그러나 그가 점례를 찾아 나선 것은 그 자신을 위한 처사였다. 이미 그는 점례를 위해서 아무것도 할 수가 없었고, 속죄의 대가로 그녀에게 베풀어 줄 아무것도 갖고 있지 않았다. 그가 할 수 있는 것이란 그녀에게 용서를 비는 것뿐이었고, 그렇게라도 하지 않으면 차마 눈감고 죽을 수가 없었기 때문이었다. 그러니 점례를 찾아 나선 것은 수치스러운 이기심이 아니겠는가.

점례의 원한 맺힌 화살은 덕주가 살인죄로 십오 년 동안 형무소의 감방에 갇혀 있을 때도 그 두꺼운 벽을 뚫고 비명처럼 그의 심장에 꽂혀 왔다. 그리고 십오 년 만에, 차표만 있으면 어디든지 갈 수 있게 되었을 때도, 그녀의 화살은 하늘에서 혹은 인파가 북적대는 대낮의 큰거리에서, 근로자 합숙소의 천장과 벽에서 쉴 새 없이 그의 심장과 눈과 목줄기를 향해 푸른 칼날이 허공을 베는 소리를 내며 무섭게 날아왔다.

피붙이라고는 아무도 없고, 이미 그의 얼굴조차도 알아보지 못하는 사람들만 살고 있는 고향 달밭[月田里]에 가 봤지만 점례의 행방은 알아낼 수가 없었다. 육이오가 끝나고 줄포에 미군이 머물게 된 뒤 달밭을 떠나 양공주가 되었다는 것뿐이었다. 그 후 십수 년 동안 버려진 비닐봉지처럼 병들고 지친 몸으로 막일 공사판을 떠돌음하다가, 우연히 점례의 먼 친척 되는 사람을 만나 그녀가 살고 있는 곳을 알게 된 것이었다.

덕주는 하루 전에 공주촌인 이곳 하숙옥에 들어왔으며, 점례가 살고 있음을 확인하고도 차마 그녀 앞에 얼굴을 나타내지 못하고 몸과 마음을 웅크리고만 있던 중이었다.

덕주는 이십오 년 전에 살인을 하였다. 아내를 죽인 것이다. 그런데 이상하게도 그가 죽인 아내한테는 그렇게 심한 죄책감을 느끼지 못했다. 그가 점례한테 저질렀던 잘못에 비한다면 아내의 죽음은 오히려 당연한 것처럼 여겨지기까지 하였다. 어쩌면 아내를 죽인 죄과까지도 점례에 대한 잘못으로 가중된 것인지도 모른다.

아내는 그를 배신했다. 지서支署에서 당직 순찰을 하던 날 밤, 몸이 풀어놓은 실타래처럼 나른하고 찌뿌드드해서, 기운을 돋우느라 소주 몇 잔 마시고 일찍 집에 돌아와 보니, 아내는 그의 상사인 지서장과 함께 벌거숭이가 되어 뒤엉켜 있었다. 그는 메고 있던 총의 방아쇠를 잡아당겼는데 아내만 죽고 지서 주임은 이불을 뒤집어쓴 채 부엌문을 박차고 튀어나가 살아났다.

그는 아내를 죽인 것도 점례한테 저지른 죄업이라고 생각했다.

남쪽으로 밀려 내려갔던 경찰이 돌아와, 지리산智異山 공비共匪 토벌 작전이 시작되었을 때, 면당 인민위원을 지낸 점례의 남편은 집에 숨어 있었다.

지서의 순경이었던 덕주는 점례의 남편이 그의 집 벽장에 숨어 있다는 정보를 입수하였다. 점례네 뒷집에 사는 절뚝발이 통메장이가 덕주에게 밀고를 해 왔을 때, 그는 문득 일 년 전 겨울 그녀를 기다리며 밤새도록 각시바위 모퉁이 상엿집에서 떨었던 일이 떠오르면서, 온몸이 달빛에 흥건하게 젖는 순간처럼 짜릿한 쾌감을 맛보았다. 그날 밤에는 온통 하늘이 무너져 내리는 것처럼 눈이 내렸었다. 장터 마을 장돌뱅이 소금 장수한테 시집을 가기로 결정을 한 점례를 마지막으로 한 번만 더 만나 보고 싶었지만, 끝내 그녀는 나와 주지 않았다. 밤새도록 떨며 오지 않는 점례를 기다리다가 지쳐 후북이 눈에 묻혀 집으로 돌아오면서, 덕주는 싸늘한 복수를 생각했다. 그날 밤 이후 그의 심장은 겨울의 산처럼 비정하게 얼어붙어 버렸는지도 몰랐다.

서울이 탈환되고, 그가 부산에서 고향에 다시 돌아왔을 때는, 집에 남아 있었던 어머니와 동생이 경찰 가족이라는 이유로 생명을 빼앗긴 뒤였는지라, 덕주는 이미 사람이 아니었다.

작전이 연일 계속되었기 때문에, 수면 부족으로 두 눈은 언제나 진달래 꽃잎처럼 벌겋게 핏발이 섰고, 신경줄은 바스락하는 소리만 들려도 방아쇠를 긁어 당길 것처럼 팽팽하게 긴장되었다. 마을 사람들은 그런 덕주를 피했다. 그가 낮에 총을 메고 술에 취해 달밭에 나타나면 마을 사람들은 고샅에도 나오지 않고 집 안에만 틀어박혀 있었다.

그 무렵 통메장이한테서 밀고를 받은 덕주는, 새벽에 혼자 총을 메고 달밭에서 이 킬로쯤 떨어진 장터 마을 점례네 집을 기습하여 점례의 방으로 뛰어들어 갔다. 점례 혼자 자고 있었다. 그러나 덕주는 점례의 남편이 벽장 속에 숨어 있다는 것을 알고 왔으므로 실망하지 않았다. 총부리로 이불을 걷고 점례의 얼굴에 플래시를 비췄다. 점례는 두 팔로 가슴을 붙안은 채 학질을 앓는 것처럼 떨었다. 눈물을 받아먹고 큰다는 눈 밑 검정 사마귀까지도 파르르 떨고 있는 것 같았다. 손전등 불빛 속에서 몸을 웅크릴 수 있는 데까지, 조그맣게 웅크리고 떨고 있는 점례는 사람이라기보다 한 마리의 흰 토끼처럼 보였다. 떨고 있는 그녀 옆에는 돌이 지나지 않은 아기가 비둘기 날개 같은 얼굴로 자고 있었다.

덕주는 벽장문을 열어젖히고 총구와 플래시 불빛을 동시에 들이댔다. 점례의 남편은 두 발을 쭉 펴고 잠들어 있다가, 덕주가 손전등의 불빛으로 얼굴을 비추며 총부리로 옆구리와 머리를 쿡쿡 찌르자, 소금물

먹은 미꾸라지처럼 사지를 휘저으며 일어나 앉았다. 덕주는 총부리를 점례 남편의 양미간 살가죽에 갖다 대고 낮게 다그치는 목소리로 벽장에서 내려오라고 하였다.

점례의 남편이 벽장에서 생각보다는 침착하게 내려오자, 덕주는 준비해 간 철사줄로 그의 두 손목을 묶고 펜치로 죄었다. 두 다리도 묶었다. 철사줄이 살 속으로 파고 들어갈 만큼 펜치로 바짝 죄자 그는 아픔을 참지 못하고 짧게 비명을 질렀다. 그의 손과 발을 묶은 다음에는 점례가 벗어 놓은 버선짝을 입 속에 처넣었다. 덕주가 그녀의 남편을 철사줄로 묶고 있는 동안 점례는 떨고만 있었다. 덕주는 손발이 묶인 채 무릎을 꿇고 앉아 있는 그녀의 남편을 발로 걷어찼다. 그는 굼벵이처럼 방 옆으로 넘어졌다. 덕주는 이불로 그를 덮어씌웠다. 그리고 손전등 불빛으로 물총 쏘듯 점례의 얼굴에 퍼붓고 나서 덕주 자신의 얼굴에 비췄다. 점례한테 자신을 알리고 싶었기 때문이다. 그러자 점례는 비명과도 같은 경악의 소리를 토해 냈다. 덕주는 그 소리에 뼛속으로부터 피어오르는 것 같은 쾌감을 맛보았다. 그는 잔인하고 흉측스럽고 만족한 미소를 쥐어짰다. 그리고 총과 손전등을 방바닥에 놓으며 점례를 덮쳤다. 그녀는 남편을 살려 달라고 애원했다. 그를 알아본 순간부터 그녀는 떨지 않았다. 덕주는 그가 하자는 대로만 하면 남편은 살려 주겠노라고 약간 누그러진 목소리로 말했다. 그녀는 처음엔 몸을 새우처럼 도사리며 심하게 버둥거렸으나, 남편을 살려 주겠다고 되풀이한 말에 체념한 듯 그가 하는 대로 가만히 있었다. 그는 점례의 배 위에서 그녀의 남편이 온몸을 흔들어 이불을 들썩이며 끙끙거리는 소리를 들었다. 그리고 점례가 울음을 터뜨리기 전에 왼손으로 바지를 올리고 오른손으로 총을 들며 밖으로 나왔다.

그 뒤 덕주는 지리산 공비 토벌 작전에 참가했으며, 그로부터 석 달이 지나 산천이 그의 마음처럼 황량하고 냉혹하게 얼어붙어 버린 한겨울, 눈에 핏발이 가시지 않은 채 고향에 돌아왔을 때, 점례의 남편이 죽었다는 사실을 알았다. 덕주가 토벌대가 되어 떠난 다음 날, 자기 집 감나무에 목을 매달아 스스로 죽었다고 하였다.

덕주는 그때 점례 남편의 죽음에 아무런 양심의 가책을 느끼지 못했다. 하루하루의 삶이 죽음의 한가운데 있었기 때문이었다. 그는 죽음을 너무 많이 보아 왔고 자신도 토벌 작전을 하다가 어느 순간에 죽게 될지도 모른다고 생각했다. 그는 그의 총에 맞아 죽은 사람들의 수를 헤아리기에도 지쳐 있었다. 총에 맞아 죽은 사람들의 얼굴을 기억한다거나, 그 수를 헤아리고 있다는 것이 너무도 무의미하게 생각되어졌다. 그는 이미 거의 본능적으로 방아쇠를 잡아당기고 있었다. 총은 그의 주먹이나 발처럼 느껴졌고, 주먹질을 하거나 발길질을 하는 기분으로 방아쇠를 잡아당기곤 하였다. 때로는 그의 온몸이 총으로 변해 버린 듯한 착각에 빠지기도 하였다. 그렇게 되자, 총과 그 자신을 구별하기조차 어려웠다. 그 무렵 그가 믿을 수 있고 사랑하는 것이란 오직 그의 무기뿐이었다. 그의 무기는 어떤 경우에도 그를 배신하지 않았다.

점례는 남편이 죽은 여덟 달 후에 사내아이를 낳고, 한 달쯤 있다간, 시부모와 두 어린아이들을 남겨 둔 채 집을 나가 버렸다.

덕주는 점례가 집을 나가서 돌아오지 않고 있다는 소문을 듣고도 아무런 마음의 동요도 느끼지 못했다. 설사 그녀가 남편의 뒤를 따라 스스로 목숨을 끊었다고 해도 조금도 언짢아할 그가 아니었다.

달밭과 장터 마을 사람들은, 점례 남편이 목을 매 죽은 것도, 점례가 젖먹이 아이를 버려둔 채 집을 나간 것도 모두 덕주 탓이라는 것을 알고 있었다. 그러나 그들은 덕주를 비난하는 말 한 마디 뱉어 내지 못했다. 대낮부터 술을 마셔 목에 힘을 주어 불콰해진 얼굴을 바짝 쳐들고 마을 사람들 앞을 활개치고 다녔다.

그가 두 볼에 도화꽃이 핀 해반들한 여자와 결혼을 하여 지서가 있는 마을로 옮긴 것은 점례가 집을 나가고 이 년쯤 지나서였다. 그때까지도 점례는 돌아오지 않았다. 그러나 집에는 돌아오지 않는 대신 그녀의 시부모한테 매달 꼬박꼬박 네 식구가 살아갈 만큼의 돈을 부쳐 오고 있었다. 얼핏 바람결에 들려오는 이야기로는 술집 작부가 되었다고도 하였고, 갈보짓을 한다는 말도 있었다. 그러나 덕주는 점례가 갈보가 되었거나 거렁뱅이가 되었거나 관심을 갖지 않았다. 그가 얻은 도화색 핀 여자가 점례보다 훨씬 더 잘나고 나긋나긋했기 때문이다.

다시 기침이 쏟아졌다. 목구멍을 쥐어짜는 것 같기도 하고 쇠갈퀴로 목구멍에서부터 창자까지 피가 나도록 긁어대고 있는 것만 같았다. 기침 소리가 그의 귀에는 마치 깊은 골짜기를 쨍글쨍글 울리는 총소리처럼 들렸다. 총구에서 불을 뿜듯 계속 기침이 쏟아졌다. 그는 기침 소리가 밖으로 크게 새어 나가지 않게 하려고 배를 방바닥에 깔고 엎디어 두 손으로 어깨를 힘껏 끌어안고 가슴팍에 얼굴을 묻었다. 보건소에서 무료로 준 약이 호주머니에 있었으나 먹지 않았다.

얼마 후 기침이 멎자, 방 안은 한바탕 교전交戰이 끝난 골짜기의 고즈넉한 정적처럼 조용했다. 그는 방문을 열고 밖으로 나가면서 벽에 걸려 있는 거울을 들여다보았다. 한바탕 기침을 토하고 난 뒤라 얼굴이 구절초 꽃잎처럼 노래졌다. 두 눈 속까지도 노랗게 물든 것처럼 보였다. 그의 눈에 이미 핏발은 가셔 버린 지 오래였다. 어쩌면 눈에 핏발이 사라진 뒤부터 그가 낙엽처럼 무기력해져 버렸는지도 모른다. 그가 점례한테 저질렀던 일을 뼈저리게 후회하기 시작하면서부터 두 눈의 핏발이 점차 사라져 갔다.

덕주는 구두를 꿰고 하숙옥 앞 공터로 나갔다. 사흘 밤의 숙박비를 지

불했기 때문에 하숙옥의 뚱뚱한 여주인은 그의 외출에 신경을 쓰지 않았다. 목욕탕 건물의 그늘 밑에 조금 전 점례와 싸움을 하던 할망구를 끌고 간 춘자 아버지가 블록 벽에 어슷하게 기대 서서 아이들처럼 햄버거를 먹고 있었다. 그는 나이에 어울리지도 않게, 미국에 있는 딸이 보내 주었음 직한, 독특한 해작 바지에 색깔이 알록달록한 반팔 셔츠를 받쳐 입었으며, 양말을 신지 않은 맨발에 흰 고무신을 꿰고 있었다.

하숙옥의 뚱보 여주인의 말로는, 춘자 아버지는 아이들처럼 햄버거를 들고 다니며 마을 사람들 보는 앞에서 먹는 것을 큰 자랑으로 여긴다고 하였다. 그 때문에 옛날 똥장군을 끌고 미군들의 똥을 푸고 살 때는 마을 사람들이 그를 조 장군, 조 장군 하며 불렀는데 요즘에는 조 햄벅, 조 햄벅 한다는 것이었다.

덕주는 어울리지 않는 이상한 옷차림을 하고 햄버거를 맛있게 먹고 있는 그가 마치 유랑 극단에 나오는 바보 주인공 같은 생각이 들어 마음속으로 피식피식 웃었다. 어쩌면 그는 일부러 햄버거를 들고 다니며 마을 사람들이 보는 앞에서 자랑스럽게 먹는 것으로 하여 미군들의 똥을 퍼주고 살았던 과거의 기억들을 잊어 주기를 바라고 있는 것인지도 몰랐다.

하숙옥의 뚱보 여주인 이야기로는 요즈막 그들 부부는 흑인 병사를 따라 미국에 간 두 딸들 덕으로 집도 이층 양옥으로 새로 짓고, 먹는 것 입는 것 걱정 없이, 조 햄벅이라고 부르는 것을 즐거워하며 산다고 하였다.

덕주는 조 햄벅의 앞을 지나, 여름 한낮의 햇살이 빈틈없이 가득 괴어 있는 공터를 가로질러, 때 묻은 하늘색 포렴이 펄럭이는 술집으로 향했다. 점심 대신 소주나 한잔 마시고 싶어서였다.

술집 안은 밖에서 보기와는 너무 딴판이었다. 생각보다 널찍한 홀에는 좌판 대신에 비록 때가 묻고 비닐 커버가 너덜너덜 떨어지긴 했어도 낡은 나무 의자와, 빨간 페인트를 칠한 탁자들이 여러 개 적당한 간격으로 있었다.

네 벽마다에는 외국의 여자 배우들 사진과 누드 사진들이 촘촘히 파리똥이 박힌 채 여러 개 붙어 있었고, 반원의 카운터 위에 선 낡은 선풍기가 덜컹거리며 돌아갔다. 밖에서 보기엔 시골의 주점같이 생각되었으나 안은 도시의 바처럼 꾸며져 있었다.

출입구의 밑창문을 열어 놓았는데도 술집 안은 어두컴컴했다. 술을 마시는 손님들은 하나도 없었고, 마을에 사는 초로 여인네들 넷과 옆집 세탁소 남자, 이발소 주인 등 예닐곱 명이 선풍기를 둘러싸고 앉아서 잡담을 하고 있었다. 술집이라기보다는 복덕방 같은 분위기였다.

덕주는 그들과 떨어진 구석 자리에 앉았다. 주인인 듯싶은 점례 나이 또래의 오십대 여자가 다가와 선 채 말없이 덕주를 내려다보았다. 여자에게서 화장 냄새가 역겹도록 풍겼다. 그는 나이에 어울리지 않게 아이섀도를 검게 칠하고 립스틱까지 발랐다. 덕주가 소주 있느냐고 했더니 말없이 돌아섰고 잠시 후에 두 홉들이 소주 한 병과 작은 유리 술잔, 된장에 오이를 썰어 박은 접시를 놓고 갔다.

덕주가 두 잔째 술을 비우고 있을 때, 뜻밖에 점례가 술집 안으로 들어섰다. 그녀가 들어서자 선풍기를 둘러싸고 앉아서 큰 소리로 잡담들을 늘어놓고 있던 마을 사람들이 자리를 비워 주며 반갑게 맞았다. 점례는 점심을 막 먹고 오는 것인지 술집에 들어서자 카운터에 놓여 있는 성냥통에서 성냥개비 하나를 집어 허리를 동강내더니 쩝쩝 입맛을 다셔 대며 이빨을 쑤셔 댔다. 덕주는 점례가 그를 알아볼까 두려워 애써 고개를 숙였다.

"아이, 옥자야, 나 쐬주 한 벵 주라!"

점례는 의자를 끌어다 선풍기와 가까운 탁자 옆에 비집고 앉으며, 술집 여주인에게 소리쳤다.

"쪼니워까 시절이 그리워서 몸쌀이 나겄당께! 우리헌테는 그때가 황금 시절이었든개벼!"

점례는 그러면서 옆에 앉은 세탁소 남자의 와이셔츠 호주머니에서 담배를 낚아채듯 하여 뽑아 필터를 잘근거리며 입에 물고 불을 댕기며 큰소리로 말했다.

"점례 저 잡것, 또 바다 건너간 쌕스폰쟁이 쪼지 생각이 나는 모양이구나."

두 홉들이 소주 한 병과 안주 접시를 들고 나오며, 술집 주인이 비아냥거렸다.

"쪼지 생각도 간절허고, 토미 놈도, 짹도, 무하마뜨도, 로버뜨도, 리짜드도…… 그 엠병헐 놈들이 다 환장허게도 그립당께. 그래도 말이여, 젤루 그리운 건 역시 첫사랑이당께! 내 팔자를 개 창시처럼 휫가닥 뒤집어 놓은 그 남자……."

점례는 타는 담배를 탁자 위에 놓고, 소주를 거푸 두 잔째 숨 돌릴 여유도 없이 목구멍으로 털어 넣더니, 술병과 잔을 옆에 앉은 세탁소 남자 앞으로 옮겼다.

"한잔씩 빨어! 어야, 옥자야, 쐬주 한 벵 더 있어야 쓰겄다. 쪼니워까는 못 마셔도 쐬주라도 빨자. 이 집도 쪼니워까 시절이 좋았제……."

"대낮부터 무순 술을…… 아까 춘자 어메흐고 쌈해서 목구멍에서 불나는 모양이구만!"

좌중의 여자들 가운데서 누구인가 말했다.

"옥자야, 언능 술 더 갖고 와! 이 마을에서는 그래도 이 오점례 신세가 상팔자 아니여? 그까짓 똥장군 조 햄벅이네보담이야 낫제! 미국에

간 깜둥이 흰둥이 두 아들이 출세해 갖고 매달 에미 용돈으로 백 딸라씩 보내 주겄다, 본남편한테서 난 큰아들 서울에서 택시 운전수 허겄다, 두째 놈 싸우디 가서 돈 벌겄다, 내가 그냥 복방석에 자빠라져 뿌렀당께! 그런듸도 우리 아들덜을 조 햄벅이네 딸헌티 비교해? 택도 없어! 클씨 저번 때는 우리 깜둥이헌테서 편지가 왔는듸, 요븐 가을에 즈그 내외가 한국에 나와서 나를 데리꼬 가겄다고 했당께! 자식 덕분에 비행기 타고 팔자에 없는 미국 귀경허게 생겼어! 또 우리 흰둥이 새끼는 어쩌고…… 그놈은 비까번쩍헌 차가 두 대나 되고 대궐 같은 집에서 산다니께! 우리 네 놈 새끼들만 생각하면 옴찔옴찔 오져 죽겄어."

점례는 어깨를 들먹이기까지 하면서 좌중의 마을 친구들에게 술을 따라 주며 자랑스럽게 말했다. 그러나 마을 사람들은 점례의 그 같은 자랑을 텔레비전의 화장품 선전만큼이나 귀에 못이 박히게 들었기 때문에 마지못해 가볍게 고개를 끄덕였다.

"점례는 좋겠어!"

"점례가 부러워서 죽겄당께!"

"오점례 혼자 우리들 한을 다 풀었어!"

"점례는 우리 마을의 스타랑께!"

좌중의 친구들이 술잔을 비울 때마다 한 마디씩 뱉어 냈고, 그때마다 점례는 자랑스러운 듯 어깨춤을 추듯 목을 휘저으며 행복하게 웃었다.

"그래도 조 햄벅이 할망구는 내가 양갈보질해서 깜둥이 흰둥이 낳았다고 숭보지 않든가?"

"그럼시롱 두 딸년들은 왜 그짓을 시켜! 괜히 점례가 샘이 나서 그런 거니께 마음 쓰지 말어. 시방 이 마을에서 점례를 숭보고 손가락질헐 사람이 누가 있다고그려? 점례나 조 함바꾸네나 다 안 굶어 죽을라고 헌 짓이었으니께…… 공주촌 사람덜치고 양키들 × 안 빨고시리 춘향이처럼 깨끗하게 살아온 사람이 누가 있간듸? 쪼니워까며, 양담배며, 깡통 덕에 살아온 우리덜이 아닌감? 조 함바꾸네는 양키들 똥 덕분에 살었고 말여. 점백이는 몸을 팔었지만 그렇지 않은 사람들은 양키들헌테 쓸개를 판 거여. 몸을 판 거나 정신을 판 거나 매한가지제 머. 모두 다 쌤쌤이여. 굶어 죽지 않을라고 한 짓이었응께…… 공주질해 갖고 떼돈 번 사람 있간듸?"

술집 주인 옥자의 말에 "그짓 안 했으면 우리 시부모 두 새끼들 굶어 죽었을 것이여" 하고 점례가 갑자기 착 가라앉은 목소리로 말했다. 그때 조 햄벅이네 부인이 손목을 팔랑개비처럼 돌려 목덜미 안에 손바람을 만들어 넣으며 쪼작걸음으로 옥자네 술집 안으로 들어섰다. 그녀는 좌중을 한번 두렷두렷 둘러보더니, 의자를 끌어다 점례 옆에 비집고 앉았다.

"옥자네야, 나 션한 맥주 한 병 주소. 한여름에 목 타서 워치께 쐬주를 마신당가 원!"

춘자 어머니는 그렇게 말을 하고 나서 점례의 옆얼굴을 빳빳한 시선으로 쏘아보았다.

"아니구만. 사람이 모두 몇인가, 나까정 야들이구마그려. 쐬주병 치워 뿔고 히야시된 것으로 야들 병 줘. 우리 영감 함바꾸만 처묵는듸, 나도 기분 좀 내야 쓰겄어!"

춘자 어머니가 짧은 목을 길게 빼고 손까지 흔들어 대며 소리쳤다. 그러자 점례는 소주병을 쥐어짜듯 하여 마지막 남은 한 방울까지도 깡그리 빈잔에 따라 마시더니 벌떡 일어섰다.

"옥자야, 엠병헐, 여기 쪼니워까 한 박스 내와라. 이 집구석에 없으면 비행기 타고 미국에라도 가서 가져와!"
하고는 악에 받친 목소리로 울부짖듯 소리쳤다.

덕주가 또 필시 두 여자가 싸움이 벌어질 것 같은 분위기에 술값을 계산하고 슬며시 밖으로 나와 버렸다.

하숙옥의 답답하고 무더운 방으로 돌아온 그는 점례에 비해 너무나 무기력하고 초라한 자신을 발견하고, 그녀를 만나려고 했던 마음이 희미하게 움츠러들고 말았다. 점례는 참나무처럼 굳세고, 싸움터에서 이기고 돌아온 병사처럼 떳떳하게 살고 있음을 발견했기 때문이었다. 그런 그녀 앞에 무릎을 꿇고 용서를 빈다는 것이 무의미하게 생각되어졌다. 그녀를 만나면 오히려 그녀 쪽에서 자기를 그렇게 만들어 준 것에 대해 감사하게 여기고 있다고 말하게 될지도 모른다는 끔찍한 생각이 들기까지 하여 서둘러 그녀가 살고 있는 곳에서 멀리 떠나고 싶었다.

점례한테 용서를 비느니 차라리 서둘러 달밭에 돌아가, 고향 사람들 앞에 무릎을 꿇는 것이, 마음속에 겹겹이 홀맺힌 회한悔恨을 푸는 데 도움이 될 것 같았다.

그러나 점례가 거리낌 없이 사는 것을 본 그는, 지난 삼십여 년 동안 스스로 묶여 있었던 가책의 무서운 쇠사슬로부터 풀려나는 것 같은 마음 후련함을 느낄 수가 있었다. 이제는 삼십 년 전 그의 총부리 앞에서, 비바람에 떨어져 짓밟힌 감꽃처럼 무수히 숨져 간 사람들의 환영들도 뿌리쳐 버릴 수 있을 것만 같았다.

덕주는 오랜만에 마음이 가벼워져 서둘러 고향에 가야겠다고 생각했다.

고향에 달려가고 싶은 발싸심 때문에 그날 밤 잠을 이루지 못하고 뒤척이다가 꼭두새벽 미명이 되기도 전에 하숙옥에서 나왔다. 새벽바람을 헤치며 걷는데도 이상하게 단 한 번도 기침을 하지 않았다. 오히려 영생이의 잎을 씹은 것처럼 목구멍 속이 개운했다.

덕주는 십 리 길이 빠듯한 포주역까지 나가 첫차를 탈 욕심으로 새벽

길을 재촉했다. 그리고 너무나 짧은 기간이었지만, 한때 풀잎 같은 마음으로 점례를 사랑한, 지난 그의 인생의 가장 아름다웠던 순간을 천천히 음미하듯, 기분 좋은 한여름의 새벽 공기를 폐부 깊숙이 빨아들이면서, 고향 뒷산의 양지쪽에 평화롭게 누워 잠이 든 자신의 모습을 머릿속에 부지런히 그려 넣었다.

비포장 황톳길을 지나, 발바닥이 쩍쩍 달라붙는 사차선 포장도로에 이르렀을 때 소채를 가득 싣고 힘겹게 손수레를 끌고 가는 여자와 만났다. 머리에 큰 타월을 쓴 것을 보고 여자라는 것을 알 수가 있었다.

덕주는 손수레 앞을 그냥 지나치려다가 끙끙거리며 너무 힘들어하며 끌고 가는 것을 보고 가볍게 한 손으로 밀어 주었다. 그러자 여자가 어둠 속으로 뒤를 돌아다보며 숨 가쁜 목소리로 고맙다는 말을 하였다. 목소리로 보아 젊은 여자 같지가 않았다.

"새벽부터 어디까지 가시우?"

덕주가 손수레를 밀고 있는 한쪽 팔에 힘을 쏟으며 물었다.

"역에 도회지 장사꾼들헌테 팔 거라우."

여전히 헐떡거리는 목소리였다.

"이렇게 한 구르마 끌고 가면 얼마나 버시오?"

"님의 밭에서 새벽마다 한 구르마씩만 떼어다 파니께, 게우 내 혼자 목구멍 풀질이나 허지라우."

"혼자라니, 식구는 없소?"

"자식이 넷이나 있었는듸, 에미 몸뚱이가 걸레가 되도록 애써 키워논께, 제 앞길 가릴 만허자 모두덜 어미 품을 떠나가 뿔덩만. 뒈졌는지 살었는지 기별조차도 없당께요!"

"불효 막심헌 아들덜이군요."

"말짱 이 에미 잘못이라우. 내 잘못이니께 그놈덜 원망 안 허요."

여자는 푸념처럼 숨 가쁜 목소리로 말하고 나서 잠시 손수레를 멈추고 얼굴을 알아볼 수 없을 만큼 깊숙이 머리를 싸맨 타월을 벗겨 얼굴과 목덜미의 땀을 닦았다.

아스팔트 위에 미명의 마지막 두꺼운 어둠이 괴로운 삶의 껍질처럼 천천히 벗겨지기 시작했다. 덕주는 수레를 끌고 있는 불쌍한 여자와, 아들 자랑으로 두 어깨를 춤추듯 들먹이던 점례를 비교하면서 몇 번이고 안도의 숨을 내쉬었다. 그러나 그런 생각은 순간이었다.

"댐배 한 대 피우고 천천히 갈라니께 먼첨 가시씨요."

여자가 땀을 닦아 낸 타월을 툭툭 털며 덕주를 돌아다보았다. 그 순간 그는 하마터면 소리를 지를 뻔하였다. 동쪽 신작로 끝에서부터 트여 오는 아침의 하늘빛에 희미하게 드러나고 있는 여자의 얼굴은 점례가 분명했다.

"내 걱정 마시고 먼첨 가시라니께요."

그제야 점례의 때까치처럼 꺽꺽 울리는 목소리가 화살처럼 그의 심장에 섬뜩하게 꽂혀 온 것이었다. 갑자기, 점례가 삼십 년 전 어둠 속에서 그가 들이댄 총구를 두려워하며 떨었던 것처럼, 그 자신이 그녀 앞에서 무참하게 허물어지고 있는 것 같았다.

덕주는 날이 밝아 오는 것이 두려웠다. 고향에 돌아가는 일이 천당에 가는 것보다 더 어렵게 생각되어지면서, 다시 기침이 쏟아지려고 하였다.

자동차가 다급하게 클랙슨을 울리며 미명을 가르고 달려오자 그는 헤드라이트를 피해 몸을 돌렸다.

"걱정 마시고 먼첨 가시라니께요."

점례가 담배를 피워 물고 새벽 바람 속에 연기를 내뿜으며 덕주의 옆으로 왔다. 그는 고개를 숙이고 손수레의 손잡이를 잡았다. 그곳에서

도망치듯 손수레를 끌었다.

“나 혼자서도 문제없이 끌고 갈 수 있으니께 냅두시라니께요.”

덕주는 점례가 한사코 만류하는 것을 못 들은 척하고 더 빠른 속도로 손수레를 끌었다. 채소를 가득 실은 손수레는 점례가 살아온 삶처럼 무거웠다. 아니, 덕주 자신이 지난 삼십여 년 동안 짓눌려 온 가책의 무게만큼이나 짐스러웠다.

새벽부터 둘이서 무거운 손수레를 끌며 밀며 지나온 아스팔트 길의 등 뒤엔 희번하게 동이 터 오고 있었으나, 수레가 도착해야 할 포주역의 서쪽 하늘은 아직 두꺼운 어둠 속에 덮여 있었다.

“혼자서도 문제없는듸…….”

점례는 잰걸음으로 손수레를 따라오며 똑같은 말만 되풀이하였다.

우 · 수 · 상 · 수 · 상 · 작

모든 별들은 음악 소리를 낸다

윤후명

1946년 강원도 강릉 출생.
연세대 철학과 졸업.
1967년 《경향신문》 신춘문예에 시 〈빙하의 새〉 당선.
1979년 《한국일보》 신춘문예에 소설 〈산역山役〉 당선.
소설집 《돈황의 사랑》《부활하는 새》《알함브라 궁전의 추억》 등.
장편소설 《별까지 우리가》《약속없는 세대》《협궤열차》 등 .
현대문학상, 녹원문학상, 이상문학상 수상.

모든 별들은 음악 소리를 낸다

봉천동에 이사하고 나서 우리 집은 난데없이 무슨 동물 농장처럼 되고 말았었다. 가정집에, 개는 물론이고 닭, 토끼, 돼지, 게다가 말까지 키웠으니 어지간했다. 말을 키우다니? 지금도 서울시 관내의 변두리로 가면 개, 닭, 토끼, 돼지까지 키우는 집이 없지 않을 것이다. 실제로 어떤 선배는 칠면조를 키운다고도 했고 또 어떤 선배는 사슴을 키운다고도 했다.

하기야 그런 보기들과 견주면 우리 집에서 말을 키웠다는 사실은 좀 다른 경우에 든다고 하겠다. 왜냐하면 우리는 말 그 자체를 키우기 위해 말을 먹인 것이 아니라 돼지를 키우기 위해, 돼지를 키울 먹거리인 이른바 짬빵을 실어 나르기 위해 말을 먹이게 되었기 때문이다. 지금 같으면야 짬빵을 실어 나를 마차를 시내까지 끌고 다니는 일조차 불가능할 것이다. 아버지도 애초부터 마차를 마련해야만 할 정도로 사태가 어렵게 진전될 줄은 꿈에도 몰랐음에 틀림없었다.

얼마쯤 가까운 식당들에서 수거해 올 수 있는 짬빵이 달리고, 리어카를 끌던 떠돌이 청년 일꾼마저 온다 간다는 말 한마디 없이 바람같이 사라져 버리자 마차를 사들이기로 작정했던 것이다. 마침 아버지의 팔촌 형뻘 되는 분이 가정도 없이 떠돌아다니다 집에 들러 있었던 참이어서 아버지는 그 큰아버지와 상의를 했는데 그 큰아버지가 느닷없이 마차를 사는 게 어떻겠느냐, 마부 노릇은 내가 하겠다고 나섰기 때문에 아버지로서는 작정하기가 그만큼 빨랐다. 더군다나 큰아버지는 어느 시장에선가 마차를 사고파는 광경을 본 적도 있었노라고 덧붙이기도 했다. 그러니까 큰아버지가 아니었더라면 아버지로서는 마차를 아예 엄두도 못 냈을지 모른다.

"마르 부리 내겠소?"

아버지는 자못 근심스럽게 물었지만 큰아버지는 세상에 못할 게 뭐 있겠느냐는 다부진 반응을 보였다. 마차를 사서 마부 노릇을 하겠다고 제안한 사람이 큰아버지였던 만큼 각오는 서 있었다고 보아야 할 것이다. 큰아버지는 그렇게 나온 이상 미적지근하게 자신 없는 태도를 보인다면 더 큰일이기도 했다.

"까짓거 뭐 재갈 단단히 물린 놈, 끌구 다니기만 하믄 되지비."

큰아버지는 몇 번인가 되뇌었다. 그러니 큰아버지의 다부진 반응은 아무래도 무슨 자신이 있어서라기보다 당장 한몸 눕히고 한 끼니 때울 곳이 없는 처지에서 보인 반응임을 아버지인들 모를 까닭이 없었다. 하지만 돼지 먹이도 벌써 며칠째 비싼 돈 주고 사 온 복합 사료만 펑펑 쏟아 붓고 있는 마당이니 더 따질 계제가 아니었다. 아버지는 말을 먹일 일과 마구간을 지을 일에 대해서도 걱정을 했으나 결국은 마차를 살 수밖에 없다는 결정에 이르게 되었던 것이다.

"그럼 내일 당장 나가 보오."

아버지의 말에 큰아버지는 고개를 끄덕거렸다. 한참을 말없이 앉아 있던 큰아버지가 아버지에게 같이 가지 않겠느냐고 물었으나 아버지는 "내가 마르 아오" 하고 모든 것을 큰아버지의 재량에 맡겼다.

이튿날 아침 집을 나선 큰아버지는 저녁 무렵이 되어서야 돌아왔다. 정말 훤칠한 말이 끄는 마차와 함께였는데, 상기되고 긴장이 감도는 얼굴은 마차를 몰고 오면서 꽤 고심했음을 여실히 말해 주고 있었다. 우리가 에워싸자 큰아버지는 갑자기 흥분된 어조로, 마침 좋은 말이어서 퍽 만족스럽다고 으쓱댔다. 곧, 노새도 버새도 아닐 뿐더러 당나귀나 조랑말도 아닌 진짜 말이라는 것이었다.

"진짜 말이라뇨?"

부엌에서 뛰어나온 어머니는 눈이 휘둥그레졌다. 큰아버지가 막상 말을 사 오겠다고 나가기는 했으나 도무지 믿기지 않는 모양이었다.

"족보까지 있다 합디다."

큰아버지는 한두 번 익힌 솜씨로 말의 멍에를 벗겨 내려놓으면서, 본래 경마장에서 뛰던 말이라는 설명도 곁들였다. 족보까지 있다는 말에 어머니는 마당 한구석에 웅크리고 있는 개를 힐끗 쳐다보았다. 개 역시 족보까지 있다는 진돗개였는데, 갑자기 말이 나타나자 족보도 족보 나름인지 기를 못 펴고 끙끙 눈치만 살피고 있는 중이었다. 족보까지 있는 말이라는 설명에 어머니는 비로소 '진짜 말'이 무엇인지를 알 수 있겠다는 듯한 표정이었다. '진짜 말'의 설명을 듣고 가장 만족한 것은 아버지였다. 아버지는 누구 말마따나 만면에 희색을 띠고 "하, 족보까지 있는 말이라" 하고 감탄을 거듭했다. 이 족보가 있다는 말이, 그렇기 때문에 마차를 끌기에는 적합지 않다는 사실을 알기까지에는 그렇게 오랜 시일이 필요하지 않았다. 어쨌든 이렇게 해서 경마장에서 쫓겨

난 폐마廢馬는 우리 집에 있게 되었다.

봉천동에 이사하고 나서 가장 먼저 문제가 된 것은 동물보다는 식물이었다. 한 그루 포도나무 때문에 아버지와 내가 의견 대립을 보였던 것이다. 따지고 보면 그동안 속에 숨어만 있던 반발이 첨예하게 드러난 결과일 터이지만, 그 의견 대립은 오래 갔다. 간단하게 말하면, 아버지가 포도나무 한 그루를 심고 터무니없는 발상을 한 데서 비롯된 의견 대립이었다.

모든 의견 대립에서처럼 나는 아직도 내가 완벽하게 절대로 옳다고 잘라 말하려는 것은 아니다. 그럼에도 불구하고 나는 아버지의 발상을 터무니없다고 몰아세우게 되는데, 그것은 여지껏 내가 그런 보기를 접하지 못한 데 지나지 않는다. 아버지는 포도나무 한 그루를 심고, 그리고 거름만 많이 잘해 주면 포도 덩굴이 거의 무한정 자란다고 믿고 있었다. 염색체니 배수체니 방사능이니 콜히친이니를 주머니 속보다 더 잘 알고 있는 식물학자들이나 주장할 말이었다.

나는 어림도 없는 말이라고 우기며 대들었다. 포도나무가 무한정 자라든 말든 내가 상관할 바는 아니었다. 그 덩굴이 지구를 일곱 바퀴 반쯤 돌고 또다시 돌려고 한들 나와 무슨 상관이 있단 말인가?

아버지는 내 주장에 아랑곳없이 포도나무 둘레를 삽으로 파고 집에 있는 동물들의 똥이란 똥 종류는 죄다 퍼부은 뒤 덩굴시렁을 온 마당 가득히 넓히려고 했다. 빨랫줄마저 햇볕 안 드는 뒤꼍으로 옮겨 매어야 할 판국이었다. 포도나무는 이웃 포도밭에 택지를 조성한다고 해서 뽑아 낸 것을 얻어 온 것이었다.

그 무렵 봉천동 일대는 군데군데 택지가 조성되고 있었을 뿐, 대부분 황량한 땅으로 버려지다시피 남아 있었다. 논밭은 농사를 짓기보다 땅값이 오르기만 기다려 방치된 곳이 많았고, 연탄 쓰레기 흙을 편 매립

지에 이따금 시금치 따위가 심어져 특별히 손이 가지도 않는 채 자라고 있었다. 농사를 지어 봐야 인건비도 안 빠진다고 땅 주인들은 말했다.

경기도 땅이 서울시로 편입되어 주민들은 여러 가지 기대를 걸고 있던 때였으나, 신촌과 상도동을 오가는 신촌교통 버스가 삼십 분에 한 대씩 행선지 표지판을 바꿔 끼우고 들어와서 겨우 시내로 연결해 줄 뿐 교통도 엉망이었다. 버스길이 비포장도로임은 물론 정거장 이름도 장승백이에서부터 주막거리, 말죽거리, 비석거리, 거북고개 등으로 이어져 나갔다.

청련암淸蓮庵 밑의 야산 기슭에 블록 집을 새로 짓고 우리는 이삿짐을 옮겼다. 아버지 일의 실패로 말미암아 단행된 이사였다. 지금이라면 그 땅만 해도 제법 돈이 될 것이다. 그러나 아버지가 나중에 은퇴를 하면 파묻혀 보낼 별서別墅라도 마련할 양으로 그 몇 해 전인가 평당 몇십 원 꼴로 사 둔 데에 지나지 않았던 그 땅은 그 무렵은 아직까지 거의 경제성이 없었다. 그런데도 굳이 이사를 해야 했던 까닭은 갑자기 모종의 사건에 연루되어 몇 년 동안 자격 정지 상태가 된 아버지가 그 땅에서 양돈養豚을 할 결심을 한 때문이었다. 아버지가 돼지치기를 할 결심까지 했다는 것은 불가사의한 일이었다.

아버지는 그때까지 평생을 이를테면 사무실 안에서만 보내 왔었다. 그런데도 그와 같은 결심을 했으니 사태는 그만큼 심각했던 셈이다. 그러나 그때까지만 해도 아버지를 빼고는 모두들 그 사태가 얼마만큼 심각했는지 가늠할 수가 없었다. 우리들은 실실 웃음까지 흘렸다. 그러나 아버지는 심각하고 진지했다. 아버지의 설명에 따르면 돈사로 잡아먹는 땅은 얼마 안 되므로 돼지를 치는 외에 농사를 얼마쯤 지어 부식이라도 해결하면 우리 식구가 먹고살 걱정은 없으리라는 것이었다. 그러면서 《최신 양돈법》이니 《양돈의 실제》니 하는 책들을 뒤적거렸다.

이사를 하고 나서 시멘트 블록으로 돼지우리를 짓고, 본격적으로 계획은 추진되었는데, 포도나무는 그보다 앞서서 현관 옆에 심어졌던 것이다. 봉천동에서의 새 삶을 위한 기념식수와 같았다. 새끼 돼지들이 제법 중돝으로 자라고 그리고 '진짜 말'이 새 식구로 들어왔을 즈음, 포도나무는 무성하게 순을 뻗어 가지를 치기 시작했다. 모든 것이 순조롭게 진행되는 듯싶었다. 집과 그에 딸린 마당과 돈사가 차지한 땅을 뺀 나머지 땅에서는 고추, 토마토, 가지, 오이 따위가 무럭무럭 자라, 아버지는 포기마다 섶을 세워 주기에 여념이 없었다.

그러나 나는 나도 모르게 집안일에 방관자가 되어 있었다. 이사를 함으로써 학교를 오가기에 여간 애를 먹지 않게 된 것이 첫째가는 이유라면 첫째가는 이유였다. 삼십 분마다 배차되는 버스가 어쩌다 한 대만이라도 안 오게 되면, 다시 삼십 분을 기다려야 하므로, 예정된 강의 시간에 대기는 이미 글러 버린 일이었다. 조마조마하게 기다리곤 했으나 정책상 할애된 노선이라 걸핏하면 빼먹기 일쑤였다. 하지만 조금만 깊이 더듬어 보면 그런 따위의 이유는 지극히 표면적인 이유에 지나지 않았다. 애초부터 버스를 기다리지 않고 이 킬로미터쯤 장승백이로 걸어 나가면 얼마든지 되는 것이었다. 그러니까 내가 방관자가 된 것은 아버지에 대한 불만 그것 때문이었다.

나는 아버지가 사리 판단에 어둡고 독선적이어서 자격 정지를 당했고 그 결과 집안이 온갖 구질스런 일을 겪게 되었다고 굳게 믿고 있었다. 우리가 하는 고생은 생뚱하게 사서 하는 고생이라고 결론지은 나는 한 마디로 말하자면 아버지를 모멸했다. 아버지야말로 원흉이었다. 그러나 진실로 집안의 몰락 때문에 내가 아버지를 모멸한 것이었을까. 그것 때문만이었더라면 나는 오히려 아버지를 동정하고 아버지와 고통을 함께하려고 했을지도 모른다. 그렇다면 무엇 때문이었을까. 어쩌면 어떤 사람의 분석대로 모든 아버지에 대한 모든 아들의 원초적인 적대감이 유달리 마각을 드러낸 것이나 아니었을까. 불행한 일이었다.

포도나무 일이 있기 이전에는 그래도 틈나는 대로 이것저것 자질구레한 일들을 거들기도 했었다. 분무기로 밭에 농약을 살포한다거나 돼지우리에 새 짚을 깔아 준다거나 하는 일들이었다. 그러나 포도나무 일을 계기로 집안일에 대해서는 완전히 등을 돌리고 말았다. 아버지가 한 그루 포도나무를 무한정 키워 그 무한정만큼 포도도 따겠다는 소박하고 위대한 꿈에 부풀어 있는 것을 본 나는 "그럼 포도밭에서는 뭐 미쳤다구 나물 수백 주씩 심겠어요" 하고 대들며 돼지치기니 밭농사니 다 알쪼라고 못을 박았다.

누구의 말이 옳고 그르고의 문제가 아니었다. 내 어조가 지나치게 격렬하고 얼굴빛까지 붉으락푸르락하는 데는 나도 놀랐다. 도무지 이해할 수 없는 일이었다. "뭐 미쳤다구" 하는 말은 분명히 아버지의 생각이 '미친' 생각이라고 단도직입적으로 찌르는 효과를 노린 말이었다. 나는 아차 잘못했구나 싶었지만 나도 모르게 드러나 버린 어떤 마각을 순식간에 얼른 감출 수 있는 능력이 없었다. 나는 불쑥 대든 행위를 합리화하기 위해서 얼굴을 더욱 일그러뜨리고 숨까지 씩씩거리며 처절한 눈초리로 아버지를 노려보아야 한다고 판단했다. 정말 처절한 일이었다. 아버지가 그때만큼 어리둥절하고 멍한 표정을 지은 적도 없었다. 어렸을 적에 잘못을 저지르면 내 손으로 회초리를 구해 오게 했던 그 아버지였다.

순간 나는, 아버지가, 이게 바로 이유 없는 반항이로구나 하는 데 생각이 미치지나 않았나 공연히 서글프면서도 부아가 났다. 고등학교 때까지만 해도 나를 불러 앞에 앉히고 이런 이야기 저런 이야기 늘어놓기를 좋아했던 아버지였다. 그러나 그 이야기들은 단순히 이런 이야기 저런 이야기가 아니었다. 그 이런 이야기 저런 이야기 끝에는 어김없이 명백한 훈도가 따랐다.

어떤 목적을 둔 그 이런 이야기 저런 이야기에 나는 이미 오래 전부터 역겨움을 느끼고 있었다. 그래서 그런 자리가 마련될 성싶으면 미리 무슨 구실을 달아서라도 빠져나올 궁리만 했다. 그 이런 이야기 저런 이야기 가운데 하나가 '이유 없는 반항' 이었다. 내가 사춘기에 접어들었음을 간파한 아버지가 영화 이야기로부터 서두를 꺼내, 마침내 사춘기의 방황을 슬기롭게 극복하라는 투로 들려준 교훈이었다. '이유 없는 반항' 이야기를 처음 들었을 때 나는 그것이 제임스 딘이 주연한 영화 제목이라는 사실 따위는 까맣게 몰랐다. 다만, '이유 없는 반항' 이라니 그게 뭔가, 반항이란 도대체 뭘 가지고 반항이라고 하는 것인가, 그냥 대드는 것인가, 아니면 하고 싶은 대로 하려는 것인가, 거기에 이유가 없다는 것은 또 어떤 것인가, 밑도 끝도 없이 대든다는 말인가, 그런 일이 어떻게 가능한가 하는 투로 생각을 굴리고만 있었다.

그 이런저런 이야기 가운데 내게 가장 절실하게 된 교훈을 준 이야기가 〈나의 길을 가련다〉라는 영화 이야기였다. "고잉 마이 웨이, 고잉 마이 웨이" 하고 유난히 목청을 높이면서, 인생의 목표를 설정한 이상 한눈팔지 않고 최선을 다해야 한다고 들려준 이 교훈은 나중에 나로서는 잊을 수 없는 교훈이 되었지만, 그것이 도리어 아버지에게 심한 고통을 주게 될 줄은 아버지는 꿈에도 상상하지 못했을 것이었다. 왜냐하면 아버지가 겨냥한 내 인생의 목표와 내 스스로 겨냥한 내 인생의 목표가 서로 다른 때문이었다. 아버지는 어렸을 적부터 내 인생의 목표가 법法으로 설정되었다고 믿고 있었다. 그러나 그렇지 않았다.

아버지가 한 이런 이야기 저런 이야기에는 또 "여자는 머리카락 한 올 한 올이 한 마리의 독사"라는 끔찍한 것도 있었는데, 이 교훈은 두

고두고 나에게 여자라는 존재의 불가사의와 그 신비성만 두드러지게 인상 지워 주는 데만 도움을 주었을 뿐이었다. 머리카락 한 올 한 올이 다 뱀이라면 도대체 몇천 마리, 몇만 마리나 될까. 그것도 꽃뱀이나 율모기 같은 독 없는 뱀이 아니라 살모사 같은 독사라지 않는가. 머리에 수천, 수만 마리 독사가 우글거리는데도 함초롬히 젖은 눈동자를 깜박거리며 꽃같이 미소 지을 줄 아는 신화적인 동물, 여자!

내가 한 그루 포도나무를 앞에 놓고 아버지에게 대들면서 서글픈 가운데 부아가 난 것은 다른 까닭이 아니었다. 아버지가 만약 내 반발을 단순히 '이유 없는 반항' 으로 생각한다면 그야말로 오산이었다. 그 오산을 아직도 오산으로 여기지 않을 아버지가 가련했다. 나는 아버지의 교훈들이 한꺼번에 떠올랐다. 여자는 불가사의한 존재임에는 틀림이 없었으나 "머리카락 한 올 한 올이 한 마리의 독사"인 것 같지는 않았다. 물론 그 교훈 속의 독사가 실제의 독사가 아닌 상징의 독사를 가리킨다고 할지라도, 그럴 것 같지는 않았다. 그리고 '나의 길을 가련다' 야말로 서글픈 것이었다. 아버지가 누차 귀에 못이 박히도록 "고잉 마이 웨이, 고잉 마이 웨이"를 외친 가르침에 충실히 따르겠다는 듯이 나는 정말 나의 길을 가고 있었다. 아버지는 그의 삶을 이끌어 나가는 데 있어서도, 또 그 아들의 삶을 이끌어 나가는 데 있어서도 실패하고 있었다. 아버지의 "고잉 마이 웨이"는 나로 하여금 법 공부에 전념하라는 준열한 교훈이었다. 그러나 나는 법 공부 따위는 안중에도 없었다. 나는 엉뚱하게도 시詩를 쓰고 있었던 것이다.

별것도 아닌 일을 계기로 집안일에 등을 돌린 뒤로 나는 학교에서 돌아오면 주로 방 안에 처박혀 있거나 집 뒤의 황량한 야산 기슭을 어슬렁거리며 돌아다니는 것이 일이었다.

아버지도 '이유 없는 반항' 은 건드리는 게 오히려 역효과라고 여기고 있는 듯했다. 밥때에 상머리에 마주 앉아서도 아무 말이 없었다. 따라서 상머리에서는 어머니가 가끔 입을 열 뿐이었다. 어머니가 하는 말도 기껏 동생들에게 토끼풀을 제때제때 뜯어다 주라거나 족제비가 닭을 또 물어 갔다거나 하는 말 따위에 지나지 않았다. 집에 동물이 많아졌기 때문에 그 뒤치다꺼리에 여간 신경이 쓰이지 않는 모양이었다. 동물 농장처럼 여러 종류의 동물이 있기는 했지만 개는 한 마리, 닭은 예닐곱 마리, 토끼는 세 마리로 그저 재미로 키운다는 정도였다.

어머니가, 또 족제비가 닭을 물고 갔다고 하는 것은 전에도 한 번 그런 적이 있기 때문이었다. 그때 아닌게아니라 닭장 바닥에는 닭털이 몇 깃 떨어져 있었다. 그러나 나만은 족제비가 물어가지 않았음을 알고 있었다. 그것은 집에서 일하던 그 떠돌이 청년이 밤중에 몰래 닭장 속에 들어가 꺼내다 잡아먹은 것이었다. 나는 한밤중에 뜰에 나갔다가 우연히 그 광경을 목격했으나 오히려 내가 그 광경을 목격한 것이 들킬까봐 어둠 속에 몸을 숨기고 조마조마하게 위기를 넘겼었다. 그가 언젠가 그랬다는 듯이 문자 그대로 계간鷄姦을 하려는 게 아닌가 두렵기도 했다. 그러나 그는 닭을 품속에 감춘 채 쏜살같이 집 뒤의 등성이를 넘어가 버렸다. 그는 그때 나와 한 방을 썼는데 꽤 오랜 시간이 지나자 술내와 닭 비린내를 풍기며 살금살금 들어와 윗목에 담요를 쓰고 누워 곧 잠에 곯아떨어졌다.

나는 그런 그가 굶주림보다 외로움에 시달리고 있다고 생각했다. 그는 닭을 붙잡아 그것을 하고 나면 닭이 비실비실 도망치다가 고꾸라져 죽는다고 말했었다. 그랬을 것이다. 그는 어둠 속에서 닭에게 그짓을 해서 죽게 한 뒤 주모에게 들고 가 던져 주었음에 틀림없다. 그가 어느 술집에서 닭을 안주로 해 술을 마셨음에 분명한데도 나는 그가 계간을 했다는 상상에 시달렸다. 그런데 어머니가 또 족제비 타령이었다. 계간까지 하는 떠돌이 청년은 이미 어디론가 떠나가고 없었다. 그렇다면 이번에는 어머니의 말대로 족제비의 짓이라고 보아도 좋을 것이었다. 닭장에는 그전하고는 달리 닭털이 꽤 어지럽게 흩날려 있기도 했다. 어머니는 또 동물마다의 특성에 대해서도 몇 마디씩 했다.

어머니에 따르면 닭은 밤에 잠을 잘 때 쥐가 다가와 몸을 갉아 먹어도 가만히 있다는 것이었다. "죽어도 가만있단 말인가?" 하고 여동생이 놀라서 묻자, 어머니는 "그럼" 하고 단언했다. 그때 나는 그보다도 닭이 삼 초쯤밖에는 기억력이 없다든가 대포 소리에는 놀라지 않아도 작은 마찰음에는 놀란다든가 하는 누군가의 이야기가 떠올랐었다. 어머니는, 토끼는 물기 있는 풀을 먹이면 죽는다, 돼지는 새우젓을 먹이면 죽는다고도 말했다. 닭이 작은 마찰음은 들을 수 있어도 대포 소리를 못 듣는 것이 사실이라면 인간이 천둥소리는 들을 수 있어도 지구가 빙글빙글 돌면서 태양 궤도를 달려가는 무시무시한 굉음을 들을 수 없다는 것과 마찬가지가 아닐까 나는 생각했다.

나는 닭장 옆에서 그런 쓰잘데없는 생각에 빠져서, 언젠가 아무 소리도 들리지 않는 곳에서 고요히 귀를 기울였을 때, 쨍 하고 귓바퀴를 울려 오던 그 소리, 그 이른바 정적靜寂의 소리가 우주 공간을 메아리쳐 오는 지구 굉음의 여운이라고도 여겼었다. 물론 진공 속을 도는 지구가 소리를 내리라는 것은 나로서도 납득할 수 없는 설정이었다. 하지만 나는 케플러라는 천체 물리학자가 내세운, "모든 별들은 음악 소리를 낸다"는 가설을 애써 믿고 싶었다. 모든 별들은 음악 소리를 낸다. 그렇다면 지구라는 별이 내는 음악 소리는 어떤 것일까. 태양계만 놓고 보더라도 수성, 금성, 지구, 화성, 목성, 토성, 천왕성, 해왕성, 명왕성의 아홉 개 혹성惑星이 내는 음악 소리는 제가끔 어떤 것일까. 아니, 태양계의 중심인 태양도 결국은 별의 하나이므로 그 태양이라는 항성恒星이

내는 음악 소리는 어떤 것일까. 이글이글 타오르는 불덩어리는 우주 공간에 불새〔火鳥〕처럼 울부짖는 것이나 아닐까. 또한 아홉 개의 혹성에 말렸다는 서른한 개의 위성衛星들과, 그 틈틈이 박혀 있다는 천오백 개쯤의 소혹성小惑星, 혜성彗星, 유성流星들은 모두 어떤 음악 소리를 낼까.

태양계의 이 모든 별들이 내는 음악 소리는 어떤 것일까. 우주의 질서 속에 태양계의 질서 또한 정연한 것처럼 태양계의 별들이 내는 음악 소리들은 화음을 이루며 어떤 교향악을 연주하고 있는지도 모른다. 그 소리는 지금 우리의 귀에는 들리지 않지만 우리들 생명의 먼 기원 속에서 장엄하게 울리고 있는지도 모른다. 그렇다면 우리가 그 소리를 못 듣는 것은 그것이 우리들 생명 그 자체기 때문일 것이다. 머리를 들어 보면 태양계뿐이 아니다. 먼 안드로메다, 카시오페이아, 오리온, 천마天馬 페가수스, 그리고 처녀, 쌍둥이, 사자, 황소, 백조, 작은곰, 큰곰, 개, 하물며 게〔蟹〕, 전갈까지도 모두들 음악 소리를 낸다. 서양 이름의 별자리로서가 아니라 동양 이름의 별자리로서도 음악 소리를 낸다. 토마토 잎사귀에 달라붙는 주황색의 이십팔점박이무당벌레의 등 쪽에 스물여덟 개의 점이 박혀 있듯이, 무당벌레의 등딱지같이 둥그런 천구天球를 스물여덟 개로 나눈 저 이십팔수二十八宿 별자리의 별들 모두가 음악 소리를 낸다. 동쪽의 각角, 항亢, 저氐, 방房, 심心, 미尾, 기箕, 서쪽의 규奎, 누婁, 위胃, 묘昴, 필畢, 자觜, 삼參, 남쪽의 정井, 귀鬼, 유柳, 성星, 장張, 익翼, 진軫, 북쪽의 두斗, 우牛, 여女, 허虛, 위危, 실室, 벽壁, 그 별들.

어느 날 밤이었다. 나는 담배 재떨이에 꽁초가 수북이 쌓이도록 별들의 음악 소리에 대해서 오랫동안 공상에 빠져 있었다. 마치 장엄한 교향악이 내 귀에 들려오는 듯했다. 헤아릴 수 없이 많고 많은 별들은 모두가 다른 소리, 다른 음색을 가지고 있다. 사자 별자리는 사자후를 터뜨린다고 해도 좋다. 황소 별자리는 황소의 울음소리를, 백조 별자리는 백조의 울음소리를, 곰 별자리는 곰의 포효를, 개 별자리는 개의 으르렁거림을, 게 별자리는 옆걸음으로 기는 소리를, 전갈 별자리는 독침 쏘는 소리를 낸다고 해도 좋다. 이십팔수의 별자리가 무당벌레 날아가는 소리를 낸다고 해도 좋다. 아니 모든 별이 우리가 상상하는 것과 다른 소리를 내도 좋다.

사자 별자리가 바이올린 소리를 내거나 게 별자리가 통기타 소리를 내도 그만이다. 황소가 통발굽으로 은제銀製 플루트를 들고 불거나 백조가 흰 날개로 꽹과리를 치거나 처녀가 수자폰을 불거나 쌍둥이가 한 퉁소를 불거나 전갈이 첼로를 켜거나, 그만이다. 아니, 그보다는 별 하나하나가 하나의 악기 소리를 내고, 별자리 하나하나가 하나의 곡을 연주하는 게 옳을 것이다.

안드로메다가 베토벤의 〈운명 교향곡〉을 연주할 때, 카시오페이아는 〈영산회상靈山會上〉을 연주한다. 오리온이 바흐의 〈브란덴부르크 협주곡〉을 연주할 때, 페가수스는 〈태평가太平歌〉를 연주한다. 이때 별자리가 없는 먼 이름 없는 별은 쇼팽의 〈야상곡夜想曲〉이나 〈마주르카〉 같은 피아노곡을 두드린다. 더 먼 별 중에는 〈정선 아리랑〉이나 〈진도 아리랑〉을 부르는 별도 있다. 슈베르트의 연가곡을 부르는 별도 있고 〈변강쇠 타령〉을 부르는 별도 있다. 세자르 프랑크의 곡을 연주하는 별도 있고, 힌데미트, 쇤베르크의 곡을 연주하는 열두 개의 별도 있다. 백남준白南準, 윤이상尹伊桑, 황병기黃秉冀, 강석희姜碩熙나 서울 음악제에서 〈홀로 가는 사람〉에 대해 작곡한 박정은朴正恩의 곡을 연주하는 별도 있다. 스테파노도 있고 마리아 칼라스도 있고 이미자李美子도 있다. 차이코프스키와 러시아 오인조가 연주되는가 하면 〈농악 12차〉 굿거리장단이 연주되기도 한다. 〈사계〉가 뒤바뀌어도 〈페르귄트〉는 헤매고 〈파리의 아메리카인〉이 〈라 마르세예즈〉를 부를 때, 〈세빌리아의 이발사〉는 〈나비 부인〉을 흠모하던 끝에 〈사랑의 묘약〉을 훔치러 〈자유의 사수〉를 데리고 〈신세계〉로 간다.

드디어 주간지 내용처럼 된 천박한 공상은 별이 펼쳐 있는 무한한 공간을 갈팡질팡했다. 끝이 없을 듯했다. 골치가 지끈거릴 지경이었다. 나는 홀로 빈 방에 누워 천장을 바라보며 쓴웃음을 지었다. 집안은 몰락해 가며 이미 채산성이 맞지 않는 일임이 드러나고 있는 돼지치기에 매달려 있는데 이 따위 공상이라니 스스로가 한심하기도 했다. 그러나 공상이란 마약과도 같아서 쉽게 떨쳐 버리기가 어려웠다. 이 세상의 모든 음악이 한꺼번에 울린다면 어떤 소리가 될 것인가. 엄청난 소음, 불협화음이 될 것이다. 그러나 그렇다는 증명은 아무도 할 수가 없다. 따라서 우리의 상식을 넘어서고 배반해서 뜻밖에 아주 듣기 좋은 자장가 같은 협화음의 음악이 될는지도 모른다. 빛의 삼원색을 합치면 흰색이 되리라고 상상할 수 없는 것과 같이. 그리하여 실제로 그 음악은 우리의 모든 생명을 늘 고양시키며 깊은 뜻을 불어넣고 있는지도 모른다. 그렇다면 그 음악은 누가 지휘를 하기에 우주의 운행처럼 훌륭한 조화를 이루고 있는가. 그 누구를 사람들은 신神이라고 하는가. 과연 신은 있는가.

나는 담배를 다시 한 개비 피워 물고 공연히 벌떡 일어났다. 유리창 밖으로 별이 보일까 해서였다. 신이 있고 없고는 내가 따질 문제가 아니었다. 모든 별은 음악 소리를 낸다. 그 음악 소리는 못 들을지언정 별이 보이는가 살펴볼 참이었다. 형광등 불을 끄고 창문에 다가가 커튼을 젖혔다. 갑자기 불을 꺼서인지 안팎이 온통 칠흑같이 어두웠다. 야산 기슭에 외따로 떨어진 곳이어서인지 그믐밤에는 어둠이 산초山椒 씨보다 검었다. 그믐밤인 모양이었다. 나는 담뱃불을 빠끔히 빛내며 유리창에 얼굴을 갖다 대다시피 했다.

그때였다. 담뱃불이 빨갛게 유리창에 반사되면서 무엇인가 어렴풋하나마 커다란 형상이 바로 창밖에서 비쳐 왔다. 섬뜩했다. 순간적으로 절망적인 두려움이 온몸을 휘감았다. 그 형상은 유리창을 사이에 두고 내 얼굴과 거의 맞닿아 있었다. 그때까지 나는 그토록 기괴한 형상은 본 적이 없었다. 꿈속에서도 상상할 수 없는 기괴한 형상이었다. 나는 잘못 보지나 않았나 해서 두 눈을 부비며 아예 유리창에 얼굴을 바싹 붙이고 내다보았다. 그 형상은 그 자리에 조금도 움직이지 않고 있었다. 하늘의 기틀은 누설하지 않아야 한다는 옛사람의 말씀이 언뜻 떠오른 것도 잠깐뿐이었다. 가슴이 쿵쿵 울리고 두 다리가 후들후들 떨렸다. 무엇일까. 별이고 음악 소리고는 먼 옛날의 이야기였다. 외마디 소리조차 지를 수가 없었다. 나는 캄캄한 방 안에서 꼼짝도 못하고 붙박인 듯 서 있었다. 온몸의 피가 말끔히 씻겨져 나가고 내 몸은 한 장의 얇은 인피지人皮紙 같았다. 이 무서운 순간으로부터 어떻게 벗어난단 말인가.

그러는 사이에 어둠에 눈이 조금 익자, 몇 방울의 피도 돌기 시작하여, 나는 다시 한 번 그 형상을 살펴볼 용기가 솟았다. 그러지 않을 수도 없었다. 나는 창밖을 노려보았다. 형상이 뚜렷해졌다. 투구 같은 대가리! 말대가리였다!

집안일에 등을 돌린 나는, 정식으로 마구간을 지을 때까지 내 방 창문 옆쪽으로 차양을 내달고 말을 묶어 둔다는 것을 알았으나, 말대가리가 바로 내 창문 앞에 올 수도 있다는 것은 미처 깨닫지 못했었다. 그날의 일로 미루어 나는 불과 며칠 동안이기는 해도 말대가리 밑에 드러누워 우주와 인간, 시와 사랑, 철학과 행복 등등에 대해서 제법 골똘해 있었던 것이었다. 그럴 리야 없었겠지만, 나는 말이 내가 한 짓거리를 엿보고 내 정신의 얄팍함을 엿보지나 않았나, 몹시 꺼림칙한 것이 사실이었다. 사람이 수상한 행동거지를 하면 짐승도 수상한 눈초리로 쳐다본다는 사실을 나는 또한 수상한 눈초리로 관찰한 적이 있었다. 개도 그랬고 닭도 그랬고 토끼, 돼지도 그랬다. 말인들 그렇지 않을 까닭이 없었다. 그러니까 나는 내 행동거지를 스스로 수상한 짓이라고 인정하고 있었던 셈이다. 젊은 날의 모든 행위는 수상한 짓이었다. 아버지의 금기 교훈도 저버리고, 어두운 밤길에서 우연히 만난, 얼굴도 모르는 여자를 못 잊어 하거나, 정치를 생각하거나, 그로부터 머지않은 장래에 나를 좌절의 구렁텅이로 처박게 되는 시를 썼다.

그런데 이상한 일이었다. 어둠 속에서 창밖의 말대가리를 본 다음부터 나는 아무런 수상한 짓을 할 수가 없었다. 바로 창밖에 말대가리가 있다는 사실이 웬일인지 나를 구속한 때문이었다. 다행하게도 얼마 뒤 마차를 다시 팔지 않을 수 없는 일이 생겨서 그런 구속은 그리 오래 가지는 않았지만 그동안 나는 말구유에 누워 있는 아기 예수처럼 잠들거나, 그렇지 않으면 말이 그럴 것처럼 여기고 상대적으로 나도 말에 대응하여, 저기 있는 말은 도대체 어떤 운명체인가, 말이란 무엇인가 하고 마치 신에 대하여 궁구하는 듯한 가련한 신세가 되고 말았다.

족보가 있는 '진짜 말'이란 혈통이 좋은 말일 것이었다. 좋은 혈통의 경주마競走馬는 18세기 후반에 영국에서 육종, 개량된 서러브렛종種 말로 대표되었다. 이 말은 영국 재래의 암말과 중동 지방에서 온 세 마리의 아랍산産 종마種馬를 교배시켜 얻은 말들을 거듭 도태시키고, 개량해서 만든 새로운 품종이었다. 현재 세계적으로 거의 모든 경주마는 연속 8세대에 걸쳐서 서러브렛을 교배한 말이 혈통 등록서를 갖게 된다. 이처럼 서러브렛은 혈통이 확실했다. 어느 말이든 그 혈통을 더듬어 올라가면 세 마리의 아랍 말, 바이어리다크, 타레 아라비안, 거돌핀 벌브에 이르게 된다. 그러니까 "족보까지 있다"는 우리 집 말도 십중팔구는 서러브렛 말로서 아라비아 말을 할아버지로 하고 있는 것이었다.

하지만 이 모든 것도 경주마로 경마장에서 뛸 때나 소용이 닿는 이야기였다. 창밖의 말은 폐마였다. 아주 못쓰게 된 폐마는 도살되어 고기는 기름을 짜거나 식용으로 사용되며 가죽, 말총은 각각 그 쓰임새에 따라 팔린다. 그리고 경주를 하는 데만 못 쓸 뿐 멀쩡한 말은 종마나 승용마로 쓰이거나 우리 집에 온 말처럼 마차를 끈다. 수많은 관중 앞에서 신바람 나게 질주하던 말이 짬빵을 실어 나른다는 것은 비참한 전락이었다. 우리 집의 '진짜 말'은 경마장에서는 '진짜 말'이었을지 모르지만 마차는 끄는 데는 전혀 적합지 않았다. 고삐를 끌고 다니기만 해서 부릴 수 있는 말이 아니었다. 큰아버지는 그런 말을 다루기에 여간 애를 먹지 않았는데, 그것은 큰아버지가 말을 다뤄 본 경험이 없었기 때문만은 아니었다. 워낙 불만에 찬 말이었다. 며칠 사이에 큰아버지는 말 발길에 채어 밤새 끙끙 앓은 적도 있었다. 하지만 그런 정도로는 아직 말을 어떻게 해야 할 단계가 아니었다. 일은 내가 말대가리를 본 며칠 뒤에 일어났다. 그날은 새벽부터 비가 추적추적 내렸다. 아침 여덟 시쯤인가, 누군가가 헐레벌떡 달려와서 거북고개에 말이 자빠져 있다는 전갈을 해왔던 것이다.

"뭣, 말이?"

아버지는 비명처럼 소리치면서, 허둥댔다. 그 사람의 설명에 따르면 거북고개를 넘어오던 마차가 빗길에 고개 옆 비탈로 미끄러지며 뒤집어졌다는 것이었다. 거북고개는 동네로 넘어오는 나지막한 고개였다. 마침 학교에 가려고 집을 나서던 나는 아버지와 함께 거북고개 쪽으로 뛰어갔다.

그것은 참담한 꼴이었다. 큰아버지가 찬비에 젖어 떨고 있는 모습이 먼저 보였다. 마차는 비탈 아래 모로 처박혔고 말은 게워 놓은 것 같은 밥찌꺼기 곤죽 속에 벌렁 자빠진 채 헐떡거리고 있었다. 마차는 누운 말 때문에 움직일 수가 없는 상태였다.

"여기서…… 가지를 않고…… 딱 서드니만……."

큰아버지는 더듬더듬 변명을 했다. 그리고 말은 잠을 잘 때도 서서 자는 동물인 만큼 오랫동안 자빠져 있으면 죽는다고 울상을 지었다. 이 일은 말의 목숨에 지장을 주지는 않았지만, 큰아버지가 그 말을 부릴 수 없다는 결론에 이르게 해주기에는 충분했다. 그리고 나아가서는 그 말뿐이 아니라 어떤 말이라도 부릴 수 없다고 여겨지게 해주었다. 그것은 또한 우리 집의 돼지치기조차도 위협하는 것이었다. 그래도 사람이 안 다친 게 다행이라고 아버지는 머리를 절래절래 흔들었다.

다음 날, 말은 우리 집을 떠나가고 말았다. 나는 집안일도 집안일이지만 폐마의 운명이 서글퍼서 머리가 어수선하기 짝이 없었다. 집안은 침울한 분위기에 감싸였다. 아버지도 어머니도 말이 없었다. 꿀꿀꿀꿀, 꿀꿀꿀꿀, 돼지 소리만 침울한 분위기 속에 유난히 처량하게 들려왔다. 오후가 되어서도 침울한 분위기는 사라지지 않았다. 마치 말의 시체를 놓고 장례를 지내는 집처럼 느껴졌다. 여지껏 그 말은 음식 찌꺼기가 아니라 희망을 실어 날랐다고도 할 수 있었다. 이제 우리 집은 아무런 희망도 가질 수 없는 어둠의 집이었다. 포도나무가 무한정 자라리라고 기대했던 날도 있었던 집이었다. 그러나 한 마리 폐마가 모든 것을 확실히 해주고 말았다. 돼지치기는 물에 빠진 사람이 붙잡은 작은 검불에 지나지 않았다. 나는 가슴에 묵직한 돌이 들어앉은 것처럼 답답했다. 방 안이 무덤 속 같기만 했다. 우리 집도 폐마와 똑같은 운명이 아닐까. 폐마가 마차를 못 끌듯이 애초부터 아버지도 돼지를 칠 수는 없는 것이었다. 말 때문에 돼지를 칠 수 없는 게 아니라 아버지의 운명이 그런 것이었다.

나는 방구석에서 견디지를 못하고 집을 나와 청련암으로 오르는 길을 느릿느릿 걸어갔다. 암자라고는 하지만 가까이 판잣집까지 들어선 데다가 그 뜰 밑에서는 꽤나 자주 무슨 잔치가 벌어져 장터처럼 법석대는 곳이었다. 언젠가는 중년 사내들이 그 밑의 소나무에 개를 매달고, 버둥거리는 놈을 몽둥이로 치고 있기도 했다. 그런 광경을 연상하며 집안일을 잊으려고 애를 썼으나 가슴의 짓눌림은 여전했다. 물론 나는 학업을 중단해야 할 것이었다. 내 학업을 따질 때가 아니었다. 아버지의 자격 정지는 십 년이나 되었다. 저절로 한숨이 나왔다.

작은 도랑을 건너뛰고부터는 길이 가팔라지기 시작했다. 늦은 오후의 풀숲에서는 노린재들이 교미를 하고 있었다. 암담한 마음으로 걸어 올라가던 나는 암자로 향하는 것에는 불확실하나마 어떤 목적이 있다고 막연히 느꼈다. 우연히 그 여자를 발견할 수 있을지도 모른다고 나는 생각한 것 같았다. 언젠가 어둠 속에서 만난 여자였었다. 만났다기보다 같은 방향으로 걸어오던 인연으로 잠깐 동행을 했다는 표현이 적절할 것이다. 지척이 분간 안 될 만큼 어두운 밤이었다. 어디까지 가느냐는 내 물음에 그녀는 윗동네까지 간다고만 대답했다. 윗동네라면 바로 절 밑 동네밖에 없었다. 사람 왕래가 워낙 뜸한 곳이라 나는 몹시 의아했지만 그녀는 일상처럼 개의치 않는 듯한 말투였다. 나는 잠깐, 이 여자가 혹시 여우라면 어떻게 한단 말인가 하고 어처구니없는 상상조차 했다. 우리는 거의 삼사백 미터쯤 같이 걸었다. 어느 순간에, 우리는 손을 맞잡았고, 또 어느 순간에, 키스까지 했다. 이상하게도 순조롭게 진행된 일이었다. 나는 말할 수 없는 흥분에 휩싸였으면서도, 빌어먹을, 이런 게 인생이란 것일까 하고 가벼운 비애마저 느꼈다. 그녀는, 그녀가 누구라는 것을 밝히지 않았다. 또 가는 곳까지 바래다 주겠다는 제의도 굳이 사양했다. 나는 정말 여우에게 홀린 것 같았다. 어떻게 그런 일이 일어났는지 도무지 어리벙벙하기만 했다. 그녀는 어떤 여자이기에 어두운 밤길을 겁 없이 가며 또 낯모르는 남자와 스스럼없이 입을 맞춘단 말인가.

그날 이후로 나는 그 이상한 일 때문에 그녀를 생각하는 데 상당히 많은 시간을 빼앗겼다. 어둠 속에서 얼굴 생김새는 제대로 볼 수 없었으나, 그녀는 내 또래거나 많아야 한두 살밖에 더 먹지 않은 여자임을 충분히 감지할 수 있었다. 하지만 그 수수께끼 같은 여자를 찾아 나설 용기도, 이유도 없었다. 우리의 만남은 그것으로써 그만임을 그녀는 말해 준 셈이고 나 또한 그렇게 받아들여야 했다. 그런데 구태여 그녀를 찾아 나선 듯한 생각이 든 것은 무엇 때문이었을까. 그러나 그 생각이 구체성을 띤 것은 결코 아니었다. 나는 어디서 그녀를 만날 수 있을지, 만나면 어떻게 할지 도무지 막연하기만 했다. 실은 다시 만나게 될까 봐 겁을 먹고 있는지도 몰랐다.

절도 그날따라 적막에 감싸여 있었다. 경내에는 아무도 없었다. 불당 옆에 살림집 같은 집이 옆으로 앉았는데 그 추녀 밑으로 매어져 있는 빨랫줄에 울긋불긋한 옷이 널려 있었다. 전에도 두어 번 구경 왔던 적이 있었으나 나는 그제야 이 절이 대처승의 절이로구나 하고 깨달았다. 나는 그리 넓지 않은 경내를 휘 둘러보고 나서 우물가로 갔다. 그러고 보니 물 한 바가지를 퍼 먹기 위해 왔던 듯도 싶었다. 나는 플라스틱 바가지에 물을 퍼서 천천히 마셨다. 그녀도 언젠가 한 번은 그렇게 물을 마셨으리라는 생각이 들었다. 새가 지붕 위에 날아와 앉는가 했는데, 뜰로 웬 여자가 들어섰다. 나는 바가지를 든 채로 그 여자를 쳐다보았다. 그 여자 쪽에서도 무심코 내게 얼굴을 돌렸던 듯했다. 눈길이 마주치는 순간, 나는 그 여자가 어둠 속에서 만났던 바로 그 여자임을 알아차렸다. 아주 짧은 순간, 섬광처럼 스쳐 지나가는 느낌일 뿐이었다. 분명히 그녀였다. 그 여자의 어디가 바로 그녀라는 확신을 불러일으켰는지는 알 수 없었다. 캄캄한 어둠 속에서 손끝에 닿았던 어떤 육체의 어떤 감촉, 입술에 닿았던 어떤 육체의 어떤 감촉만으로 한 사람을 온전히 유추할 수 있다는 사실은 나로서도 쉽게 믿기지 않았다. 그러나 그녀임에 틀림이 없었다.

그녀는 눈길이 마주친 순간에 눈빛이 얼핏 미세하게 꺾였었다고 느껴졌다. 고개도 알 듯 모를 듯 갸웃했을까, 그러나 그녀는 아무것도 못 보았다는 듯 자연스럽게 경내를 가로질러 갔다. 엉덩이에 착 달라붙은 이른바 판탈롱 바지 밖으로 팬티 형태가 선명히 드러났다. 그녀가 등 뒤로 나를 의식하고 있다는 사실이 팬티 자국처럼 드러나 있다고 나는 생각했다. 나는 물바가지를 내려놓고, 또한 그녀처럼 자연스러움을 가장하여 절 밖으로 발길을 돌렸다. 그녀는 이미 살림집 마루 위로 올라서고 있었는데, 나나 그녀나 다시는 서로 쳐다보지 않았다. 자연스러웠고 동시에 부자연스러웠다. 그것은 마치 정적이 감도는 긴장된 무대 위에서 영겁의 인연, 전생과 현생과 내생의 인연을 이야기하려는 서투른 무언극과도 같았다. 우리의 어둠 속에서의 만남은 전생의 어느 순간이었을 것이다. 그러므로 우리는 그 인연을 들추어낼 수가 없고 아는 체할 수가 없는 것이다. 만남은 곧 헤어짐이었던 것이다.

집으로 내려오는 동안 나는 신열을 앓듯 비틀거렸다. 절집 딸과 나는 왜 서로 모른 체했을까. 아니, 그날 밤 어둠 속에서도 아는 체하지는 않았다. 그러니까 어둠 속에서의 입맞춤이나 밝음 속에서 눈맞춤이나 같은 종류의 만남에 지나지 않았다. 우리는 전혀 다른 세계에서 전혀 다른 삶을 타고난 두 생명체였다. 지금 이승에서 인간이라는 같은 허울을 쓰고 있기는 해도 우리는 본디 지렁이와 달팽이처럼 전혀 다른 삶을 살고 있는 것이다. 우리는 서로 아는 체를 하려야 할 수가 없는 것이다.

어둠 속에서의 만남은 영겁의 궤도를 돌고 있는 두 개의 살별이 오직 한 번 스치며 서로 비춘 희미한 반짝임과 같았다. 서로 들려준 아득한 음악 소리와 같았다. 그것은 절집 딸과 내가 만나 서로 아는 체를 하고, 희희덕거리며 사랑의 약속을 하고, 서로의 육체를 능지처참하듯 탐닉하고 그리고 뼈다귀를 추려 합장을 한다 한들 변할 수 없는 사실이었다. 우리 모두는 단지 스쳐 가는 빛, 스쳐 가는 소리에 지나지 않는 것이다.

그날 밤, 나는 창밖에 말이 없어졌다는 사실을 의식하고 있지도 않았는데 오랜만에 밤 깊도록 길고 긴 상념에 빠져 들었다. 모든 것이 막막할 뿐이었다. 집안일도, 내 삶도 암담한 어둠 속으로 막 기어 들어가고 있는 참이었다.

나는 언젠가처럼 다시 커튼을 들추고 유리창 앞에 섰다. 밤하늘에 별이 떠 있었다. 나는 까닭 모르게 한숨이 나왔다. 뭇 별들이 삶처럼 떠 있었다. 그러자 폐마의 모습이 어디에선가 나타나 천구天球의 저쪽으로 달려가고 있는 것이 보였다. 하지만 그것은 폐마가 아니었다. 날개가 달린 천마天馬 페가수스였다. 나는 말을 잡아 죽여 하늘에 바침으로써 인간의 기원祈願을 천신天神에게 전달케 한다는 고대 설화가 떠올랐다. 폐마는 그렇게 나의, 우리 집 사람들의 기원을 천신에게 전달하기 위해 죽여져서 천마로서 사라져 간 것이었다.

나는 나도 모르게 눈물이 그렁그렁해졌다. 천신에게 어떤 기원이 전해짐과 함께, 나는 하나의 별이었다. 아버지도, 어머니도, 큰아버지도, 동생들도, 떠돌이 청년도 제가끔 하나의 별이었다. 절집 딸도 하나의 별이었다. 모든 사람들은 하나의 별이었다. 우리는 영원히 서로 만날 수 없어서 어둠 속에 눈빛을 반짝이며 알 수 없는 소리로 노래하고 있는 것이었다. 개도, 닭도, 토끼도, 돼지도 모두들 하나의 별이었다. 모든 생명은 하나의 별이었다. 그리고 그 모든 별들은 견딜 수 없는 절대 고독에 시달려 노래하고 있는 것이었다.

나는 천마가 달려간 허공의 말발굽 자국에 눈길을 던지고 깊어가는 밤하늘을 오래도록 바라보고 있었다. 모든 별들이 내는 음악 소리를 들을 수 있을까 해서였다.

우·수·상·수·상·작

미망迷妄하는 새

한승원

1939년 전남 장흥 출생.
서라벌예대 문예창작과 졸업.
1968년 《대한일보》 신춘문예에 〈목선〉 당선.
소설집 《앞산도 첩첩하고》《여름에 만난 사람》《아제 아제 바라아제》 등.
장편소설 《그 바다, 끓며 넘치며》《신들의 저녁노을》《바다의 뿔》《불의 딸》 등.
한국소설문학상, 한국문학작가상, 대한민국문학상,
현대문학상, 이상문학상 수상.

미망迷妄하는 새

1

그 산의 꼭대기 근처에 아늑하고 깊은 바위굴이 있다고, 사포沙浦의 누님이 그랬다. 그 굴 안쪽 벽에는 누군가가 부처님상과 굳게 닫혀진 대문 두 짝을 부조해 두었는데, 그 속에 들어가 앉으면 그렇게 마음이 편안하고 차분해질 수가 없다고 했다.

그 굴에는 이런 이야기가 전해져 오고 있다고 했다.

포수의 총을 설맞고 절름거리면서 달아나던 노루가 그 굴속으로 들어갔다. 뒤쫓아 들어간 포수의 눈에는 그 노루가 보이질 않았다. 부조되어 있는 부처님과 대문 두 짝만 보였다. 그 포수는 그 길로 총을 버리고 극락사로 내려가서 머리를 깎고 중이 되었다.

굴속에 부조되어 있는 대문 저쪽이 극락이라고 사람들은 믿고 있다고 했다. 극락사에서 공양주 보살 노릇을 하고 있는 어머니는 일흔한 살의 나이인데도 열흘에 한 번쯤은 가파르고 험한 산길을 걸어서 그 굴을 찾곤 하는 모양이더라고 그 누님이 그랬다. 당신과 인연했다가 먼저 간 사람들과 살아 있는 당신의 딸과 아들을 위해 그런다는 것이었다.

제대를 하고 막노동판을 전전하다가 어렵사리 검정고시를 거쳐 가지고 늙은 대학생이 된 억수는 그해 늦은 겨울의 어느 날 그 어머니를 찾아갔다. 그는 지쳐 있었다.

도수 높은 안경을 낀 데다 살갗이 군데군데 붉기도 하고, 푸릇푸릇하기도 하고, 이마와 턱이 코보다 더 많이 튀어나온 흉한 아들의 수척해진 얼굴을 물끄러미 바라보고 있던 어머니는 "인제 느그 뼉다귀 찾어가거라. 나는 생각하면 이가 갈린다마는……" 하고 말했다. 아버지의 고향 마을은 그가 나고 자란 외가 마을에서 오 리쯤 떨어진 어촌이었다.

2

집채같이 큰 괴물 하나가 바다 안을 쓸고 다니면서 김 양식장과 미역 양식장을 모두 망가뜨린다는 소문이 비 오기 전날의 갯 냄새같이 그 마을 안에 떠돌았다. 사람들은 그것이 이 톤짜리 채취선을 열 척쯤 합쳐 놓은 것만 한 상어나 고래일 것이라는 둥, 그것보다 더 크고 육중한 바다 구렁이일 것이라는 둥, 일제 때 폭격을 맞고 가라앉은 군함인지도 모른다는 둥, 그것도 저것도 아니고 샛개 간척지 둑을 막은 다음에 변한 해류가 괴물같이 그 양식장을 망가뜨리고 있는 것일 거라는 둥…… 자기의 지식이나 경험을 들먹여 가면서 그 괴물의 정체에 대하여 말들을 하였다.

"춘만이가 장어 낚시질을 하다가 보았다고 하데. 시익 하고 물을 뿜어 올리면서 숨쉬는 소리가 들리더니, 꼭 채취선만 한 것이 배 밑으로 지나가는데 하마터면 배가 뒤집힐 뻔했다고 하데."

"종수는 김발을 옮기다가 그것을 봤다고 하데."

"헛말이여. 내 눈으로 똑똑하게 보았는데, 그것은 집채만 한 해파리 같은 것인데, 색깔이 시꺼멓다는 것하고, 그것 옆에서 물이 어지럽게 소용돌이를 친다는 것이 다를 뿐이여."

"쓸데없는 소리들 고만 하소. 섬들이 빙 둘러서 있는 연근해에 무슨 말라 죽을 괴물이 나타났겠는가. 우리가 가서 똑똑하게 확인을 해 보지 않고는 누구 말도 믿을 수가 없네."

지억수池億壽는 삼거리 가게 문 앞에 선 채 이 말들을 들었다. 가게 안에서 한낮부터 술에 취한 사람들이 우김질을 하고 있었다. 그 속에 작은아버지도 들어 있었다. 해는 중천에 떠 있고 하늘은 티끌 하나 없이 맑았다. 산과 들에는 하얗게 눈이 덮여 있었다. 눈 뒤집어쓴 지붕에서 물이 작달작달 흘러내렸다. 처마 끝에는 수정 뿔들이 주렴珠簾같이 매달려 있었다.

김과 미역 양식장이 광활하게 늘어앉아 있는 연안 바다로 나갔다. 눈 쌓인 들판길을 건너고 산언덕의 굽이를 돌았다. 눈이 부셨다. 눈을 거슴츠레하게 뜬 채 속눈썹으로 스테인리스의 뾰쪽거리는 가루들 같은 빛살을 걸러 냈지만 그의 눈에는 자꾸 눈물이 나왔다. 흰 눈에 부딪혔다가 솟아오른 햇살에는 고추알 바람이 묻어 있었다. 선창머리의 자갈밭에 섰다. 소나무 가지와 언덕 모서리의 눈가루들이 바람에 날렸다. 바다는 진한 청람빛이었다. 그 청람빛 저쪽의 심연 속에 시커먼 괴물이 몸을 숨기고 있을 듯싶었다. 파도들의 사이사이에는 잿빛 증기 같은 것이 서려 있는 것 같았다. 그 괴물이 내뿜는 숨결인지도 모른다 싶었다. 먼 바다에서 밀려온 황소 같은 파도가 모래톱과 기슭의 바위들을 들이받으면서 곤두박질을 쳤다. 물보라가 바위 주변에 날렸다. 파도는 그 괴물의 날개 끝이거나 발톱들일지도 모른다 싶었다. 꿈틀거리며 밀려오는 파도 속에서 길다란 손이 뻗쳐 나와 그를 끌고 들어갈 것 같은 두려움이 물보라를 날리는 바람같이 엄습해 왔다. 이 바다 속에 대관절 어떤 괴물이 들어 있을까. '쓸데없는 소리들 고만 하소. 섬들이 빙 둘러서 있는 연근해에 무슨 말라 죽을 괴물이 나타났겠는가. 우리가 가서 똑똑하게 확인을 해 보지 않고는 누구 말도 믿을 수가 없네.' 가게 안에서 들려오던 작은아버지의 말이 생각났다.

양식장 안에는 말목들이 성기게 늘어서 있었다. 만조滿潮 때라 더욱 그것들이 성기게 보이는지, 괴물이라는 것이 그것들을 많이 망가뜨렸기 때문에 그런 것인지 알 수 없었다. 깊은 바다에는 미역발의 하얗고 푸른 부표들이 파도 끝에 뜬 오리 떼같이 일렁거리고 있었다.

억수는 담배 한 개비를 꺼내 물면서 몸을 돌렸다. 활등같이 휘어진 연안의 모래톱 저쪽의 산줄기가 그의 눈에 들어왔다. 등성이에서 연안쪽으로 흘러내린 골짜기의 웅숭깊은 곳에 허리와 어깨들을 홍겨운 춤사위같이 외튼 노송들이 웅기중기 서 있었다. 눈송이들이 다 털려 버린 검푸른 잎사귀들 사이로 제각의 기와지붕이 보였다. 정씨 문중의 제각이었다.

할아버지를 생각했다. 제각지기였던 그 할아버지는 털보 영감으로 불렸다고 했다. 육이오 때 부역을 하고, 제각 너머의 바닷가에서 총살을 당했다고 했다. 억수는 그 제각과 할아버지에 대한 이야기를 소설로 쓰려고 작정하고 있었다. 할아버지가 돌아가신 다음에는 제각에 들어간 사람들이 일 년도 살다가 나오고, 반 년도 살다가 나오고, 심지어는 두어 달도 살다가 나오곤 하더니 요 몇 년 사이에는 애초에 들어가서 살겠다고 나서는 사람이 있지를 않아서 폐가처럼 비워 두고 왔다고 했다. 큰바람이 불려고 먼 바다가 울거나, 먹장구름발이 날리거나, 안개가 짙게 끼는 날 밤에는 귀신 웅얼거리는 소리가 들린다고 말이 많았는데, 지난해 초여름부터 한 젊은 여자와 늙은 여자 한 사람이 그 제각에 들어와서 살고 있다고 했다.

"그 제각에 들어가지 마라." 전날 저녁 무렵에, 그가 바다 구경을 하러 가겠다고 집을 나섰을 때, 얼근하게 술에 취한 작은아버지는 사립 밖까지 따라 나와서 무뚝뚝하게 말했었다.

"왜요?" 그가 묻자 작은아버지는 "좌우간에 들어가지만 마라" 하고는 몸을 돌렸었다.

제각은 짙은 소나무 숲 그늘에 묻혀 있었다. 주변의 눈 덮인 에부수수한 잔 소나무의 숲과 달리 찬란한 햇살을 가린 늙은 소나무들의 그늘에는 음침한 요기가 도사리고 있는 것 같았다. "조카도 조심하소." 작은어머니의 말이 떠올랐다. 이날 아침, 작은어머니는 작은아버지가 막 사립을 나가자, 날마다 곤드레만드레가 되도록 퍼마시곤 하는 술에 이젠 아주 넌덜머리가 난다는 둥 어떤 귀신한테 씌었어도 단단히 씌었는 모양이라는 둥……하고 작은아버지의 욕을 했었다. 그러다가 동네 안에 퍼져 있는 소문 이야기를 하더니, "그 요괴 같은 여자가 제각에 들어와 살면서부터 바다 속에 괴물이 나타났다고 그래 쌓데" 하고 말했었다.

눈을 밟으며 걸었다. 제각으로 한번 가 볼 참이었다. 여자를 만나 볼 생각이었다. 그가 왼쪽 옆구리에 낀 바다에는 한결같이 달려온 파도들이 곤두박질치면서 물보라를 날리고 있었다. 파도와 파도 사이의 파인 골에서 바다가 꾸미고 있는 음험한 음모가 출렁거리고 있었다. 그와 비슷한 음모는 건너편 늙은 소나무 숲 속에 주저앉아 있는 제각 주변에도 도사리고 있는 것 같았다. 이 세상 어디에든지 그 같은 음모나, 그걸 꾸미는 괴물은 눈앞의 뚜렷한 현상 뒤에 숨어 있다고 그는 생각했다. 이른바 분위기라고 하는 것은 바로 그 뒤에 숨어 있는 것들이 만들지 않을까. 억수는 서른세 살의 늙은 대학생이었다. 그는 학교를 버리기로 작정했다. 몇 년 동안 하여 온 그 생활은 살벌한 것이었다. 모두들 서로를 경계하면서 살아가고들 있었다. 졸업 정원제가 있고부터라고 그랬다. 과科 안에는 참친구가 없었다. 심각한 고민을 털어놓으면 말없이 내내 듣다가 "웬일이니?" 하거나 "웬일이셔요?" 하고 우스갯소리로 따돌리기 일쑤였다.

"학문學門은 항문이다. 그것은 비역질이고 계간이다. 밴대질 치는 것보다 더 치사한 거란 말이다." 이렇게 비양거림으로써 학문에 관하여 어떤 문제를 끌어내는 것을 막곤 하였다. 자연 어려운 문제에 대한 정보 교환을 하지 않게 되고, 책은 물론 공책도 서로 빌리고 빌려 주고 하려 하지를 않게 되었다.

"리포트 다 썼니?"

"나 그것 오기로 내지 않겠어."

"나도 그래야겠어."

이런 전화질을 한 두 친구 가운데서 이튿날 숙제를 제출한 것은 '오기로 내지 않겠다' 고 한 쪽이고, 제출하지 못한 것은 '나도……' 하고 말을 한 쪽이 되는 것이었다. 같은 과의 친구인 한 처음부터 끝까지 경계하고 의심을 하지 않으면 안 되었다.

그는 질식할 것 같았다. 그의 세포는 파괴되어 가는 듯싶었다. 그는 보이지 않는 벽 속에 갇혀 있고, 그 속에서 혼자서 부족한 산소를 마시며 허우적거리는 것 같았다. 일학년 되던 해 일학기부터 그는 학점을 둘씩 셋씩 못 따기 시작했고, 학년 말에는 경고를 받았다. 이학년에 들어와서도 그는 마찬가지로 학점을 제대로 따지 못한 학과가 둘이나 되었다. 그는 포기했다. 그러자 그렇게 홀가분할 수가 없었다. 여태껏 그를 비끄러매고 벽 속에 가두던 괴물로부터 놓여 난 것 같았다.

바다는 으르릉거리면서 물보라를 피워 올렸고, 산언덕 위에서는 그 물보라 같은 눈가루들이 바람에 날리고 있었다. 눈 깔린 모래밭은 그가 앞으로 헤쳐 나가야 할 멀고 아득한 길같이 펼쳐져 있었다. 그 길이 다하는 곳에는, 그를 땅 속 깊은 곳에 도사리고 있는 어둠 속으로 빠져 들게 할 어떤 음모가 눈덩이들 사이사이에서 삐죽거리는 암갈색의 겨울 잔해들같이 포진되어 있을 것 같았다. 그는 파도 소리와 솔바람 소리 속에서 할아버지의 심장을 멎게 한 총성을 들었다. 연안 골짜기와 밋밋하게 뻗어 내린 산줄기가 모로 쓰러져 누운 주검같이 잔혹하고 을씨년스러웠다. 그는 걸음을 빨리했다. 이 잔혹과 을씨년스러움 속으로 기어든 그 여자는 대관절 어떤 여자일까.

모래 언덕을 벗어나자 비탈길이 시작되었다. 돌계단들이 허물어지고, 빗물에 골이 파인 길에는 눈이 고르지 않게 쌓여 있었다. 바람에 씻기기도 하고 씻겨 날려 온 것이 우묵한 곳에 더욱 두껍게 쌓여 있기도 하였다. 사람들이 지나간 발자국 같은 것은 한 개도 찾아볼 수 없었다. 바람은 그의 등을 떠밀듯이 불고 있었다.

나지막한 언덕을 넘고, 여남은 걸음쯤 내리막길을 걸었을 때, 소나무 숲 사이로 제각의 일각대문이 나타났다. 일각대문 양 옆으로는 기와 머리를 얹은 흙담이 성벽처럼 제각을 둘러싸고 있었다. 그는 자줏빛 비늘을 갑옷처럼 입고 구성지게 몸을 이리저리 외튼 참소나무의 어두운 숲 속에 들어와 있었다.

대문 안으로 들어서던 그는 도둑질을 하다가 들킨 사람처럼 무르춤했다. 제각의 남쪽 모퉁이에서 대문 쪽으로 한 여자가 걸어 나오고 있었다. 여자는 검정 골덴 바지 위에다 남바위 같은 쓰개가 달린 털외투를 입고 있었다. 끈을 졸라서 턱 밑에 맨 쓰개의 가장자리에는 은빛 앙고라털이 달려 있었다. 여자는 두 손을 외투 주머니 속에 찌른 채 몸을 웅크리고 걸어 나왔다.

여자는 그의 앞에 와서 걸음을 멈추었다. 놀란 듯 눈을 치켜떴다. 흰자위가 커졌다. 은빛 앙고라털에 둘러싸인 기름한 얼굴은 창백했다. 코는 밑이 펑퍼짐하면서 오뚝하게 솟았고 얄따란 입술은 옅은 보랏빛을 띠었다. 약간 두꺼운 눈뚜껑 아래서 까만 눈망울이 근처의 눈빛을 받아 빛났다.

"어떻게 오셨어요?" 그 눈빛은 이렇게 말하고 있었다.

"선생님을 좀 만나 뵈려고 왔습니다."

그의 말에 여자가 외투 호주머니에 찔렀던 손 하나를 빼서 입을 가리고 호호 하고 허리를 모로 꼬면서 웃었다. 꼬아진 허리를 따라 까만 부츠 신은 두 다리를 유연하게 움직여서 몸의 균형을 잡았다.

"선생님이란 말은 저한테 어울리지 않는 칭호예요."

여자는 아직도 큰 떡니와 긴 송곳니들을 내놓은 채 "하두 방 안에 죽치고 앉아 있기가 지루해서 막 바람을 좀 쐴까 하고 나가는 참인데……" 하고 말했다.

그는 허리를 굽혀 주면서 "방해해서 미안합니다" 하고 말했다. 여자는 고개를 저었다. 웬만하면 자기와 함께 파도 구경을 하러 가자고 말했다. 그는 얼마 전부터 어지러움을 느끼고 있었다. 그녀가 허리를 꼬면서 웃어 댈 때부터였다. 그녀가 흘려 놓은 목소리는 소나무 숲을 휘어 젖히며 내달리는 바람을 따라 술렁거리는 대기 속에서 흩어져 없어지지 않고 계속해서 머물러 있는 것 같았다. 상두꾼들 앞에서 선소리를 하는 남자가 흔들어 대는 요령 소리같이 카랑카랑하고 울림을 길게 남기는 그 목소리에는 젖먹이 아이가 귀엽게 까르륵하고 웃을 때 들을 수 있는 저음과 고음이 동시에 숨어 있었다.

"저는 여기 와서 수없이 많은 무따래기들을 만나곤 했어요. 처음에는 귀찮았지만, 지내 놓고 보면 다들 그렇게 고마울 수가 없는 사람들이었어요. 그들의 무람없음은 무람없음이 아니고 사랑이었거든요."

그는 '무따래기'란 말이 무슨 말이냐고 묻지 않았다. 그녀의 뒤를 따라 걷기만 했다. 여자는 그를 앞장서서 물보라가 소나기처럼 쏟아지는 바위 옆으로 갔다. 여자는 눈을 거슴츠레하게 뜨면서 보얀 물보라를 바라보았다. 그의 목덜미와 얼굴로 짭짤한 물방울들이 날아와 박히었다. 그는 목을 움츠렸다. 괴물이 뿜어내는 독즙을 생각했다. 이 여자가 바다 속의 괴물과 깊은 연관을 가지고 있는지도 모른다고 그는 생각했다. 일부러 여자 옆으로 가까이 다가가지 않고 모래밭에서 멈칫거렸다. 여자가 그를 물속으로 떠밀어 버릴지도 모른다는 두려움이 가슴을 섬뜩거리게 했다.

여자가 물보라를 보면서 그에게 가까이 오라고 손짓을 했다. 여자 옆으로 다가갔다. 여자가 고르지 않은 바위의 표면을 잘못 디디고 비틀거리다가 그의 팔을 잡았다. 그에게 몸을 의지하면서 손등으로 눈썹에 묻은 물기를 닦았다. 바닷물에 허리를 묻고 있는 바위 옆으로 지나서 팥알만큼씩 한 왕모래밭으로 가면서 여자가 말했다.

"바람이 불 때마다 여기 나와서 파도를 보곤 하는데, 그때마다 나는 저 파도들한테서 짐승스러움을 느끼곤 해요. 암내를 낸 모래밭이나 바위의 허리를 타고 몸부림을 치다가 사정射精을 하는 순간 허물어지듯 쓰러져 버리니까요. 사실은 그 반대인지도 모르지요. 바다는 거대한 자궁이고 바다에 뿌리를 묻고 있는 이 섬은 남근이다…… 어찌되었든지, 파도의 운동은 음란스러운 거예요. 나는 이 파도의 운동을 보면 어느 때고 성적인 충동을 느끼곤 합니다."

여자는 그의 어깨에 몸을 의지하고 걸으면서 말했다. 그는 여자의 몸이 무겁다고 생각했다. 제각 마당에서 여자를 만났을 때 느꼈던 어지러움보다 더 진한 어지러움이 그를 기우뚱거리게 하였다. "그 제각에 들어가지 마라" "그 요괴 같은 여자가 제각에 들어와 살면서부터 바다 속에 괴물이 나타났다고 그래 쌓데" 작은아버지와 작은어머니의 말이 생각났다. 바야흐로 바다 속의 괴물한테 홀리고 있는지도 모른다고 생각됐다. 이 여자는 보통 여자가 아니다. 어떻게 처음 만난 남자에게 한 오라기의 부끄러움도 없이 '남근' 이니, '사정' 이니, '성적인 충동' 이니 하는 말을 할 수 있단 말인가. 물보라를 안은 바람이 차가웠다. 그는 소름이 쳐졌다.

"옷을 얇게 입은 것 같네요."

여자가 이렇게 말을 돌렸다. 모래밭으로 나오면서 말을 이었다.

"성행위가 그렇듯이, 파도의 행위는 허무를 낳는 행위예요. 세월도 그렇고, 우리들의 줄달음질도 그렇고, 사랑도 그렇고 역사도 그런 거예요."

여자가 그의 손을 끄집어다가 외투 호주머니 속에 넣었다. 여자의 내부 속으로 그의 의식 한 자락이 깊이 빨려 들어가고 있었다. 여자는 그의 넋을 온통 자기의 호주머니 속에 찔러 넣기라도 한 양 그의 의향을 묻지 않고 제각을 향해 비탈길을 올라갔다. 그들을 뒤따라온 바람이 앞장서서 토담의 기와 머리를 타넘기도 하고 일각대문 안으로 달려 들어가기도 하였다. 일각대문 앞에 이르렀을 때 여자가 발을 멈추고 뒤를 돌아다보았다. 남자 한 사람이 뭐라고 외치는 듯한 소리가 파도 소리와 솔바람 소리에 섞이고 있었다. 여자의 호주머니 속에 손 하나를 찌른 그도 발을 멈추고 뒤를 돌아다보았다. 선창 쪽의 산모퉁이를 한 남자가 돌아오고 있었다. 눈 덮인 산언덕과 모래밭 속에서 그 남자가 입은 감색 옷이 선명했다. 여자가 아랑곳하지 않고 그를 이끌었다. 대문 안으로 들어서자, 뒤란에서 땔나무 한 묶음을 안고 부엌으로 들어가던 머리 희끗희끗한 노파가 뒤도 돌아보지를 않고 혀를 끌끌 찼다.

"썩은 년, 또 바꿨구나."

여자의 뒤를 따라 들어가던 억수의 가슴으로 전율 같은 찬바람이 스며들었다. 갈색 털스웨터에 검정 몸뻬를 입은 노파는 여자의 어머니인 듯했다. 노파는 그 여자의 뒤를 따라다니면서 살피지 않고도 그 딸이 하는 일들을 꿰듯이 알고 있는 듯싶었다. 노파의 통찰력은 이미 그의 전신으로 뻗어 와 있었다. 여자는 그 말을 아랑곳하지 않고 무뚝뚝한 소리로 "무슨 불을 또 지피려고 그래요?" 하고 말했다.

"이년아, 나 하는 일 상관 말고, 하는 서방질이나 엽렵하게 잘 해라."

노파의 퉁명스런 이 말고 부엌의 나무청에 땔나무 내던지는 소리가 동시에 들렸다. 여자는 멈칫거리는 그의 팔을 끌고 뒤란 쪽으로 갔다. 외짝의 격자 창문을 열었다. 크지 않은 격자 창으로만 빛이 들어오기 때문에 방 안은 어두컴컴했다. 방 한가운데에 놋쇠 화로가 앉아 있고, 부엌 쪽 방바닥에 색 바래진 청동색 이불이 깔려 있었다. 앞마당 쪽의 구석에는 앉은뱅이 재봉틀과 그것의 반쪽쯤 될 듯한 곳에 가죽 상자가 놓여 있었다. 그 옆으로 쌀통이 있고, 그것 잇닿은 바람벽에 한복 치마 저고리와 통치마와 스웨터 따위가 걸려 있었다. 여자가 그를 안으로 밀어 넣었다.

그들은 화로를 가운데 두고 마주 앉았다. "불 쬐어요." 여자가 앙고라털 달린 모자를 벗고 불손으로 화로 속의 재를 헤쳤다. 재 속에서 뱀딸기만 한 알불들이 불거졌다. 불기운이 손바닥으로 스미었다.

"우리는 아직 천구백사오십 년대를 살고 있어요."

이렇게 말을 하면서 여자는 털외투를 벗어서 이불 위로 내던졌다. 화로와 그를 끌고 이불 옆으로 갔다. 그의 두 다리를 이불 속에 넣어 주고 앞마당 쪽의 구석으로 갔다. 재봉틀 옆에 있는 까만 가죽 상자를 들고 왔다. 여자가 뚜껑을 열었을 때, 그는 아하 하고 탄성을 질렀다. 어렸을 때, 사장나무 옆집에서 축음기 소리가 들려오곤 하였다. 이장네 집이었다. 초여름, 뻐꾹새 소리가 뒷동산 소나무 숲에서 들려오는 한낮쯤에 그는 발자국 소리를 죽이면서 이장네 집 대문 안으로 들어가 보았다. 소리를 내는 것은 사랑방의 툇마루 위에 놓여 있었다. 어지럽게 돌아가는 까만 판 위에서 구멍 숭숭 뚫어진 것이 번들거리는 얼굴을 이리저리 내저으면서 노래를 하고 있었다. 이장은 물 젖은 하이칼라 머리를 수건으로 털어 말리면서 살아 움직거리는 소리 기계 옆에 앉아 있었다. 그 기계를 향해 눈을 끔먹거리는 그에게 이장은 말했다.

"이 속에 사람이 들어 있다."

사람이 그 작은 상자 속에 어떻게 들어갔을까. 그 말이 사실일지도 모른다. 그 속에 들어가 있는 사람은, 어지럽게 돌아가는 판 위에서 고개를 이리저리 저어대는 구멍 숭숭 뚫린 것만큼 작은 사람인지도 모른다. 이장은 축음기의 소리가 조금 이상해진 듯싶자, 기계의 뒤쪽에 달린 꼬리 같은 쇠를 어루만지듯이, 어르듯이 천천히 돌렸다. 흘러나오는 노래를 따라 흥얼거렸다.

여자는 축음기 한쪽에 고개를 외틀어 접고 앉아 있는 사운드박스를 펴 늘이더니, 바늘을 갈아 끼우고 태엽을 감았다. 레코드를 돌리고, 조심스럽게 사운드박스를 그 위에 올려놓았다. 누에가 뽕을 먹는 듯한 잡음이 일고, 잠시 후에 바이올린의 해맑은 소리가 울려 나왔다. 슈베르트 세레나데였다. 부엌 쪽에서 굵은 남자의 목소리가 들려왔다. 바람 휘돌아 달리는 소리와 노파의 볼멘소리가 거기에 이어졌다. 발자국 소리가 방문 앞으로 왔다. 문이 열렸다.

"춥지요?"

여자가 레코드 한 장을 빼들고 들여다보면서 말했다. 억수는 들어서는 남자를 보고 소스라치게 놀랐다. 남자는 키가 작달막하면서도 몸이 호리호리한 그의 고등학교 시절의 선생이었다. 그는 몸을 일으키면서 아랫목 쪽으로 비켜섰다. 남자의 눈길이 그에게로 날아왔다. 그는 허리와 고개를 깊숙이 숙이면서 "안녕하십니까, 선생님" 하고 말했다. 그의 얼굴에는 울음 같은 어색스런 웃음이 가득 실리었다. 안고 온 큰 봉지를 벽에 기대 놓고 난 남자가 어리둥절해했다. 고개를 갸우뚱하면서 그를 건너다보았다.

"이학년 후학기 때하고 삼학년 후학기 때하고 선생님한테서 배웠습니다. 제가 지억숩니다."

그의 말에, 남자가 "아아, 그런가. 반갑네" 하고 손을 내밀었다. 남자의 얼굴에도 어색한 웃음이 깔렸다.

"어떻게 또 사제지간이 돼요?"

여자가 태엽을 감아 주면서 말했다. 남자가 여자의 말을 아랑곳하지 않고 "지금 어디서 뭣을 하는가?" 하고 물었다.

"재학 중입니다."

남자가 고개를 몇 번 주억거리다가 "이것 봐 봐. 커피하고 프리마하고 사 왔어. 우선 과일이나 조금 깎지" 하고 여자를 향해 말했다. 여자는 축음기에서 흘러나오는 바이올린 소리를 따라 흥얼거렸다.

"방학이라 집에 와 있구나."

남자가 억수를 향해 말했다. 억수는 자기가 작은아버지의 집에 잠시 와 있을 뿐이라는 것을 구차스럽게 설명하기 싫어서 그냥 "네" 하고 대답했다. 남자는 추일섭 선생이었다. 추 선생은 그가 이학년 되던 해의 후학기에 교생 실습을 나왔다가 영어과 담당 교사가 서울의 어느 학교로 가 버린 통에 그 선생 대신으로 아주 학과를 맡아 가르쳐 버린 것이었다.

지금 추 선생의 나이가 서른예닐곱쯤 될 것이라고 그는 생각했다. 장가는 갔을 것이고…… 이 여자하고는 어떤 사이일까.

"저 방에 가서 소주하고 오징어하고 좀 가져와요. 벽장에 있어요."

여자가 레코드를 들여다보면서 말했다. 남자가 문을 열고 나갔다. 세레나데가 끝났다. 여자는 사운드박스를 젖히고 레코드를 뒤집어 걸었다. 태엽을 감고 바늘을 바꿔 끼웠다. 마찬가지로 바이올린 독주로 된 음악이었다. 초등학교 시절에 많이 듣던 곡이었다. 머리가 희끗희끗하고 주름살이 깊은 담임선생이 방과 후에 풍금으로 그 곡을 늘 연주하곤 했었다. 학예회 때는 동명성왕이라는 아동극을 했었는데, 어린 유리와 어머니가 헤어지는 장면에, 무대 뒤의 합창단이 "지저귀는 새소리 변함없건만……" 하는 가사를 그 곡에 붙여 불렀었다.

"이게 일본 사람들의 〈봉선화〉예요."

여자가 말을 하고 그 곡을 콧노래로 따라 불렀다. 그는 철가면을 쓴 군병들이 늘어앉아 있는 듯한 장독대를 생각하고, 그 옆에 핀 흰 봉선화, 연분홍 봉선화들을 생각했다. "비 오자 장독대에 봉숭아가 반만 벌어 / 해마다 피는 꽃을 나만 두고 볼 것인가 / 세세한 사연을 적어 누님께로 보내자 / 누님이 편지 보며 하마 울까 웃으실까……" 누군가의 시조를 생각했다. 전쟁터로 나가 죽은 외갓집 머슴의 아기 하나를 낳아 기르면서 살아온 이복 누님 순덕이를 생각하고, 부역자들한테 이끌려서 겨울 산을 헤매다가 그를 잉태한 채 외가로 가서 배가 불러 있는 딸과 함께 절간 같은 집을 지키고 살아온 어머니를 생각했다. 아들과 어머니가 묻힌 산 밑 절에서 공양주 보살 노릇을 하고 사는 어머니의 반백 머리와 깊어진 주름살들이 떠올랐다. 시련과 핍박당하는 설움이나 처절을 노래했다는 우리의 "울밑에 선 봉선화……"와 일본 사람들의 이 〈봉선화〉는 어떠한 차이가 있을까. 여자는 어루만지듯이 달래듯이 태엽을 천천히 감아 주고 있었다. 밖에는 바람이 달려가고 있었고, 그 바람에 파도 소리가 실려 와서 맴을 돌았다. 남자가 술이 반쯤 담긴 한 되들이 소주병과 오징어 두 마리를 들고 들어왔다. 그는 아무래도 이들 두 남녀의 사이에 끼어들어 있는 것 같았다. 다음 날 한 번 더 찾아와야 할 것 같았다. 문을 열고 나갔다.

"어디 가셔요?"

여자가 부드러운 목소리로 말했다.

"변소에 좀……."

그가 떠듬거렸다.

"가 버리지 마셔요."

여자가 당부를 했다. 그는 대문간 옆에 있는 변소를 들어갔다가 나와서 담 너머로 뒤집혀 있는 바다를 내려다보았다. 추일섭 선생의 창백하고 앳된 얼굴을 떠올렸다. 태권도가 삼단이라고 했었다. 방과 후에 원하는 학생들을 모아 놓고 태권도를 가르쳤다. 추 선생을 위해서 자리를 비켜 주어야 할 것 같았다. 대문간을 나섰다. 바람에 머리칼이 헝클어지고, 바지 자락이 펄럭거렸다. 달리듯이 모래밭으로 내려갔다. 파도 소리가 귀를 먹어 가게 하였다. 털보 영감이라는 별명이 붙어 있었다는 할아버지를 생각하고, 어머니를 이끌고 산으로 들어갔다가 총에 맞아 죽어 갔다는 아버지를 생각했다. 그는 머리꽁지로 바람을 받으면서 걸었다.

3

음력 대보름을 사흘 앞둔 날 아침이었다. 작은 아버지는 낫 두 자루를 잘 들게 갈아 바지게 속에 담갔다. 한 되들이 소주병과 달걀 한 줄도 없었다. 억수가 따라가겠다고 했지만, 작은아버지는 들은 체도 하지 않고 바지게를 짊어졌다. 간밤에 마신 술이 아직 덜 깨어 있는 것 같았다.

억수는 선창머리에 서서 작은아버지가 괴물을 쫓아다니는 것을 지켜보았다. 작은아버지의 배에는 양수기 엔진을 붙였다. 배는 택택택 소리를 내면서 달렸다. 바람이 많이 자기는 했지만 파도는 황소 등처럼 드높았다. 배는 그 파도 위를 껑충껑충 뛰면서 달렸다. 아직 덜 망가진 양식장의 말목들이 성기게 서 있는 바다를 누비고 다녔다. 밀물이 지고 있었다. 양식장 아래쪽에서 파도를 으깨면서 천관산 쪽으로 올라가는 질펀한 흰 물살이 있었다. 저것이로구나 하고 억수는 생각했다. 작은아버지의 배도 바로 그것을 향해 달려가더니 엔진을 껐다. 질펀한 흰 물살 속에서 멈추어 섰다. 작은아버지가 뱃전 밑으로 몸을 숙이고 낫질을 하는 게 보였다. 파도를 으깨면서 물살을 희게 바꿀 만큼 큰 그 괴물의 정체는 무엇일까. 억수는 눈앞이 아찔했다. 작은아버지의 몸이 괴물의 힘에 이끌려 바다 속으로 들어가 버릴 것만 같았다. 용케 작은아버지는 바다 속으로 빨려 들어가지 않고 시커먼 것을 뱃전 안으로 걷어 싣고 있었다. 얼마쯤 후에는 그 시꺼먼 것이 배 안에 가득 찼다. 작은아버지가 고물〔船尾〕로 가더니 엔진을 돌렸다. 배가 파도를 가르면서 선창 쪽으로 왔다. 억수는 피를 생각했다. 작은아버지가 괴물의 지느러미나 발 같은 것을 낫으로 쳐내느라고 그것의 피를 함빡 뒤집어썼을지도 모른다고 그는 생각했다.

선창 마당에 배를 댄 작은아버지는 멀쩡했다. 그가 싣고 온 것은 김발의 나일론 줄이 둘둘 말리거나 헝클어지고 뭉쳐진 것이다. 나일론 발줄에는 이끼 같은 매생이나 파래나 김 썩은 것들이 우중충하게 붙어 있었다. 괴물을 퇴치시키러 간다고 하더니, 어디서 저런 쓸데없는 것만 잔뜩 실어 왔을까. 작은아버지는 옆으로 다가와 서 있는 억수를 아랑곳하지 않고 선창 마당에다가 싣고 온 것을 폈다. 담배 한 개비를 태워 물고 엔진을 돌렸다. 배가 물을 차고 바다 한가운데로 나아갔다.

작은아버지는 이날 하루 동안 내내 똑같은 것만 실어다가 선창 마당에다 폈다. 해가 뉘엿뉘엿 져 갈 무렵에 괴물이라는 것이 썰물을 따라서 노력도 쪽으로 움직여 갔다. 작은아버지는 지칠 줄 모르고 그것 주변에서 똑같은 것을 잘라 날랐다. 산그늘이 바다를 먹어 들어가기 시작했을 때, 어촌계장이 선창 마당으로 나왔다. 그는 작은아버지가 실어다가 펴놓은 것과 하얗게 물살을 짓고 있는 괴물 주변에서 새까만 것을 걷어 싣고 있는 작은아버지의 배를 번갈아 보았다. 갯건부저기를 주워 가려고 나온 사람들도 선창 마당에서 발을 멈추었다.

시커멓게 뭉쳐진 나일론 발줄들을 낫으로 쳐서 배에 싣고 들어온 작은아버지가 그들을 향해 말했다.

"이것 보시오. 그 괴물이라는 것이 바로 이것이오. 똑똑히들 좀 보시오."

작은아버지의 이마와 콧등에는 땀방울이 맺혀 있었다. 눈이 퀭하게 커졌고, 눈자위가 꺼지고 까부라져 있었다. 사람들은 작은아버지의 말에 고개를 저었다.

"천만에, 내가 분명히 봤어. 이것이 아니여. 이것은 그것이 밀어붙여서 망가져 가지고 떠돌아다니던 것이네."

"그 말이 맞네. 그것 옆에는 얼씬도 못하네."

"물이 빙글빙글 도닌께 어지러워서 금방 빠져죽고 마네."

"그놈 옆으로 배를 타고 갔다가는 그놈의 발이 프로펠라를 감아 버린께 옴도 뗴도 못하고 마네."

사람들은 실어 와 보아야 별로 쓸모도 없는 것을 실어 나르고 있는 작은아버지를 측은한 눈으로 건너다보았다.

"아니 이걸 보고도 모르겄소?"

작은아버지가 사람들 앞으로 나서면서 혀가 약간 굽은 소리로 말했다.

"괴물은 애초에 있지도 않어요. 그것은 큰 바람에 부서진 김발이나 미역발 하나에서부터 시작된 것이란 말이오. 부서져서 떠밀린 것이 옆발에 걸릴 것 아니겄소? 그러면 그것이 물살이나 파도를 견디지 못하고 쓰러지요. 쓰러지면서 헝클어지고 뭉쳐진 두 개가 다시 그 옆 발로 올라타게 돼요. 그 두 놈을 업는 놈은 더 빨리 쓰러지요. 이제는 발 셋이 한데 뭉쳐졌소. 그것은 금방 넷이 되고 다섯이 돼요. 사흘이 지나고 나흘이 지나면서 그것은 열이 합쳐지고 스물이 합쳐졌소. 열흘이 지나면서는 집채만 해지고, 스무 날이 지나면서는 섬만큼 해졌을 것 아니요? 코째기 내기를 합시다. 괴물이 어디 있다요? 그것은 우리 김발이나 미역발 부서진 것들이 뭉쳐져서 된 것이오."

사람들은 취해 있는 작은아버지하고 우김질을 하려고 하지 않았다. 하나씩 둘씩 몸을 돌렸다. 그들은 춘만이가 장어 낚시질을 하면서 보았다는 것, 종수가 김발을 옮기다가 보았다는 것, 또 누군가가 보았다는 집채만 한 해파리 같은 것에 대한 이야기들을 하면서 흩어졌다. 어촌계장이 짜증스럽게 "아따, 자네는 참말로 눈치도 없네" 하고 나서 작은아버지에게 귀엣말을 해주고 몸을 돌렸다. 억수는 그 귀엣말을 듣지 못했다. 작은아버지는 흩어져 가는 사람들의 뒷모습을 멍청히 보고 서 있었다.

"제가 한번 따라가 볼게요."

억수가 작은아버지 옆으로 가서 말했다. 작은아버지는 그의 말을 들은 척도 하지 않고 배를 향해 걸어갔다. 억수는 이물〔船頭〕 옆의 덕판 아래 앉았고 작은아버지는 고물에서 엔진을 돌리고 키를 잡았다.

작은아버지는 양식장 안쪽에 있는 김발로 배를 몰아갔다. 엔진을 끄고 삿대 끝으로 김발의 날을 들어올렸다. 검으면서도 자줏빛이 나는 김 잎사귀들이 나일론 그물 사이사이에 붙어 있었다. 그 김 잎사귀들은 기껏 쇠털처럼 가늘고 짧았다.

"만사리 때 차분히 키워 가지고 뜯을려고 했는디 이것이 뭔 일이여?"

작은아버지는 탄식하듯이 말했다.

"나는 욕심 안 냈다" 하면서 발날에다가 배의 고물을 매두었다. 발날은 물속으로 가라앉았고, 배는 밀려오는 파도들을 고물로 으깨면서 요동을 했다.

"남들은 다들 초사리에 김을 뜯어먹을려고 김발을 낮게 다루다가 모두 갯병으로 썩어 문드러지게 했지만, 나는 그걸 미리 알고 높이 다뤘더니라. 그래서 초사리 때는 김 한 장을 건져내지 못했더니라. 그런데 이것이 뭔 일이냐? 저놈의 것을 가만히 놔두면은 언제 이것을 밀어 버릴지 모른다. 저것이 좀 큰 덩어리가 아니더라. 이 깊은 데 있는 김발이나 미역발들을 모두 휩쓸고 다니면서 뭉쳐진 것인데 오죽 크겄냐?"

작은아버지는 넋두리를 하듯이 이렇게 말을 하고 노력도 어귀를 내려다보았다. 밀물이 지기 시작하는지, 그 괴물이라는 것이 떠 있는 바다 어름에는 다시 희부연 물살이 일어나 있었다.

"허허 이 아까운 것을 어떻게 할까잉."

작은아버지는 솜을 넣어 지은 점퍼 호주머니에서 담배 한 개비를 꺼내 물면서 탄식하듯이 말했다. 성냥을 그어 불을 붙이고, 연기를 빨아마셨다. 담배 필터를 이 끝에 물고 삿대 끝으로 김발의 날을 들어 올렸다. 쇠털만큼씩 한 김 잎사귀들 끝에서 물방울들이 떨어졌다. 작은아버지는 물고 있던 담배 개비를 뱉었다. 중동쯤 타들어 간 담배가 피직 소리를 내면서 시체처럼 떴다. 작은아버지가 삿대를 배의 널빤지 위에다 던졌다. 발날에 묶었던 줄을 풀었다. 배가 바람과 파도에 밀려 떠나갔다. 뱃전이 아직 망가지지 않고 남아 있는 김발의 발목에 닿았다가 그 발목을 앵돌아서 떠 갔다. 작은아버지는 바닷물 속을 내려다보고만 있었다.

"그놈의 것, 저하고 함께 한번 쳐내 봅시다."

그가 안경알을 빛내면서 말했다. 작은아버지는 그의 말을 못 들은 체했다. 갯벌밭 가까이로 떠밀려 갈 때까지 내내 고개를 떨어뜨리고만 있었다.

제각 쪽에서 큰 독 같은 것이 깨어지는 듯한 소리와 여자의 앙칼스럽게 외치는 듯한 소리가 들려왔다. 산중턱쯤에 있는 제각에서 난 소리가 얼마나 컸으면, 갯벌밭에서 곤두박질을 치는 파도 소리와 뱃전 쥐어지르는 물결 소리를 헤치고 배 안에 있는 사람의 귀에까지 들려왔을까. 작은아버지는 눈살을 찌푸렸다. 늙은 소나무 밑둥들과 외틀어진 가지들 사이로 제각이 보였다. 제각은 다시 어떤 미동도 보이지 않았다. 여자의 외치는 소리 같은 것도 들려오지 않았다. 억수는 전날 땔감을 한 아름 안고 부엌으로 들어가던 노파를 생각했다. 제각은 산그늘에 잠겨 있었다.

"빌어먹을 년."

작은아버지가 투덜거리면서 몸을 일으켰다. 엔진을 돌렸다. 배가 내달렸다. 작은아버지가 키를 틀었다. 뱃머리가 노력도 어귀로 향했다. 뱃머리에서 깨어진 파도가 물거품을 토하면서 맴을 돌았다. 고물 뒤쪽에서는 물이 보습에 갈리는 땅같이 소용돌이쳤다.

"제각에 들어가지 말라고 당부를 한께……."

작은아버지 뱃머리 저 너머에서 출렁거리는 파도를 보면서 퉁명스럽게 말했다.

억수는 가슴이 움찔했다. 전날 그가 제각에 간 것을 작은아버지가 속속들이 알고 있는 것 같았다. 어떻게 알고 있을까.

밀물이 오르고 있었다. 섬과 섬 사이를 흐르는 조수는 여울목을 돌아나가는 강물같이 도도했다. 그 도도한 물깃을 따라 괴물은 천천히 올라오고 있었다. 그것은 거대한 원시 양서류 동물처럼 쪽빛 물너울을 희부옇게 가르고 있었다. 작은아버지는 그 괴물 옆에서 엔진을 껐다. 삿대 끝으로 어지럽게 뒤엉킨 발줄 한 가닥을 감아 들었다.

"이것이다. 잘 봐라. 짚으로 새끼 꽈서 발을 엮어 막아 먹고살 때는 이런 일 없었다."

작은아버지가 쓴 소주 냄새를 풍기며 말했다. 그는 믿어지지 않았다. 뱃전 밑에서 시퍼런 물이 돌고 있었다. 괴물의 어지럽게 뒤엉킨 몸뚱이와 덩굴같이 길게 늘어진 발〔足〕들이 물길을 막고 있었다. 시퍼런 어둠이 소용돌이치고 있었다. 작은아버지의 삿대 끝에 걸린 발줄이 금방 낙지발처럼 꿈틀거리면서 곤두설 것 같았다. 그들이 타고 있는 배를 감고, 그와 작은아버지의 몸뚱이를 휘감아서 물속으로 끌고 들어갈 것 같았다. 서산 너머에서 노을이 타올랐다. 괴물 옆에서 하얗게 갈리는 물너울이 불그죽죽하게 물들었다. 작은아버지가 감아 든 괴물의 발도 노을에 물이 들었다. 발줄에 피가 흐르는 것 같았다. 작은아버지가 삿대를 놓고 낫을 들었다. 해조류들이 엉겨 있는 괴물을 걷어 싣기 시작했다. 감기고 뒤얽힌 발〔簾〕줄이 덩어리 져서 올라왔다. 덩어리 진 것을 몇 가닥 싣자 뱃전 시울 가까이로 물이 차올랐다. 뒤엉켜 따라 올라오는 발줄을 낫으로 잘라내고 소용돌이 밖으로 배를 밀어냈다. 프로펠러에 발줄이 감지기 않도록 그 괴물에서 멀리 떨어져 나와서 엔진을 돌렸다.

싣고 온 것을 선창 마당에 푸고 나자 연안 뒷산 골짜기에서 땅거미가 흘러내렸다. 작은아버지가 배를 정박시키고 있는 동안 억수는 선창 마당에 서서 어둠의 농도가 점차 짙어지고 있는 양식장을 바라보았다. 양식장에 남아 있는 말목들이 파도의 일렁거림에 따라 이리저리 몸을 외트는 것 같았다. 그 어둠은 물론, 말목들이 몸을 외트는 것이나 검은 물결이 융기처럼 들솟는 것들이 모두 조금 전에 보고 온 괴물의 몸짓만 같았다. 그 괴물은 부서지고 헝클어진 김발이나 미역발이 뭉쳐져서 된 것이라고 작은아버지가 분명히 말을 했고, 그것을 스스로의 눈으로 확인하고 왔는데도, 그는 그것이 살아 있는 진짜 괴물일 것만 같았다. 작은아버지가 삿대 끝으로 이끼 낀 듯한 발줄을 들어올렸을 때 그것은 꼼지락도 하지를 않았었다. 당연한 일인지 알 수 없었다. 그것은 물 밖으로 나오면 힘이 없어지지만, 일단 물속으로 들어가면 살아 움직이면서 신비한 힘을 내는 것인지도 모르는 일이었다.

감자반도의 민툿한 산 위로 달이 솟아 있었다. 달은 윤을 잘 내놓은 금붙이처럼 번들거렸다. 그들은 자기들의 그림자를 밟으면서 걸었다. 자갈밭을 지나고 모래 언덕길을 넘었다. 달빛 비치지 않은 골짜기와 숲속 길에는 짙은 수묵으로 그려 놓은 듯한 어둠이 잠겨 있었다. 작은아버지는 가끔 끄응 하고 안간힘을 쓸 뿐 말을 하지 않았다. 그는 작은아버지가 이튿날도 그 이튿날도 굴하지 않고 계속해서 그 괴물을 쳐내러 다닐 것이라고 생각했다. 그 고집과 오기는 골짜기의 어둠처럼 작은아버지의 몸속에 들어차 있을 것 같았다. 그것이 그의 가슴속으로 스며들어오고 있었다. 끔찍스럽고 답답하다 싶으면서도, 그는 다음 날부터 작은아버지를 계속해서 도와야 한다는 생각을 했다.

마을 안에서는 그가 상상을 했던 것보다 더 확실한 괴물의 모습이 떠다니고 있었다. 그가 작은아버지를 뒤따라 골목길에 들어섰을 때, 개구쟁이들이 그 괴물에 대한 이야기를 하면서 지나갔다. 장구섬만 한 그 괴물의 입은 채취선만큼 하고, 지느러미들은 비행기의 날개만 하고, 발

〔足〕들은 무역선의 굵은 닻줄만큼씩 한 것이 수천 개나 된다더라고 한 아이가 말했다. 다른 한 아이는, 이날 낮에 그 괴물 옆에 가까이 간 순이네 아버지가 하마터면 배가 뒤집혀 죽을 뻔했다더라고 했다. 순이는 마산으로 공장살이를 하러 간 작은아버지의 큰딸이었다.

"자네 혼자 살고 죽는 것이 문제 아니네. 마을 전체가 거기에 매여 있네. 말 함부로 했다가는 참말로 일 나네. 신문사나 방송국에서 와 가지고 물으면은 분명히 말을 해야 되네. 그 괴물한테 죽을 꼴을 당했다고 말이여. 그리고 나일론 발 부서져서 뭉쳐져 가지고 이리저리 흘러 다니는 것하고 진짜 괴물하고는 절대로 다른 것이라는 것도 말을 해 줘야만 되네. 신문사나 방송국에서 나오면은 자네한테로 데리고 갈 텐께 그리 알으소. 만약에 말 잘못하면은 자네도 죽고 나도 죽고 온 동네 사람들이 다 죽네."

밤늦게 찾아온 어촌계장은 작은아버지를 윽박지르기도 하고 어르기도 하고 달래기도 했다. 작은아버지는 어촌계장이 돌아갈 때까지 내내 입을 열지 않았다.

4

눈을 뜨니 동창에 황금빛 빛살이 번져 있었다. 부엌에서 설거지하는 소리가 들렸다. 안방에서 사촌 동생들이 퉁탕거리며 떠들어대고 있었다. 그는 마당으로 나갔다. 안방문 앞의 댓돌에 작은아버지의 흰 고무신이 없었다. 얼굴을 씻고 나자 작은어머니가 밥상을 들고 왔다.

"자네 작은아부지는 어째서 사람이 그렇게 몽통스러운지 모르겄네."

작은어머니가 상머리에 앉으면서 말했다. 통통한 몸매에 얼굴이 동글납작하고 보송보송한 작은어머니는 마흔이라는 나이보다 한 오 년쯤은 젊어 보였다.

"가만히 앉아 있으면은 다 보상을 해 준다는디, 기어이 자기 혼자 힘으로 그것을 쳐내겄단다고 저러니……."

보리의 부드러운 순을 넣어 끓인 된장국에 밥을 말아 먹으면서 그는 작은아버지를 도우러 가야겠다고 생각했다. 비리에 타협하지 않고 괴물 아닌 괴물을 혼자의 힘으로라도 처치하겠다고 고집을 부리는 작은아버지가 그렇게 위대해 보일 수가 없었다.

사립문을 나서는 그의 손에 작은어머니는 비닐봉지에 싼 것을 들려주었다. 밥과 김치와 달걀부침이었다. 해는 대문간의 처마 끝에 걸려 있었다. 하늘은 푸른 공단을 주름 한 가닥 없이 펴 놓은 것 같았다.

회관 앞을 지나가는데, 사장나무의 어지럽게 얽힌 가지 한가운데에 걸려 있는 대형 확성기에서 목청 높은 남자의 말이 흘러나왔다.

"저 어촌계장입니다. 제가 마을 어르신들께 잠깐 한말씀 드리겠습니다. 지금 우리 양식장에는 여러 어르신들께서 잘 알고 계시듯이 정체를 알 수 없는 괴물이 나타나서 막 휘젓고 다닌답니다. 그러닌께 남녀노소를 불문하고 절대 배를 타고 바다에 나가지 말으시기를 바랍니다. 다시 한 번 말씀드리겠습니다……."

서북풍이 불고 있었다. 밀물이 지고 있었고, 거친 비늘 같은 파도가 수면을 덮고 있었다. 연안의 모래밭이나 산굽이의 바위에는 달려와서 곤두박질을 치거나 머리를 찧어 대는 파도들의 아우성 때문에 시끌시끌했다. 그래도 선창 안은 잠잠했다. 정박해 있는 배들은 잠든 듯 숨을 죽이고 있었다. 억수는 선창 마당에 두두룩하게 쌓아 놓은 발줄의 무더기를 내려다보고 서 있었다. 밥과 안주 싼 봉지를 든 손 끝에 얼음침 같은 바람이 날아와 박혔다. 술병과 안주 봉지를 발줄의 무더기 옆에 놓아 두고 두 손을 바지 호주머니 속에 찔렀다. 선창머리로 갔다. 제방 바깥 모퉁이에서 물결이 부서지고 있었다. 작은아버지의 배는 노력도 어귀에 있었다. 배 주변에는 희부연 물너울이 일어나 있었다. 그 물너울 밖으로 배를 띄워 낸 작은아버지가 엔진을 돌렸다. 배가 물을 박차고 내달렸다. 뱃머리가 선창 쪽으로 돌아섰다. 배는 해병을 상륙시키는 수륙 양용의 전차처럼 바다 속에 몸을 깊이 묻고 달려오고 있었다.

주황빛 소나무 밑동들과 외틀어지고 늘어진 가지들 사이로 해맑은 햇살을 받은 제각의 한쪽 귀가 보였다. 보이지 않는 부분은 모두 숲 그늘에 가려져 있었다. 음험한 그늘이 덩어리져 있는 것 같았다. 그 그늘 덩어리와 흰 물너울을 일으키고 있는 바다 속의 발줄 뭉쳐진 덩어리가 어떤 깊은 관계를 가지고 있는 것 같았다. 전날 만났던 여자의 얼굴이 떠올랐다.

작은아버지의 배가 선창 안으로 들어왔다. 작은아버지는 실어 온 발줄을 선창 마당에 푸고 소주를 마셨다. 달걀부침을 한 입 넣어 씹으면서, "춥다, 들어가거라" 하고 말했다.

"저랑 함께 쳐냅시다."

억수가 배에 오를 채비를 하면서 말했지만 작은아버지는 달걀부침 봉지를 손에 들고 배에 오르면서 고개를 내저었다.

작은아버지는 배를 선창 마당 석축에서 떼어 내고, 달걀부침을 입에 넣고 우물거렸다.

배가 노력도 어귀를 향해 달려가는 것을 보고 있다가 억수는 산모퉁이를 돌았다. "제각에 가지 마라." 작은아버지의 말을 떠올리면서 그는 소나무 숲 속으로 들어섰다. 작은아버지의 눈에 띄지 않도록 하기 위해서였다. 일단 등성이 위로 올라갔다가 몸을 숨겨 가면서 제각 쪽으로 갔다. 바람이 더 세차지고 있었다. 대기마저 흐려지고 있었다. 부연 황사黃紗 섞인 대기가 가까운 산과 바다 위를 묽은 안갯살처럼 먹어 들었다. 파도 소리가 솔바람 소리에 섞이어 산등을 타넘었다. 바다는 진한

쪽빛이 되었다. 저 황사가 다 벗겨지도록 바람이 불 텐데…… 바다가 얼마나 뒤집힐까. 그 바다 속에서 발악을 하듯이 뭉쳐진 발줄을 쳐낼 작은아버지의 모습이 떠올랐다. 억지를 써서라도 작은아버지의 배를 탔어야 하는데 잘못했다고 그는 스스로를 꾸짖었다.

전날 제각 쪽에서 큰 독 같은 것이 깨어지는 듯한 소리와 여자의 앙칼스럽게 외치는 듯한 소리가 거의 동시에 들려왔을 때 작은아버지가 "빌어먹을 년" 하고 투덜거리던 것이 생각났다.

제각이 앉아 있는 산줄기의 숲 속으로 들어서면서 그는 인기척을 느꼈다. 발을 멈추고 주변의 숲을 살폈다. 서남쪽의 등성이에서 무슨 소리인가 들렸다. 사흘 전날 제각에서 본 노파가 마른 솔가지를 꺾고 있었다. 그는 발소리를 죽이면서 제각 쪽의 계곡으로 내려갔다.

"죄 받어. 구렁이로 백 년, 개로 백 년, 꺼시랭이(지렁이)로 백 년을 살 것이다."

노파가 누구에겐지 저주의 말을 구시렁거렸다. 그는 소름을 쳤다.

제각의 일각대문 안으로 들어섰다. 숲 그늘이 얼룩져 있는 마당에서 솔바람 소리와 파도 소리가 엉키어 술렁대고 있었다. 부엌문 앞으로 가면서 그는 "계십니까?" 하고 말했다. 대답이 없었다. 뒤란으로 들어섰다. 이번에는 "실례합니다" 하고 말했다. 마찬가지로 아무런 대답이 없었다. 이틀 전날 여자를 따라 들어갔던 방문 앞으로 가서 귀를 기울였다. 푸지직 문 열리는 소리가, 지나쳐 온 모퉁이의 부엌 저쪽에서 났다. 몸을 돌렸다. 전날의 그 여자가 앞마당 쪽 모퉁이 방의 쌍발이 격자 창문 한 짝을 열고 그를 맞았다. 여자의 얼굴에는 백모란 같은 웃음이 담겨 있었다.

"어제부터 기다렸어요." 여자가 말했다. "이리 들어와요. 그저께는 왜 그랬어요. 말도 없이……?"

억수는 어떤 흡인력에 이끌리듯이 여자가 열치고 있는 문 안으로 들어갔다. 방 안은 어두컴컴했다. 출입문 안쪽에 검은색의 커튼이 내리쳐져 있었다. 커튼 안쪽을 등지고 서면서 그는 막 배달된 신문에서 맡아지는 것 같은 잉크 냄새를 맡았다. 오랫동안 감지 않은 여자의 머리에서 맡아지는 것 같은 냄새, 시큼한 땀 냄새, 화장품 냄새, 그림물감 냄새도 맡았다.

여자는 쌍발이 격자 창문에 쳐진 커튼을 걷었다. 그 커튼은 영사실의 그것들같이 바깥쪽은 빨간 천이고 안쪽은 검은 천이었다. 창호지를 뚫고 들어온 빛살이 방 안을 밝혔다. 여자는 마당 쪽의 영창에 쳐 놓은 커튼까지를 밀어젖혔다. 쏟아져 들어온 빛살에 바람벽 여기저기에 걸려 있는 그림들이 살아났다. 그것들은 모두 완성한 지 얼마 되지 않은 것인 듯 액자를 끼우지 않았다. 영창 옆에 그리다 둔 십 호쯤의 화포가 이젤 위에 얹혀 있었다. 뒤란 쪽의 바람벽에는 액자에 끼워진 그림들이 겹겹이 세워져 있었다. 이젤 옆에는 물감들이 어지럽게 늘어져 있고, 영창 옆의 구석에는 새로 맞추어다 놓은 화포들이 옆으로 누워 있었다.

"앉으셔요."

여자가 이불을 걷어서 말아 붙이고, 아랫목의 주홍빛 밍크 담요 속에 두 다리를 묻으면서 말했다. 그는 여자의 맞은편에 앉으면서 계속해서 바람벽의 그림에다 눈길을 보냈다.

바람벽의 그림은 여섯 점이었다. 안쪽 벽에 넉 점, 아랫목 벽에 두 점이 걸려 있었다. 그것들은 모두 같은 소재를 이렇게 저렇게 변형을 시켜서 그린 것이었다. 머리는 황소고 몸은 사람인 거대한 남자의 벌거벗은 몸과, 흰 저고리에 검정 치마를 입고 삼단 같은 머리를 길게 늘어뜨린 성숙한 여자의 이런저런 몸짓들이 그려져 있었다. 여자가 숲 그늘에서 잠들어 있고 황소 머리를 한 거대한 남자가 밭을 일구는 그림, 비바람 몰아치는 억새숲 속으로 여자가 네발짐승같이 기어가고, 그 뒤를 황소 머리의 거대한 남자가 벌거벗은 채 뒤따라 기어가는 그림, 여자가 치마를 머리에 쓰고 아득한 절벽 아래로 떨어져 내리는 것을 황소 머리의 거대한 남자가 붙잡으려고 두 손을 내뻗고 있는 그림, 숲 속의 우물 옆에서 여자가 머리를 빗고 앉아 있는 모습을 황소 머리의 거대한 남자가 엿보는 그림, 잠자리 날개 같은 옷만을 걸쳐 입은 인형 같은 여자를 벌거벗은 황소 머리의 거인이 안아 들고 있는 그림, 대기가 어지럽게 휘도는 검은 땅 위에서 여자와 황소 머리를 한 거인이 바위 덩이들처럼 웅크리고 있고, 천사 하나가 구름을 타고 하늘로 날아가는 그림들이었다. 선을 유연하게 단순화시켰고, 원색을 대담하게 썼다. 그는 신화神話한 대목을 생각했다.

한 섬이 개벽한 지 얼마 되지 않았을 때, 그 섬에는 딸 하나를 낳은 부부가 살고 있었다. 어느 날 물귀신이 조개 잡으러 간 아내를 데려가 버렸다. 아버지와 딸만 남았다. 얼마쯤의 세월이 흐르자, 딸이 오롯한 여자로 성숙하였다. 아버지는 항상 밭에 가서 괭이와 삽으로 땅을 일구었다. 딸은 밭 가장자리에 있는 샘에 가서 머리를 감아 빗곤 했다. 어느 폭풍우가 몰아치는 밤이었다. 아버지는 딸의 방문을 열었다. 아버지의 가슴속에도 폭풍우가 몰아치고 있었다. 딸이 놀라서 몸을 일으키는 순간에 번개가 쳤다. 딸은 홑이불을 뒤집어썼다. 딸은 오래 전부터 아버지의 고통스러워하는 마음을 잘 알고 있었다. 그녀는 몸을 떨었다. 떨면서 몸부림을 쳤다. 아버지를 받아들이는 것도 불륜이며, 거절하는 것도 불륜이었다. 받아들이는 것도 효도요, 거절하는 것도 효도였다. 아버지가 끌어안았을 때, 딸은 애원하듯이 말했다. "아버지, 사람의 가죽을 쓰고는 이럴 수 없습니다. 쇠가죽을 쓰십시오." 아버지 생각에도 딸의 말이 맞을 듯싶었다. 밤을 새워 소의 가면을 만들었다. 새벽녘에 아버지가 그걸 쓰고 왔다. 딸이 앞장서서 마당을 나가며, "네 발로 기어오면서 '움메' 소리를 내십시오. 그러면 먼저 저 산꼭대기에 올라가서 소가 된 마음으로 아버님의 뜻을 받아들이겠습니다" 하고 말했다. 아버지는 신이 났다. 칙칙한 수풀을 헤치면서 험한 산비탈을 네발짐승같이 기어올랐다. 온몸의 털구멍들이 뜨거운 땀을 쏟아 내고 그런 몸 위에 빗줄기가 장대처럼 퍼부어졌다. 홑이불을 머리에 쓴 딸이 산꼭대기에서 아버지를 기다리고 있었다. 아버지는 딸에게로 접근했다. 딸은 아버지의 손이 몸에 닿는 순간 벼랑 아래로 몸을 던졌다.

"마음에 차지 않을 거예요."
하고 여자가 말했다.
"작품을 하나하나 그려 가는 것하고, 파도들이 밀려오는 것하고는 비슷한 것 같아요. 저도 차지 않아요."
바람이 우우 소리를 내면서 마당과 툇마루 위를 달려갔다. 문풍지가 부웅 울었다. 파도 소리가 제각 주변의 소나무 가지에 걸려 울고 있었다.
"파도 하나하나에는 나름대로의 배고픔과 배부름이 함께 들어 있어요. 어느 것이든지, 그 하나에 완전한 충만이 담기어져서는 안 됩니다. 파도가 계속해서 끊이지 않고 이어질 수 있다는 것은 그 하나하나가 가지고 있는 배고픔이 있기 때문이에요. 그 '부름과 고픔'에 따라서 작가의 작품 제작 행위는 뜻을 가지게 되고, 계속 이어지게 되는 것입니다. 작가가 어느 한 작품에서 최대 최고의 배부름을 느꼈다면 그 작가는 그것으로 끝장이에요."

억수는 벽에 걸린 그림 속으로 파묻혀 들어갔다. 그는 황소 머리를 한 거인 남자가 되고 싶었다. 비바람에 부대끼는 칙칙한 억새숲 속을 기어가고 싶었다. 여자의 숲을 유린하고 싶었다.

"술 한잔 하시겠어요?"

여자가 벽장문을 열고 소주병을 꺼냈다. 발자국 소리가 대문간 쪽에서 부엌 쪽으로 다가왔다. "에끼 썩어 자빠질 년." 노파의 볼멘소리가 들려왔다. 부엌 바닥에 나무둥치 내던지는 소리가 들려왔다. 여자는 아랑곳하지 않고 윗목에 있는 소주컵 둘을 가져왔다. "제각에 들어가지 말라고 당부를 한께……." 뱃머리 저 너머에서 출렁거리는 파도를 보면서 하던 작은아버지의 말이 생각났다. 여자가 컵 둘에다가 술을 채웠다. 하나를 그의 앞으로 밀었다. 그가 잔을 들었다.

"술은 깡소주가 제일이어요. 안주는 술맛을 죽여요. 저는 당신이 저를 만나러 온 까닭을 잘 알고 있어요."

여자가 술을 들이켰다. 그도 따라서 들이켰다. 속이 불붙은 듯 화끈했다. 소주의 쓰고 단 맛이 혀끝에 남아 있었다.

"어머니, 불 좀 지펴 주셔요. 추워 죽겠어요."

여자가 부엌을 향해 말했다. 부엌의 노파는 벌써 불을 지피기 시작한 듯했다. 매캐한 연기 냄새가 나고, 마른 나무 꺾는 소리가 들려왔다. 여자가 빈 잔에 술을 채웠다.

"사랑이 문제예요. 저처럼 그림을 사랑하는 사람은 아마 없을 거예요. 그림이 사랑만으로 된다고 생각하는 것은 물론 착각이지요. 그림은 싸움입니다. 저는 욕심쟁이예요. 우주를 응축해서 캔버스 속에 담고 있어요. 그 응축을 위해서 저는 제가 사랑스럽다고 느껴지는 것들을 하나 둘 소유해 가요."

여자는 소주 한 컵을 더 들어 마셨다. 그도 따라 들었다. 그가 잔을 내려놓자, 여자가 일어서서 벽장문을 열더니 오징어 한 마리를 꺼냈다. 발부터 찢어서 그의 앞에 내밀었다.

"이년아, 나는 평생을 혼자서 수절을 하고 살아왔다. 구렁이로 백 년, 개로 백 년을 살 년아."

부엌에서 노파의 저주가 흘러들었다. 방구석에서 연기가 증기처럼 피어났다. 숨이 막혔다.

여자의 입에서 삶은 양파 냄새가 날아오고, 깡소주 냄새도 날아왔다. 여자의 눈은 거슴츠레해졌다.

"저 신화는 틀렸어요, 내용부터가 엉터리예요. 아버지는 딸을 범했어요. 딸의 방문을 열었을 때 번개가 쳤습니다. 딸은 벌거벗고 있었을 겁니다. 그래서 홑이불을 뒤집어쓴 거예요. 홑이불이 다 뭡니까? 그것이 아버지한테 문제되지 않습니다. 아버지는 홑이불을 걷어 젖혔습니다. 그리고 그들의 나신裸身과 나신이 만났습니다. 그들이 소 모양을 하고 가파른 숲 속을 기어가는 것은 그들이 나신으로 접합된 다음의 일입니다. 한데, 저는 그걸 그릴 수가 없었어요."

그는 소가 되고 싶었다. 앞장서서 정상을 향해 칙칙한 숲 속을 기어가는 여자를 따라 땀을 뻘뻘 흘리면서 기어가고 싶었다. 여자가 시키는 대로 '움메' 소리를 하고 싶었다.

"예에끼 빌어먹을 년, 나는 이 나이 되도록 한 남자밖에는 모르고 살아왔다. 내가 거짓말을 하면 손가락에 장을 지지겄다."

마른 나뭇가지 꺾는 소리와 함께 노파의 어눌한 말이 들려왔다. 문풍지가 울었다. 매캐한 연기 때문에 여자가 칵 하고 기침을 했다. 여자가 문을 열고 밖으로 나갔다. 뒤란 방으로 가더니, 축음기를 가지고 왔다. 뚜껑을 열고 레코드를 얹었다. 태엽을 감고 사운드박스를 놓았다. 일본 사람들의 〈봉선화〉라는 선율이 흘러나왔다. 밖에서는 솔바람 소리와 파도 소리가 술렁거리고 있었다.

"저 여자 참 불쌍한 사람이어요."

여자가 컵에다가 술을 부으면서 말했다.

"저 여자 아니었으면, 나 벌써 어디로든지 휭 날아가 버렸을 거예요…… 귀찮고 따분하고 환장할 것 같을 때는 당장 저 여자를 어디다든지 집어넣어 버리고 홀가분해지고 싶기도 하지만……."

파도에 부대끼고 있는 채취선의 엔진 소리가 아스라하게 들려왔다. 그는 극락사에서 공양주 보살 노릇을 하고 사는 어머니를 생각했다.

5

아버지는 어머니의 국민학교 동기였다. 어머니보다 다섯 살이나 위였는데, 살갗이 군데군데 검붉거나 검푸른가 하면, 콧잔등이 깊이 꺼졌고, 이마와 뒤통수가 튀어나왔으며 턱이 주걱 같은 추남이었다. 아버지는 어머니네 집의 사립이 닳도록 쫓아다녔지만, 그 무렵 면장을 살고 있던 외할아버지는 볼썽사나운 추남인 데다 정씨네 제각지기의 아들인 아버지를 사위로 삼으려 하지를 않았다. 외삼촌과 외할아버지는 아버지를 몽둥이로 두들겨 패기도 하고, 도둑질을 하러 들어온 것을 붙잡았다고 하면서 파출소에 넘겨 버리기도 했다. 파출소에서는 아버지를 며칠씩 가두어 두었다가 풀어 주곤 하였다.

외할아버지는 아버지의 등쌀에 못 이겨 서둘러서 어머니를 이백 리도 더 떨어진 곳으로 시집을 보냈다. 상대는 서울에서 학교를 마치고 와서 면 직원 노릇을 하는 사람이었다. 그 남자하고의 사이에 딸 하나와 아들 하나를 낳고 살았다. 남편이 산업계장으로 승진을 하던 해에 북쪽에서 군인들이 밀고 내려왔다. 남편이 보안서로 끌려가서 돌아오지 않은 날 밤에 시꺼먼 사람들이 몰려와서 불을 질렀다. 어머니는 살림살이를 끄집어내려고 집 안으로 뛰어들어 갔다. 장정 둘이 쫓아왔다. 양쪽에서 어머니의 어깨 하나씩을 끼고 뒤란 언덕 위로 올라갔다. 소리를 치고 발버둥을 쳐도 그들은 어머니를 놓아 주지 않았다. 숲 속으로 들어가서 손을 뒤로 돌려 묶었다. 입 속에 솜 같은 것을 쑤셔 넣고 그 위에다 목수건을 동여 묶었다. 몸부림을 칠 수도, 소리를 지를 수도 없었다. 그들은 어머니를 끌고 고개를 넘고, 들을 건넜다. 산모퉁이에 있는 외딴집으로 들어갔다. 풀색 옷 입은 남자들이 석유 등잔불 앞에 앉아 있었다. 그 가운데서 허우대 큰 남자가 달려 나와서 어머니의 어깨를 끼고 온 남자들을 꾸짖었다. 남자들이 재갈을 풀고, 포승도 풀어 주었다. 허우대 큰 남자가 어머니를 방 안으로 데리고 들어갔다. 방 안에 있던 남자들이 자리를 비켜 주었다. 석유 등잔불에 마주앉은 허우대 큰 남자의 얼굴을 뜯어보던 어머니는 온몸의 피가 머리 위로 모두 몰려 올라가는 것 같았다. 아찔한 어두움이 눈앞을 선회했다.

"어쩐 일이오?"

허우대 큰 남자가 눈을 치켜뜨며 물었다. 그 눈에 핏발이 서 있었다. 어머니는 자기도 모르는 사이에 앞에 앉은 남자의 뺨을 힘껏 때렸다. 남자가 몸을 움찔했다. 어머니는 계속해서 남자의 뺨을 때렸다. 남자가 어머니의 손목을 잡으면서 "흥분하시지 말고 차근차근 말을 해보시오" 하고 말했다. 어머니는 손목을 잡힌 채 방바닥에 얼굴을 묻고 으흑으흑 하고 울음 덩어리를 토해 냈다. 허우대 큰 남자는 콧잔등이 깊이 꺼진 데다 이마와 뒤통수가 튀어나오고 턱이 주걱 같은 추남자였다. 어머니는 이 추남자가 사람들을 시켜서 자기를 붙잡아 오라고 한 것일 거라고 생각했다. 남편을 붙잡아 가게 하고, 집에 불까지 지른 네 놈을 언제든지 기어이 내 손으로 죽이고 말 것이다. 어머니는 혀를 물어뜯으면서 신음했다.

어머니는 그를 죽일 기회를 잡기 위해 그 추남자가 이끄는 대로 순순히 따랐다. 그가 입으라고 하는 대로 풀색 바지와 윗도리를 입고, 쓰라고 하는 대로 풀색 모자도 썼다. 농구화도 신었다. 밤이면 들판길을 가고, 낮이면 산등성이를 오르고 너덜겅을 건너고 계곡을 치올랐다.

깊고 험한 산골짜기에 은거할 자리를 잡은 날부터 쌕쌕이들이 줄을 지어 날아가곤 했다. 가끔 헬리콥터들도 그들이 숨어 있는 산골짜기 위에서 맴을 돌곤 했다. 종이를 뭉텅이로 내던져 뿌리기도 하였다.

헬리콥터가 사라진 뒤 추남자는 사람들을 다른 골짜기로 옮겼다.

"걱정 마시오. 다시 밀고 내려올 것인께."

다리를 쉬면서 그는 그를 따르는 사람들에게 말했다. 어머니의 손을 잡고 비탈길을 오르면서 그는 "오해하지 마시오. 내가 시켜서 한 일 아니오. 이 아이들은 다만 그 동네로 양식을 구하러 갔을 뿐이오" 하고 말했다. 어머니는 그게 당치도 않는 말이라고 생각했다. 양식을 구하러 들어왔으면, 그것만 구해 갈 일이지 왜 불부터 질렀단 말인가. 또 마흔살이 다 된 여자는 왜 끌고 왔단 말인가. 어머니는 혀끝을 물었다. 어머니의 속마음을 짐작한 듯 그가 말했다.

"사실 말해서, 내가 오래 전에 당신 이야기를 한 번 한 적은 있소. 어렸을 때 당신한테 반해 가지고, 내 처지도 모르고 미친 듯이 쫓아다니다가 두들겨 맞기도 하고, 파출소에 끌려가서 도둑 누명을 쓰고 갇혀서 수모를 당하기도 한 이야기 말이오. 그것을 새겨들어 두었다가 이 아이들이 이 일을 저지른 것 같소. 미안하오. 내가 죽일 놈이오."

건너다보이느니 산봉우리요 깊은 계곡일 뿐인 산협 바위틈에 굴들을 파고 둘씩 셋씩 짝을 지어 살기 시작하였을 때, 그가 말했다.

"나는 인제 죽어도 여한이 없소. 차지하고 싶었던 사람 잠시라도 차지했은께. 내가 잠들어 있을 때 당신이 이 칼이나 총으로 나를 죽인다고 해도, 당신 손판에 죽는 것인께 눈곱만큼도 억울하고 서러울 것이 없소. 자, 당신 알아서 하시오."

그는 허리에 차고 있던 권총과 칼을 풀어 놓고, 구운 닭고기를 찢어서 어머니 앞에 내밀었다. 고개를 저어 피하자, 그는 억지로 목을 감아 안고 입 속에 쑤셔 넣었다. 어머니는 그것을 뱉어 내지 않았다. 먹었다. 모두 들어주고, 그가 마음을 놓았을 때 죽이자고 생각했다.

그가 마을에서 걷어 온 이불 한 채를 안고 굴로 들어왔다. 한 자락을 깔고 한 자락을 덮을 수 있도록 폈다.

"아직도 나 총각이오. 당신 한 사람만 생각하고 이때껏 살아왔소."

그가 이렇게 말하면서 어머니를 끌고 이불자락 속으로 들어갔다. 누가 그 말을 믿을 줄 아느냐고 속으로 외치면서 어머니는 이를 물었다. 그는 어머니의 풀색 윗옷과 바지를 벗기면서 말을 이었다.

"모두가 죄요. 내가 못생긴 것도 죄고, 우리 아부지가 제각지기라는 것도 죄고, 당신 얼굴이 너무 이쁜 것도 죄고, 당신네 아부지가 면장질을 했다는 것도 죄고, 철없이 당신을 쫓아다니는 나를 무조건 두들겨 패고 파출소에 집어넣어 버린 것도 죄요. 또, 우리 아이들이 당신 집에 불을 지르고, 당신을 이렇게 끌고 온 것도 죄고, 내가 한번 내 옆에 온 당신인께 기어이 내 사람을 만들어야겠다고 생각을 한 것도 죄요. 이 죄들을 어떻게 하겠소? 인제는 지옥에 갈 일만 남아 있을 뿐이오."

살이 섞이는 순간 어머니는 고개를 모로 돌린 채 혀끝을 깨물었다. 더럽다, 어서 잠이 들기만 들어라. 그가 굴 바닥에 풀어 놓은 칼을 떠올리면서 속으로 소리쳤다. 그것은 생각뿐이었다. 어머니의 앙당그러진 몸은 살이 보다 깊이 섞이어 감에 따라 맥없이 풀어지고 있었다. 풀무질을 하여 달구는 쇠처럼 달아오르기 시작했다. 어머니는 혀를 깨물었다. 이 남자는 오늘 밤 안으로 내 손에 죽을 것이다. 이렇게 다부지게 스스로를 다잡았지만, 무슨 마법에 걸리기라도 한 듯 몸과 마음이 어지러운 환혹 속으로 둥둥 떠가는 것을 어찌할 수 없었다. 스스로를 절제하려고 안간힘을 썼다. 몸부림을 쳤다. 천길 낭떠러지 밑으로 떨어져 내리는 듯한 아찔함까지를 맛보았다. 어머니는 사지를 아무렇게나 내뻗었다. 이 남자를 죽이고 자기도 죽어야 한다고 생각했다. 어머니는 잠든 척하고 있자고 생각했다. 그러나 어머니는 정말로 단잠을 이슥하게 자 버렸다.

눈을 떠 보니 어머니는 그의 가슴속에 얼굴을 묻은 채 누워 있었다. 그는 곤히 잠들어 있었다. 그의 팔을 조심스럽게 젖히고 일어나 앉았다. 그의 머리맡에 놓여 있는 칼을 뽑아 들었다. 조금 전까지 이마와 코를 묻었던 그의 왼쪽 가슴을 겨냥했다. 먹딸기 같은 젖꼭지가 어슴푸레한 어둠 속에서 상수리만 하게 부풀어나 있었다. 끌려간 남편을 생각하고, 우우 소리를 내면서 타오르던 불을 생각하고, 그 불로 살갗을 지져대기라도 하는 것처럼 딸 순덕이와 아들 만수가 울어 대던 것을 생각했다. 칼 든 손을 들어 올렸다. 가슴이 쓰라려 왔다. 간밤 가슴속 깊이 기어들던 맨살이 어머니의 의식을 초롱같이 밝히고 있었다. 칼 든 손이 떨렸다. "내가 못생긴 것도 죄고, 우리 아부지가 제각지기라는 것도 죄고, 당신 얼굴이 너무 이쁜 것도 죄고…… 인제는 지옥에 갈 일만 남아 있을 뿐이오." 그의 말이 생각났다. 떨리는 손에 힘을 주기 위하여 안간힘을 썼다. 그럴수록 더 떨렸다. 그때 그가 잠꼬대를 하듯이 손을 뻗쳐서 어머니의 목을 끌어안았다. 어머니는 다시 이불 속으로 들어갔다. 그의 말마따나 모든 것이 죄였다. 혀끝을 물어 끊고 자결을 하지 못하고 여기까지 끌려온 것도 죄고, 남자가 하는 대로 몸을 맡긴 것도 죄고, 남자를 죽이지 못한 것도 죄였다. 남편의 얼굴이 보이고, 불타는 집과 울부짖어 대는 딸과 아들의 목소리가 들렸다. 어머니는 그 얼굴과 불과 소리가 보이지 않고 들리지 않았으면 잠시라도 살아 배길 수 있을 것 같았다. 남자의 품속으로 기어 들어갔다. 그의 등을 어루만지고 턱과 입술로 남자의 젖가슴과 목덜미를 쓸었다. 몸부림을 치면서 남자에게 몸을 밀착시켰다. 실낱같은 의식 한 오라기 남기지 않고 남자의 안속으로 모두 가지고 들어가 버리고 싶었다. 자기의 모든 것을 그 남자의 안속에 모두 투척했다. 남자는 자기의 품속에 들어온 어머니가 이제 보다 분명히 자기의 여자임을 확인하고 있었다.

며칠 후의 달 밝은 밤에 두 사람은 혼례식을 올렸다. 추남자가 사십 평생 응어리져 있던 한을 풀게 해 달라고 통사정을 해서 이루어진 것이었다. 굴 앞 평평한 바위를 사람들이 둘러쌌다. 바위 한가운데에 두 사람이 마주 섰다. 두 사람 사이에는 병풍 대신에 거적때기가 세워지고, 신부의 머리에는 띠풀과 마른 칡덩굴로 만든 족두리가 씌워졌고, 신랑의 머리에는 억새풀과 띠풀을 섞어 엮은 남바위와 뿔갓이 씌워졌다. 오리 모양을 한 돌덩이를 전안으로 썼다. 신랑이 전안 앞에 두 번 절을 하고, 해 뜨는 곳을 향해 서 있을 때, 신부가 들러리의 부축을 받으면서 나왔다. 신부가 재배를 하고, 신랑이 일배를 했다. 마주 꿇어앉아 천지신명께 고하는 첫 잔을 따라 땅에 부었다. 표주박 대신에 사발을 썼다. 술은 계곡에서 길어 온 물이었다. 신부가 따라 주는 술을 신랑이 마시고, 신랑이 따라 주는 술을 신부가 마셨다. 신방은 그들의 굴이었다. 앞장서서 들어가는 신부의 머리에다 쌀과 보리를 뿌렸다.

굴속으로 들어간 어머니는 머리에 쓴 족두리를 벗어서 팽개치고 이불 속에 얼굴을 처박고 울음을 터뜨렸다. 미쳤다. 죽어야 한다. 끌려간 남편과, 우우 소리를 내며 타오르던 불과, 딸과 아들이 그악스럽게 울부짖던 소리를 생각했다. 굴 밖에 모여 있는 사람들이 굴 입구와 신랑의 머리에 쌀과 보리를 뿌리면서 손뼉을 치기도 하고 무슨 말인가를 해 놓고 깔깔거리기도 했다.

"아들 다섯, 딸 다섯은 낳아야 써."

누군가가 소리쳐 말했다. 뒤따라 들어온 그가 어머니의 목을 끌어안은 채 "나는 인제 참말로 죽어도 여한이 없소." 목이 멘 소리로 속삭였다.

며칠 뒤에 산 아래쪽 사람들이 능선을 타고 기어오르면서 총을 쏘았다. 동시에 헬리콥터들도 두 대 세 대씩 떼를 지어 날아와서 기총 소사를 하였다. 굴속의 사람들은 사방으로 흩어져서 몸을 숨긴 채, 기어 올라오는 산 아래쪽 사람들을 향해 총을 쏘기도 하고 헬리콥터를 향해 쏘기도 했다. 쏘고 또 쏘아도 어림없는 일이었다. 산 위에 있는 사람들의 수가 부족했다. 산 아래와 공중에서 함께 퍼부어 대는 총탄을 당해 낼 수가 없었다. 그는 사람들에게 이불과 양식을 짊어지고 여자들과 부상자들을 이끌고 더 높고 험한 산골짜기로 피하게 했다. 나머지 사람들은 그들이 산을 넘을 때까지 응사를 하며 버티었다. 그런데 등성이를 넘어 너덜겅이 있는 산꼭대기로 패주하는 사람들을 헬리콥터가 쫓아갔다. 양식과 이불 짐을 진 사람들이 쓰러졌다. 산 아래쪽 사람들도 때를 같이해서 밀고 올라왔다. 응사를 하며 버티던 사람들이 대부분 죽거나 부상을 당했다.

어둠이 덮이고, 산 아래쪽 사람들이 물러갔다. 너덜겅 옆의 산정까지 살아온 사람들은 열둘뿐이었다. 그 가운데서도 둘은 피를 너무 많이 흘려서 빈사 상태에 있었다. 사람들의 가슴속에도 칠흑 같은 어둠이 들어차 있었다.

사람들의 의견이 갈라졌다. 목숨을 걸고 계속 싸우자는 쪽과, 한데 모여 있으면 다 죽을 터이므로 각자 흩어져서 연고지를 찾아가 일단 목숨을 부지해 놓고 보자는 쪽이 맞섰다. 대장격인 추남자는 그 어느 편에도 들지를 않았다. 양쪽의 이야기들을 내내 듣고만 있었다. 끝내는 두 의견이 한낱 우김질로 변했다. 양쪽 사람들은 추남자의 거짓 없는 의견을 물었다. 추남자는 깊은 계곡에 잠기어 있는 밤안개를 내려다보다가 입을 열었다.

"나는 양쪽의 의견이 다 옳다고 생각합니다. 나는 여러분의 우두머리가 아니오. 누구한테서 우두머리 노릇을 하라는 지령을 받은 바도 없소. 우리를 이끌던 사람들은 인민군을 따라가 버렸거나, 죽었소. 나는 다만 여러분이나 마찬가지로 쫄자요. 다만 나는 여러분 가운데서 나이를 제일 많이 먹었다뿐이오. 경륜도 지략도 출중나지를 못하오. 나는 여러분의 의견이 두 쪽으로 갈라져서 맞부딪칠 때, 이렇게 생각을 했소. 각자 스스로 옳다고 생각하는 바대로 했으면 좋겠다는 것이오. 일단 돌아가서 목숨을 부지해 놓는 것이 옳다 싶은 사람은 돌아가는 것이고, 남아서 계속 싸우는 것이 옳다 싶은 사람은 또 그렇게 하는 것이오. 이보다 더 좋은 지략을 내놓지 못하는 것은 내 불행이고, 여러분의 불행이오."

그가 말을 끝낸 지 한참 뒤에까지 둘러앉은 사람들은 서로의 머리꽁지 위에서 수런거리는 어둠을 바라보기만 했다. 달은 두꺼운 구름 속에 들어가 있었다. 산봉우리들은 참선하는 수도승들같이 돌아앉아 있었다. 돌아가자고 우기던 사람들은 날이 밝기 전에 모두 돌아들 갔다. 남아서 투쟁을 하자고 주장을 하던 사람들도 셋이나 그들을 뒤따라 산굽이를 내려들 갔다.

"당신도 따라 내려가시오."

추남자는 어머니를 향해 말했다. 어머니는 산골짜기에 괴어 있는 어둠만 내려다보았다. 산을 내려가 보아야 갈 데가 없다고 어머니는 생각했다. 보안서로 끌려간 남편이 살아 있을지 어쩔지 알 수 없지만, 자기는 이미 그를 배신한 것이었다. 굴 앞의 바위 위에서 혼례식을 하면서 어머니는 이제 별수 없이 이 추한 남자의 아내 노릇을 하다가 죽어야 한다는 생각을 했다. 남의 아내가 되어간 한 여자만을 생각하고 나이 마흔이 되어 버린 이 남자를 위해 자기는 자기 한 몸을 던져 주자고 생각했었다.

"여기 남아 있다가는 언제 어떤 모양으로 죽게 될지 모릅니다. 어서 저 사람들 따라 내려가시오."

그녀의 등 뒤에 와서 남자는 풀기 없는 목소리로 말했다.

"나도 여기 남는 것이 옳다 싶은께 남아 있는 것이오."

어머니는 목멘 소리로 말을 하고 굴속으로 들어갔다.

날이 번히 샐 무렵에 그들은 서둘러 자리를 옮겼다. 산을 내려간 사람들 가운데에서 누군가 한 사람쯤은 경찰에다 그들의 은신처를 귀띔해 줄 것이라고 그들은 생각했다. 전날 습격을 받았던 곳으로 갔다. 시체들이 널려 있는 곳에서 좀 더 계곡을 타고 아래로 내려갔다. 바위들이 머리를 잇대고 있거나 겹겹이 포개져 있는 조그마한 분지가 나왔다. 그 바위들의 서북쪽에다 굴 셋을 팠다. 일부러 양지쪽을 피했다. 산을 오르는 사람들이 본능적으로 피해 갈 수밖에 없는 비탈과 응달을 택하였다. 허허실실이었다. 계곡의 물이 좋을 뿐만 아니라, 산 아래 마을에서 양식을 구해 오기도 쉽고, 한 번 그들이 호되게 패주를 한 곳이므로 경찰에서 수색 작전을 펴더라도 이 근처를 별로 신경 쓰지 않고 지나칠 것이 분명했다. 그들은 굴속에서 파낸 흙을 담요 자락으로 싸다가 가장 가까운 곳에 있는 시체를 덮었다. 물론 그 시체 옆에 흙구덩이를 크게 파두었다.

추남자는 동료 둘을 데리고 가끔 마을로 내려가서 귀신같이 양식과 반찬을 구해 오곤 했다. 이후로 다시는 수색 작전이 없었으므로 그들은 그 굴속에서 겨울을 무난히 날 수 있었다. 높은 산속의 겨울은 길었다. 소쩍새가 울어대고 마른 싸릿대와 억새풀섶 속에 있는 진달래나무가 피 같은 꽃송이들을 하나씩 둘씩 초롱같이 달 때까지도 산속은 아직 겨울이었다. 마른 나뭇가지에 허옇게 성에가 끼고 땅바닥에는 싸리버섯 같은 서릿발이 곤두섰다.

무심한 삼신님이었다. 그런 산속 생활을 하는 어머니에게 입덧이 났다. 어머니는 돼지고기가 먹고 싶었고, 쑥국이 마시고 싶었다. 어머니는 철없이 추남자에게 그 말을 했다. 그렇지 않아도 양식이 떨어지는 판이었다. 밤을 기다려 산을 내려가면서 추남자는 양식과 함께 그와 그녀가 입을 한복을 구해 오겠다고 했다. 태어날 아기를 위해서라도 세상으로 돌아가야 하지 않겠느냐고 했다. 넓으나 넓은 세상에 숨어 살 데 없겠느냐고 했다. 목포나 여수나 부산 같은 데로 가서 부두 노동을 하면 들키지 않고 살 수 있을 것이라고 했다. 세상으로 내려가는 대로 당신 먹고 싶은 음식들을 다 사다 주겠다고 했다.

그가 산을 내려간 지 오래지 않아서 콩 볶는 듯한 총소리가 골짜기를 타고 기어 올라왔다. 어머니는 굴 밖으로 나와서 산 아래를 내려다보았다. 새까만 어둠만 술렁거리고 있었다. 하늘에는 별들이 까물거렸다. 푸른빛 나는 별들도 있고, 먼지처럼 보얀 별들도 있었다. 가끔씩 총탄이 불을 켠 채 피용 소리를 내면서 산등성을 넘어갔다.

동이 틀 무렵에야 추남자가 혼자서 산을 올라왔다. 한쪽 다리를 질질 끌면서 기어왔다. 어깨에 양식 자루가 걸쳐져 있었다. 여느 때 군데군데 검붉거나 검푸르던 얼굴 살갗이 횟가루 물을 바른 것 같았다. 어머니가 부축했다. 굴 안으로 끌어들이고 피가 흥건하게 묻은 옷자락을 벗겼다. 옆구리와 어깨에 총상을 입었다. 그는 쓰러져 누우면서 양식 자루를 손가락질했다. 그 속에는 흰 저고리와 검정 치마와 남자의 핫바지

저고리가 들어 있었다. 고무신 한 켤레씩도 들어 있었다. 어머니는 솜을 뜯어 상처의 구멍을 막아 놓고 송진을 따 왔다. 가루를 만들어 상처에 뿌렸다.

"이 양식 떨어지기 전에 기회 봐 가지고 내려갑시다."

그는 눈을 감고 신음하면서 말했다.

한낮 때쯤에 그는 온몸이 불덩어리같이 되면서 혼수상태로 빠져 들었다. 가끔 물을 마시고 싶다고 말했다. 계곡의 물 흐르는 소리가 굴 안으로 흘러들고 있었다. 구멍을 솜덩이로 막고, 그 윗부분을 베 가닥으로 칭칭 감았는데도 상처에서는 계속해서 피가 흘렀다.

"내가 왜 이러지? 죽어선 안 되는데……."

어쩌다가 반짝 정신이 들어 가지고 이를 갈면서 신음을 섞어 말했다. 그것이 마지막 말이었다. 어머니의 손을 움켜잡고 몸을 떨기 시작했다.

그에게 마을에서 가지고 온 핫바지와 핫저고리를 입혔다. 어머니는 자기가 이때껏 입고 있던 풀색 옷을 벗어서 그의 얼굴을 덮었다. 그가 가져온 치마와 저고리를 입었다. 괭이와 삽으로 굴을 허물었다.

6

"어려서부터 실성기가 있는 여자는 아니었대요."

여자가 오징어 발을 씹으면서 레코드의 판을 뒤집었다. 문밖에서 솔바람 소리와 파도 소리가 휘돌고 있었다. 채취선의 택택거리는 소리가 그 소리들을 뚫고 달려왔다. 여자는 태엽을 감고 사운드박스를 레코드 위에 올렸다. 세레나데가 간드러지게 흘러나왔다.

"아버지의 죽음 때문에 충격이 너무 컸던 모양이에요."

그에게 술을 한잔 권하고 나서 말을 이었다.

"당신이 지억수 씨라는 것, 국문과를 다닌다는 것, 소설 공부를 하고 있다는 것, 학교가 너무 늦었다는 것, 당신 나이가 지금 서른세 살이라는 것, 당신이 제각지기 할아버지에 대한 이야기를 소설로 쓰고 싶어한다는 것들을 다 알고 있어요."

그는 여자를 멀거니 건너다보았다. 석 달 전에 작은아버지한테 편지로 그 이야기를 소설로 써보겠다는 말을 했을 뿐이었다. 그걸 이 여자가 어떻게 알고 있을까. 그는 어지러웠다. 여자의 검붉은 입술 사이에서 하얀 이들이 가지런히 빛나고 있었다. 충혈된 두 눈이 거미줄같이 그의 목을 휘감고 있었다. 입고 있는 분홍빛 털스웨터 때문에 턱과 볼의 흰 살결이 옅은 분홍빛을 띠었다. 그는 얼김에 술잔을 들어 비웠다.

"그 소설 퍽 쓸 만하겠다고 오래 전부터 생각하고 있었지요. 가진 자의 으스댐과 못 가진 자의 비애. 거기에 해방. 한반도에 밀어닥친 이데올로기. 여수 반란 사건과 육이오. 죽이기와 죽어가기…… 한데, 우리 최근 세사를 다룬 소설들은 너무 상투적이고 피상적이어요. 개인적인 원한을 가지고 있다가 이데올로기 싸움에 힘입어 서로 죽이고 죽고 한 사람들의 이야기라든지, 그 사람의 핏줄들이 겪는 비애라든지, 그들이 못다 푼 것을 그들의 핏줄이 풀어 준다는, 텔레비전의 암행어사나 포도대장 식의 복수 이야기라든지, 죽음에 임하여 화해를 한다는 투의 멜로드라마 같은 것이 고작이더군요."

여자는 잠시 말을 끊었다가 빈정거리듯이 말했다.

"미래의 대소설가님, 인형극을 아시지요? 인형극에는 반드시 조종자가 있습니다. 조종자를 찾아내세요, 당신은."

여자는 술 한 컵을 들이켜고, 맥풀어진 소리가 나오는 축음기의 태엽을 감으면서 "괜히 쓸데없는 소리를 지껄였네요" 하고 말했다. 그는 고개를 저었다.

"아니오, 다 옳은 말씀입니다."

"아참, 오늘이 대보름날 밤이지요?"

그는 어릿어릿한 취기를 느끼면서 술잔만 내려다보았다. 여자가 말을 이었다.

"저랑 오늘 달구경 해요. 해신제 지내는 것도 보고……."

그는 술을 들이마셨다. 여자가 사운드박스를 걷어 얹고 뚜껑을 덮었다. 축음기를 구석으로 밀었다. 부엌에서는 나뭇가지 꺾는 소리가 간헐적으로 들려왔다. 노파의 구시렁거리는 소리도 울려 왔다. 여자가 그의 빈 잔에 술을 따랐다. 그 술잔을 그의 손에 잡혀 주고, 자기의 잔을 들어올렸다. 그의 잔에다 달그락 소리가 나도록 부딪혔다. 대문간 쪽에서 구두 발자국 소리가 들려왔다. 그게 부엌문 쪽으로 갔다. 여자가 잔을 내려놓고 오징어 조각을 들어다가 씹으면서 여자가 절벽 아래로 뛰어내리는 그림을 가리켰다.

"저 딸의 리비도 말이오. 사실은 아버지한테 강간을 당하고 싶었을 거예요. 강간을 당하기 위해 아버지에게 요염한 몸짓을 했을 거예요. 아버지가 밭을 일구고 있을 때, 밭 가장자리의 샘 옆에서 머리를 감고 있었다든지, 폭풍우가 몰아치는 날 밤 아버지가 방문을 열었을 때 놀라서 홑이불을 뒤집어썼다든지 하는 것들이 그걸 말해 주는 것이에요. 그리하여 실제로는 강간을 당했습니다. 그런데 그걸 사람들은 그 딸이 치마를 뒤집어쓰고 절벽 아래로 뛰어내렸다고 도덕적인 포장을 해 놓은 거예요."

밖에서 노파의 무뚝뚝한 말이 들려왔다.

"문 열어 봐라, 이년아. 서방 또 한 놈 왔다."

억수는 가슴이 철렁했다. 방문 앞에 사람의 그림자가 아른거렸다. 전날 영어 선생이 왔을 때처럼 변소에 간다는 핑계를 대고 그냥 가 버려야겠다고 생각했다. 여자는 취해 있었다. 눈이 빨갛고, 눈자위가 불그죽죽했다. 한동안 술잔을 내려다보고 있던 여자가 문 쪽으로 얼굴을 돌리면서 "가라고 그래요" 하고 볼멘소리를 했다.

"한번 와 봤으면 말 일이지, 왜 자꾸 오고 또 오고 그래?"

아랑곳없이 문이 열렸다. "나야." 가느다란 목소리로 말을 하면서 얼굴을 들이민 것은 장발에 여자처럼 곱다랗고 창백한 얼굴이었다. 이마와 눈 가장자리와 볼에 깊은 잔주름들이 앉아 있었다. 키가 작달막하고 몸통도 가늘었다. 그 남자가 문을 닫고 들어오자 여자는 고개를 술잔으로 떨어뜨렸다. 얼굴을 찌푸렸다. 키 작은 남자는 억수를 향해 고개를 깊이 숙여 주면서 "실례합니다" 하고 말하고 억수의 옆으로 와서 앉았다. 억수는 말없이 고개만 숙여 주었다. 여자가 술을 마시고 잔을 키 작은 남자 앞에 내밀었다.

"웬 술을 아침부터 이레 마시노?"

키 작은 남자가 어색해하면서 잔을 받았다. 여자가 술을 따랐다.

"마시고 둘이서 인사하시오. 이쪽은 학생이고 훗날의 소설가고, 요쪽은 저 읍내 서점 주인이자 시시껍쩍한 시인이고……."

억수와 키 작은 남자는 허리와 머리를 숙여 인사를 하고 악수를 했다. 억수는 술잔을 들면서, 이 여자는 웬 남자관계가 이렇게 복잡할까, 하고 생각했다. 작은아버지가 제각에 가지 말라고 하던 것을 이해할 수 있을 것 같았다. 전날같이 기회를 보아서 일어서서 나가야 되겠다고 생각했다.

"축음기나 좀 틉시다."

키 작은 남자가 오징어 조각을 씹으면서 말했다. 여자가 담배 한 개비를 꺼내 물면서, 이미 신물이 나게 들었지 않느냐고, 어서 술이나 마시고 가라고 말했다.

"불원천리 찾아왔는데 너무 박절하네요."

남자가 잔에 술을 채워서 억수 앞에 내밀며 말했다.

"잔말 말고 얼른 가요. 나 이 남자하고 결혼하기로 했어요."

여자가 잘라 끊듯이 말했다. 억수는 얼굴이 화끈해졌다. 놀림을 당하는 것만 같았다. 키 작은 남자가 억수를 흘긋 보면서 "그놈의 결혼은 일 년에 몇 차례씩이나 하시오?" 하고 빈정거렸다.

"당신의 말대로 자유는 허무이자 생명력이에요."

여자가 담배 연기를 투후 내뿜었다.

억수는 오징어 토막을 씹으면서, 이 여자를 소설 속의 한 등장인물로 삼자고 생각했다. 이 키 작은 남자도, 전날 다녀간 추일섭 선생도, 부엌의 노파도 모두 등장시키자고 생각했다. 솔바람 소리와 파도 소리가 문밖에서 술렁거렸다. 채취선의 택택거리는 소리가 아스라하게 그 술렁거리는 소리들을 뚫고 들려왔다. 이 여자와 바다 속의 괴물이라는 것과는 어떤 관계가 있는 것일까. 바람이 더욱 세차진 듯 솔바람 소리와 파도 소리가 드세어져 있었다. 큰바람이 한 번만 더 불면 미역발과 연안 쪽의 김발 사이를 오르내리던 괴물 덩이가 점차 연안 쪽으로 자리를 옮겨 오르내리게 될 것이라고 하던 작은아버지의 말이 떠올랐다.

"선창머리에 좀 갔다가 올게요."

억수가 몸을 일으켰다. 바람이 세차게 부는 동안에는 괴물 쳐내는 일을 중단하라고 말을 해 주고 싶었다. 여자가 고개를 저었다.

"할 이야기가 있어요."

억수는 바다 쪽을 손가락질했다.

"지금 작은아버님이 혼자서 이 바람 속에……."

여자가 손을 번쩍 들어 올렸다.

"자유는 허무이자 생명력입니다."

여자의 말에 억수는 일으켰던 몸을 주저앉혔다. 술을 들이켜고 잔을 키 작은 남자 앞에 내밀었다. 이 여자를 이렇게 하도록 만들고 있는 것은 무엇일까. 서점 주인이자 시인이라는 남자가 술잔을 받아 들었다. 그가 술을 따랐다. 여자가 시인이라는 남자에게 얼른 술을 마시라고 재촉했다. 그 남자가 여자의 속마음을 알아차린 듯 어색하게 웃으면서 술을 들이켰다. 안주를 씹을 생각도 하지 않고 몸을 일으켰다.

"미안해요. 이 사람하고 오늘 치러야 할 의식이 있어요."

여자가 말했다. 억수는 다시 얼굴이 뜨거워졌다. 그 의식이란 것이 어떤 것일까. 시인이라는 남자가 밖으로 나갔다. 억수가 따라 일어서서 문 앞으로 걸어갔다.

"나가지 말아요. 억수 씨는."

여자가 차갑게 말했다. 구두 발자국 소리가 대문간 쪽으로 멀어져 갔다. 마당 안에서 술렁거리던 파도 소리와 솔바람 소리가 방 안으로 밀려들어 왔다.

"앉아요. 술 더 마시게……."

여자가 그를 가까이 끌어다가 앉혔다. 그들은 술잔을 한차례 더 바꾸었다.

"구렁이로 백 년 살고, 늑대로 백 년을 살어 이년아."

부엌에서 노파의 목소리가 들려왔다.

"어머니, 불 좀 더 많이 지펴요."

여자가 부엌을 향해 소리쳤다. 출입문 옆으로 앉은걸음을 쳐가더니 커튼을 내렸다. 성냥을 집어 들면서 턱으로 앞마당 쪽의 들창을 가리키고 "저 커튼 좀 가려요" 하고 말했다.

그가 그 커튼을 가리고 나자 방 안은 컴컴해졌다. 여자가 성냥불을 그어서 윗목에 있는 석유 등잔불에 붙였다. 방 한가운데로 돌아와서 털 스웨터를 벗어 던졌다.

"벗으셔요. 여기 들어온 이상 제 리비도대로 의식을 치러야 합니다."

여자는 그의 겨드랑이 사이로 두 손을 넣었다. 그의 등줄기에서 손깍지를 끼더니 졸랐다. 몸을 떨었다. 그의 가슴에 닿은 뭉싯한 젖무덤이 가로 퍼지고 있었다. 턱 밑에 구기박질러진 머리에서 마늘 뜬 것 같은 머리 냄새가 올라왔다. 여자는 그의 목줄기에 입술을 가져다 댄 채 "청이 하나 있어요. 들어주셔요" 하고 말했다. 그는 여자가 성행위를 원하고 있다고 생각했다. 들어줄 수 있을 것 같으면 들어주겠다고 했다. 여자가 "무조건" 하고 말했다. 아스라하게 채취선의 택택거리는 소리가 들려왔다. "제각에 가지 마라" 당숙의 말이 귓결을 지나갔다. 한 차례의 그 행위쯤이야 어려울 게 무어냐고 생각했다. 들어주마고 약속을 했다. 여자가 그를 풀어 주고 등잔불 옆으로 갔다. 무릎을 꿇고 앉으면서 "옷 한번 벗어 주셔요" 하고 말했다. 뜨거운 전류 같은 것이 뒤통수를 쳤다. 육체를 보고 싶어서 그러는구나. 등잔불의 까라기 같은 광망과 그 앞에 석상처럼 꿇어앉은 여자와 어슴푸레하게 바라보이는 그림들과 커튼 자락 사이로 스며들어 와 있는 불 같은 빛살들이 어지럽게 휘돌았다. 그림을 그리는 데에 참고하기 위해, 다만 어두컴컴한 등잔불빛 아래서 한번 보겠다는 것을 마다할 수 없다고 그는 생각했다.

난생 처음이었다. 조금 전까지 곤두서 있던 그의 남근은 주눅이 들어 있었다. 부엌에서는 마른 나뭇가지 꺾는 소리가 간헐적으로 들려왔다. 그는 다리가 후들후들 떨렸다. 까짓것 남자가 한번 여자 앞에서 벌거벗는 것을 두려워하고 창피해할 것이 무어란 말인가. "저 딸의 리비도 말이오. 사실은 아버지한테 강간을 당하고 싶었을 거예요. 강간을 당하기 위해 아버지에게 요염한 몸짓을 했을 거예요." 여자가 한 말을 생각했다. 마당에는 바람이 휘돌아 달리고 있었다. 비바람에 부대끼고 있는 여자의 숲 속으로 '움메' 소리를 지르면서 기어가고 싶었다.

그는 옷을 벗기 시작했다. 점퍼를 벗고 바지를 벗었다. 허물을 벗듯이 윗도리와 아랫도리의 내의를 벗었다. 러닝셔츠와 팬티만 남았다. 찬 기운이 살갗을 파고들었다. 닭살 같은 소름이 일었다.

"마저 벗어요."

여자가 말했다. 여자는 어느새 스케치북과 연필을 들고 있었다. 그가 팬티와 러닝셔츠를 벗었다.

"문 쪽으로 돌아서요. 무릎을 꿇고, 두 손을 짚고 엉덩이를 치켜들고, 기어가는 시늉을, ……네, 됐어요. 그렇게 하고 잠시만 계셔요."

그는 네발짐승같이 기어가는 자세를 취하고 있었다. 여자는 재빠르게 스케치를 하고 있었다. 그렇구나 하고 그는 생각했다. 작은아버지도 이렇게 당했는지 모른다. 스케치를 하고 있는 여자의 눈은 빛나고 있었다. 그는 고개를 떨어뜨렸다.

"고개 들고 여기를 봐요. 왜, 저를 한번 범하고 싶은 생각 없으셔요? 이래 봬도 저 아주 몸 좋아요. 한번 벗어 볼까요?"

여자가 연필을 멈춘 채 그를 빤히 건너다보면서 말했다. 그가 여자를 돌아보았다. 여자가 두 손으로 자기 젖무덤의 밑부분을 받쳐 보였다. 얄따란 면내의에 싸인 젖무덤이 물 가득 담은 둥근 고무 자루같이 옆으로 길쭉하게 불거졌다. 그는 머릿속에서 여자의 옷을 벗겼다. "강간을 당하고 싶었을 거예요" 하던 여자의 말을 생각했다. 가슴속에 뜨거운 덩어리가 불끈 일어났다. 그게 전신으로 퍼지면서 어지러움이 눈앞을 가렸다. 좋다. 베풀어 준 만큼 거두어들일 것이다. 그는 이를 물었다.

"됐어요."

여자가 소리치면서 스케치를 다시 계속했다. 구석에 켜 놓은 것 같은 불이 그의 눈에 켜져 있었다. 여자는 그것을 그리고 있었다.

한참 후에 여자는 턱으로 바람벽에 걸려 있는 그림 하나를 가리키면서 "저 그림 틀렸어요. 골격이 엉망이에요. 상상만으로 그렸거든요" 하고 말했다.

그 그림은 황소 머리를 한 벌거벗은 남자가 슈미즈만 입은 여자를 안아 든 것이었다.

"일어서 봐요."

여자가 네발짐승같이 기어오는 자세를 취하고 있는 그에게 말했다. 그는 몸이 떨렸다. 추위 때문이 아니었다. 열병 같은 정염 때문이었다.

"이 거울 앞으로 와서 두 팔로 나 한번 안아 들어 보아요."

그가 병풍 한 짝만 한 거울 앞으로 갔다. 그 속에 벌거벗은 채 떨고 있는 또 하나의 남자가 모습을 나타냈다. 그 거울을 등진 채 여자에게로 다가섰다. 한 팔로 여자의 등을 받치고 다른 한 팔로 여자의 허벅다리를 걷어 들어올렸다. 그의 두 팔 위에서 여자가 가로누웠다. 죽은 듯이 고개를 늘어뜨렸다.

"내 얼굴이 거울 쪽으로 가게 돌아봐요."

여자가 말했다. 시키는 대로 그가 돌아 주었다. 여자의 긴 머리칼들이 삼단같이 흘러내려 데룽거렸다. 여자는 거꾸로 고개를 늘어뜨린 채 온몸에 힘을 풀고 거울을 보았다. 한동안 거울 속의 그와 자기의 모습을 보던 여자가 늘어뜨렸던 윗몸을 일으키고 고개를 저었다. 자기를 방바닥에 내려 달라고 했다. 내려놓자, 여자는 치마를 벗고 면내의를 벗었다. 하얀 맨살이 드러났다. 구석의 가방 속에서 슈미즈를 꺼냈다. 잠자리 날개같이 투명한 것이었다. 그걸 입고 팬티를 벗어 던졌다. 자기의 모습을 거울에 비춰 보더니 "됐어요" 하면서 스케치북과 연필을 집어 들었다.

"아까같이 해 봐요."

그가 여자의 말대로 했다. 여자는 그의 팔에 안겨 들린 채 고개를 거꾸로 늘어뜨리고 거울을 보기도 하고, 윗몸을 일으키고 스케치하기도 했다. 그는 자꾸 가슴이 술렁거리고, 다리가 후들거렸다. 신문지 크기의 하얀 종이에 그와 여자의 모습이 그려졌다. 여자가 한 장 더 그려 볼 생각인 듯 그려진 것을 넘겼다. 다시 흰 종이가 여자의 가슴 앞에 펼쳐졌다. 그는 오래 전부터, 가슴과 어깨와 팔의 살결에 수없이 많은 벌레들이 기어 다니는 것 같은 간지러움을 느끼고 있었다. 문득 몸서리를 치곤 했다. 여자의 머리칼들이 그 살갗을 간지럽히고 있었다. 여자의 몸을 받쳐 들고 있는 팔도 저리기 시작했다. 그는 가슴벽과 등줄기를 훑고 있는 정염과 함께 간지러움과 저림을 참았다. 베푼 만큼 거두어들일 생각이었다.

여자는 아랑곳하지 않고 다시 고개를 방바닥 쪽으로 늘어뜨렸다. 머리칼들이 방바닥에 닿을 만큼 흘러내렸다. 그는 더 참아 낼 수 없었다. 그는 여자를 안은 채 아랫목에 펼쳐져 있는 담요 위로 갔다. 그의 뜻을 직감한 듯 여자가 눈을 감았다.

그는 눈앞에서 휘도는 어두움을 견디지 못하고 담요 위에서 허물어지듯이 무릎을 꿇었다. 여자를 내려놓기가 바쁘게 두 젖무덤을 싸눌렀다. 여자는 겉눈 두 개를 감은 대신 수백 수천의 속눈을 부릅뜨고 있었다. 그는 바람벽의 황소 머리를 한 거인처럼 여자의 숲 속으로 기어들었다. 여자는 달아오른 얼굴을 찡그렸다. 몸부림을 치면서 손톱을 세워 그의 등을 긁었다. 안간힘을 쓰면서 긁고 또 긁었다. 그의 등줄기에 쇠갈퀴로 긁어 놓은 것같이 하얀 골이 패었다. 그 골에서 피가 삐죽거렸다. 여자는 삐죽거리는 피 같은 신음을 토해 내고 있었다. 등 살갗의 쓰라림이 그의 가슴에서 타고 있는 불을 풀무질하고 있었다. 부엌에서 마른 나뭇가지 꺾는 소리와 노파의 저주하는 소리가 드높아졌다. "구렁이로 백 년, 늑대로 백 년을 살 것이다." 문 밖에서는 파도 소리와 솔바람 소리가 휘돌아 달리고 있었다. 채취선의 택택거리는 소리가 거기 섞이었다.

7

바람이 잤지만, 바다에는 아직도 들개 떼 같은 파도가 남아 있었다. 감자반도의 검은 숲 위로 양은 쟁반 같은 달이 솟았다. 묽은 해무 같은 어둠이 바다를 덮었다. 마을 쪽에서 바람결같이 들려오던 풍물 소리가 점차 또렷해지더니 선창 저쪽의 고개 위를 타넘었다. 억수는 여자와 함께 선창을 내려다볼 수 있는 잔등의 숲 속으로 갔다. 사람들의 눈에 띄지 않도록 미리 기다리기로 하였다. 고개를 넘은 풍물 소리가 산골짜기를 감돌기도 하고 선창 안을 울리고 먼 바다로 퍼져 가기도 하였다. 그들에게는 아직도 아침나절에 마신 술의 취기가 어릿어릿 남아 있었다.

"지양호란 사람이 작은아버지라고 그랬지요?"

여자는 몸을 웅크리면서 말했다. 여자는 그와 처음 만났을 때처럼 털외투의 뒷목에 달린 앙고라털 모자를 머리에 덮어쓰고 있었다. 턱 밑에서 끈을 죄어 묶어 놓자 기름한 얼굴이 타원형으로 되었다. 억수는 작은아버지가 선창 마당에 실어다가 펴 놓은 시커먼 나일론 발날 더미를 내려다보았다.

"그 사람, 이해할 수 없는 대목이 있어요."

여자가 말을 이었다.

"내가 어머니하고 함께 옷 보퉁이들을 이고 지고 온 이튿날, 그 사람이 쫓아왔어요. 제각에 사람이 들어와 살면 가슴이 아프다나요? 별스럽게 묘한 가슴도 있다고 내가 빈정거렸어요. 그러니까 가면서 그러데요. '얼마나 오래 사는지 두고 보자'고 말이오. ……그런 지 며칠 뒷날 아침에 밥을 지으러 부엌엘 나가던 어머니가 으악 소리를 질렀어요. 나가 보니까 부엌 바닥에 큰 뱀 한 마리가 죽어 늘어져 있었어요. 어머니가 부들부들 몸을 떨면서 그걸 가져다가 대문 밖 솔숲 속에다가 묻었어요. 다시 며칠 뒤에는 뒤란방의 댓돌 위에 늙은 쥐 한 마리가 죽어 늘어져 있었어요. 또 얼마쯤 뒤에는 배와 옆구리에 희끗희끗한 털이 있는 검은 고양이 한 마리가 부엌문 앞에 죽어 있었어요. 저는 뱀이 죽어 있을 때부터 그게 그 사람의 짓이라는 것을 알았어요. 고양이 시체를 파묻은 날 밤부터 나는 잠을 사로잤어요. 결국 잡았어요. 열흘쯤 뒤 한밤중이나 되었을 때 문 밖에서 인기척이 있는 것을 알고 내가 그랬어요. '지양호 씨 이리 들어오세요. 저하고 이야기 좀 합시다.' 그래도 아무 소리가 없데요. 날이 새서 나가 보니, 변소 문 앞에 해골바가지 하나가 모로 넘어져 있었어요. 그날 제가 선창머리로 나와서 기다렸지요. 이 밑에서 그 사람을 만났어요. 제가 그랬지요. 집에 좋은 술이 좀 있는데 가시지 않겠느냐고요. 그 사람은 제 말을 아랑곳하지 않고 배를 타고 나가 버렸어요. 일단 제각으로 갔다가 그 사람 배가 들어오는 것을 보고 선창 너머로 나왔어요. 이번에는 그 사람의 고기 구럭을 잡았어요. 땅거미가 내린 뒤였고, 가까이서 보는 사람이 아무도 없었지요. 나는 안심하고 그 사람을 꾀었어요. 은밀하게 부탁드릴 것이 있다고 그랬지요. 처음에는 나를 뿌리쳤어요. 선창 마당을 지나서 마을로 들어가는 고갯마루에까지 따라가면서 졸라 대니까는 어찌 생각을 했는지 따라오데요. 데리고 가서 밤새껏 술을 대접했어요. 나하고 대작을 한 거예요. 그 사람이 잡아 온 고기로 회를 해 먹으면서 됫병 술을 다 들이켰어요. 그 사람도 취하고 나도 취했어요. 새벽녘이 되었을 때, 내가 함께 자자고 그랬어요. 자리를 펴고 나란히 누웠어요. 그랬다가 내가 잠깐 변소엘 다녀오겠다는 핑계를 대고 어머니 방으로 가서 잤어요. 해가 벌겋게 떠서 일어나 가 보니까 없더군요. 그런 뒤로는 아직 아무 일도 없었어요. 한데, 그 사람 뒤에는 뭣인가가 있는 것 같아요. 그 사람은 그 뭣인가가 시키는 대로 사는 것 같아요. 혼자서 바다 속에 뭉쳐져 있는 발줄을 목숨을 걸고 쳐내고 있는 것도 그렇고, 제각에 들어와 사는 우리를 못마땅해하던 것도 그렇고, ……억수 씨가 기분 나쁘게 생각할지 모르지만, 그 사람은 한평생 내내 제각지기 노릇만 하고 살다가 죽은 아버지가 씌어 있는지도 몰라요."

풍물꾼들이 선창 마당에 들어와서 한바탕 굿을 놀고 있었다. 제사 음식을 가지고 온 사람들은 제각 쪽의 산굽이 끝으로 갔다. 모래밭에는 은빛 해무가 끼어 있었다. 억수는 여자의 말이 옳다고 생각했다. 자기도 그 작은아버지처럼 할아버지가 씌어 있는지 모른다고 그는 생각했다. 산에서 죽은 아버지까지도 씌어 있는지 싶었다. 나름대로 무엇엔가에 씌어 있지 않은 사람이 있을까. 이 여자도, 이 여자의 어머니도 무엇엔가 씌어 있다. 어머니가 허물어뜨린 굴속에서 긴 잠을 자고 있는 아버지는 무엇에 씌어 헤매다가 거기서 그런 잠을 자게 되었을까.

풍물꾼들은 멸치막 안에서 액막이를 하고 있었다. "자꾸자꾸 쳐내세"를 잇달아 치고 있었다. 산굽이 끝에서는 모닥불이 타올랐다. 은빛 해무가 묻은 사람들의 몸에 모닥불빛이 야울거렸다. 모닥불을 손보고, 초석을 펴고, 음식을 차리고…… 사람들은 바쁘게 움직거렸다. 모닥불 옆에 서 있던 사람 하나가 오줌이라도 눌 양인지, 솔밭 쪽으로 걸어갔다. 솔밭 어귀에서 잠시 서 있던 그 사람이 솔밭을 안고 산굽이 저쪽으로 사라졌다.

"내려가서 꽹과리를 하나 달라고 해서 한번 쳐 볼까."

여자가 말했다. 그는 그 말을 못 들은 체했다. 조금 전에 산굽이 저쪽으로 사라진 사람을 생각했다. 그 사람이 다시 제단으로 오는지 어쩌는지를 확인하고 싶었다. 산굽이와 모래톱이 만나는 어름에는 은빛 해무와 달빛만 어지럽게 어우러지고 있었다. 달은 바다 한가운데 와 있었다. 수면에서 부서진 달조각들이 퍼덕거렸다. 물속에서 뭉쳐진 발줄들이 달빛을 받고 살아나서 수천 수만의 낙지발 같은 것을 수면 위로 쳐들고 춤을 추고 있는 듯싶었다.

"두 팔을 쭉 펼치면서 몸을 솟구치면 새처럼 날아오를 수 있을 것같이 몸이 가뿐할 때가 있지요? 그런 경험 해봤어요?"

하고 여자가 말했다. 그는 제각 쪽으로 귀를 기울이면서, 자기한테도 그런 경험이 있었던 것 같다는 생각을 했다. 제각 쪽에서 무슨 소리인가가 들려오는 것 같았다. 조금 전에 산굽이 저쪽으로 사라진 사람은 작은아버지고, 그 작은아버지는 지금 자기를 소리쳐 부르고 있는지도 모른다고 생각했다.

"왜 그럴까. 풍물 소리 때문일까. 내가 지금 그러네요. 이러기 시작하면, 나 가야 돼요."

여자의 목소리는 잠겨 있었다. 풍물꾼들이 선창 마당을 건너서 제단으로 가고 있었다. 그는 보아야 할 용변이 급하기라도 한 것처럼 "저기 잠깐 갔다 올게요" 하고 제각 쪽으로 발을 옮겼다.

산굽이를 등지고 모래밭을 얼마쯤 걸어가자, "억수야아" 하고 부르는 남자의 목소리가 보다 확실하게 들려왔다. 그는 걸음을 빨리했다.

제각을 건너다보고 그의 이름을 소리쳐 부르고 있던 작은아버지는 등 뒤에서 다가간 억수를 향해 성난 늑대처럼 짖어 댔다.

"이 자식아 어디를 싸다니냐?"

작은아버지는 취해 있었다. 그의 손을 훔켜잡고 끌었다. 제각이 앉아 있는 산줄기 끝을 타넘었다. 우뻣우뻣한 바위들만 늘어 앉아 있는 조그마한 연안이 나왔다. 그중 편편한 바위에다 억수를 주저앉혔다. 작은아버지가 달을 등지고 그를 향해 섰다.

"너 오늘 여기서 죽어라. 꼭 이 자리에서 죽어야 된다. 너희 할아버지가 총에 맞아서 죽은 자리가 바로 여기다. 정신 빠진 놈은 죽어야 된다."

바위에 부딪혀 깨지는 물결 끝에서 달이 함께 깨지고 있었다.

"너 지금까지 그 여우 같은 년하고 함께 있었지."

억수는 깨지는 달조각들만 내려다보고 있었다.

"그 할망구가 어떤 여자인지 아냐? 느그 할아부지 잡아먹은 년이다. 그년 때문에 느그 할아부지가 바로 이 자리에서 죽었다. 내가 지금 그것들을 싹 쓸어 낼려고 하고 있다. 나는 지금 그것들이 보기 싫어서 그냥 미치겠다. 그런디 너는 속도 모르고 웬만하면 보르르 기어 들어가고…… 너 여기 막 왔을 때 내가 뭣이라고 하더냐? 제각에 들어가지 말라고 그랬지. 너 어째서 내 말 안 듣냐?"

작은아버지는 기가 막혀 죽겠다는 듯 그의 옆에 주저앉아 울음같이 뜨거운 숨을 내뿜었다. 담배를 태워 물면서 "내 이야기 잘 들어라" 하고 말을 이었다.

"사실은 오래 전에 내가 꿈을 꿨다. 꿈에 너희 할아버지가 그러더라. 지금 제각에 들어와 있는 그 여우 같은 년이 당신의 딸이라고 말이여. 그런께 내 동생이 된다는 것이여. 그렇다면, 그 할망구는 자기 남편의 씨를 배에 담은 채 미쳐 있었던 것이 아니고, 남편의 죽음에 충격을 받고 미쳐 나돌다가 느그 할아부지의 씨를 받았다는 이야기가 되는디…… 과연 그것이 정말인지, 그 여자의 나이하고 생일하고를 짚어보면, 어쩌면 그럴 듯도 하고……."

담배 개비를 끼고 있는 손가락들이 떨고 있었다. 광활한 바다의 표면에 뜬 달조각들이 어지럽게 소용돌이치고 있었다. 바다 속에 뭉쳐져 있는 발줄들이 은빛 달조각들로 살아나서 휘돌고 있는 것 같았다.

"죽어야 한다. 죽어야 해."

작은아버지는 중동쯤 타들어 간 담배 개비를 내던지고 일어섰다.

"꿈은 무슨 썩어 빠질 꿈이겄냐? 눈이 시퍼렇게 살아 있는 사람한테서 들은 소리다. 내 장인 어른이 그러더라. 나도 죽어야 한다. 얼마 동안 그 여우한테 폭 빠져 있었더니라. 느그 작은어무니가 가만있었겄냐? 소동이 났다. 내가 머리끄덩이를 잡아서 몇 번 휘둘러 엎어 놓았더니, 친정으로 가 버렸단 말이다. 고혈압으로 쓰러졌다가 간신히 지팡이를 짚고 한쪽 팔다리 벌벌 떨면서 변소길에 나다니는 장인어른이 쫓아왔더라. 자기 딸한테도 말해 주지 않는 것이라면서, 그 이야기를 하더라. 그 양반은 난리 통에 너희 할아부지하고 함께 붉은 완장을 차고 세포다 뭣이다 해서 설치다가 유일하게 살아남은 사람이다. 그런께 오죽 그 내막을 잘 알겄냐마는……."

작은아버지는 어깨를 늘어뜨리고 산줄기 끝을 병든 짐승같이 어슬렁어슬렁 타넘으면서 말했다.

"사실은 그놈의 영감탱이가 거짓말을 했는지도 모른다. 제 딸년을 생각해서, 나하고 그 여우하고를 떼어 놓으려고……."

작은아버지는 자기의 장인어른이 거짓말했기를 바라고 있었다. 억수는 작은아버지의 말들이 현실로 느껴지지 않았다. 그러면서도 그는 몸서리를 쳤다. 은빛 달조각들 저쪽에 도사리고 있는 검은 어둠을 생각했다. 바위 뒤쪽과 소나무들 아래쪽에 웅크리고 있는 어둠을 보았다. 작은아버지와 자기를 그 여자의 자궁 속에 함몰시킨 이 작위적인 사건을 연출한 것은 무엇일까. 그는 몸을 일으키면서 생각했다. 저 어둠이라는 것이다. 할아버지와 아버지, 그리고 수많은 사람들을 함몰시킨 저 무상한 혼돈의 세계다. 작은아버지가 건져 내고 또 건져 내도 다함이 없는 발줄 뭉쳐진 것의 시꺼먼 가닥처럼 무한한 혼돈이다. 그는 자기가 헤쳐 나가야 할 대상이 눈앞에 펼쳐져 있는 어둠, 바로 그것임을 혀끝을 물어 확인했다. 그는 밀가루 먼지같이 보얀 해무에 감긴 채 모래밭을 비틀거리며 걸어갔다. 해신제의 제단 근처에서 풍물 소리가 자지러지고 있었다.

8

마당에 서릿발처럼 깔린 달빛이 그의 머릿속을 가득 채우고 있었다. 그는 눈을 감은 채 백야白夜를 경험했다. 달은 서산머리 위에 가 있었다. 안방문이 열리더니 발자국 소리가 모퉁이의 헛간 쪽으로 갔다. 헛간 앞에서 부시럭거리는 소리만 잠시 났다. 발자국 소리가 사립 쪽으로 갔다. 양철로 만든 사립문이 덜컹 하고 열렸다 닫혔다. 작은아버지가 또 바다엘 나가는 모양이었다.

그는 밤 내내 그래 왔던 것처럼 계속해서 엎치락뒤치락하면서, 물결을 헤치고 달리는 작은아버지의 채취선과, 물속의 괴물 덩이를 쳐내는 작은아버지의 모습과, 거대한 낙지발같이 살아나서 작은아버지의 채취선을 감고, 작은아버지를 감고 물속으로 들어가는 시꺼먼 발줄을 생각했다. 작은아버지는 흡입판들을 움씰거리며 피를 빠는 발줄을 낫으로 쳐대면서 물속으로 빠져 들어가고 있었다. 그도 문어발 같은 발가락에 감겨 물속으로 들어가고 있었다. 그는 벌거벗은 채 여자를 안고 있었다. 흡입판에 빨린 살갗에서 피가 분수처럼 솟았다. 등허리의 골파진 살갗이 쓰라렸다.

그날 그는 사포沙浦로 나갔다. 여기저기를 헤매고 다니다가, 어머니의 본남편 소생인 순덕이 누님네 술집엘 가서 매운탕에다 소주를 얻어 마시고 나왔다. 다시 헤매다가 그 누님이 호주머니에 넣어 준 용돈 이만 원으로 여자를 사서 안고 잤다. 아침 일찍이 작은아버지의 집으로 돌아왔다. 작은아버지는 바다엘 나가고 없었다. 그냥 사립을 나섰다. 제각에 살고 있는 두 여자가 아무래도 현실의 여자 같지 않았다. 이 며칠 동안 그는 제각에 서려 있는 귀기鬼氣 같은 것에 홀려 살아온 것만 같았다. 골목길에는 전날 간추린 지푸라기를 위에 놓은 까치밥들이 아직도 치워지지 않고 있었다. 찬바람이 옷자락 속으로 스며들었다. 으스스 추웠다. 몸을 움츠렸다. 뒤를 돌아다보았다. 누군가가 뒤를 따라오고 있는 것 같았다. 깊고 짙푸른 하늘 속에 어둠이 서려 있었다. 그는 그 어둠과 함께 가고 있었다. 지난해에 받은 학사 경고를 생각했다. 내가 지금 서른 몇 살인가. 이 나이에 학사 경고가 웬 말인가. 그는 고개를 깊이 떨어뜨리면서, 같은 과科의 어린 친구들의 옷자락 속에 스며 있는 어둠을 생각했다.

"전화하소. 언제든지." 그를 형님이라고 부르는 영률이라는 아이가 그랬었다. 시험을 앞둔 어느 날이었다. 가르쳐 준 전화번호를 돌렸다. 여자 목소리가 나왔다. 아직 안 들어왔다고 했다. "마 교수 엉터리야. 구식이라고. 그러면, 인간성이나 좋아야 할 것 아니겠어? 아이고, 더러워 구역질이 난다고. 싸들고 찾아간 놈들한테는 슬쩍슬쩍 힌트를 주고……." 어느 날 방과 후에 빈대떡에다 소주를 마시면서 영률이가 말했었다. 한데, 며칠 있지 않아서 과 안에 떠도는 소문은 어이없는 것이었다. 영률의 어머니는 보통으로 치맛바람이 드센 여자가 아니라는 것이었다. 교수들 태반이 그 여자한테 양복을 얻어 입었다고 했다. 또, 그가 집 안에서 공부를 하고 있을 때 밖에서 전화가 걸려 오면 그의 어머니가 무조건 나가고 없다고 말을 한다는 것이었다. "웬일이니" 어쩌고 저쩌고 너스레를 떨면서 허튼소리를 일삼곤 하는 어린 친구들치고 실속 잘 차리지 않는 사람이 없었다. 다음 날 몇 시에 어디서 모여 가지고 무얼 어떻게 하자, 하고 음모를 앞장서서 꾸민 친구는 거의가 결석을 해 버리기 일쑤였다. 며칠 후 나타난 그는 병을 핑계 대기도 하고, 눈치를 챈 어머니가 문을 밖에서 걸어 잠가 버렸다고 하기도 하였다. 같은 과의 친구들 사이에는 한사코 진실을 말하려고 하지들을 않았다. 담을 쌓고들 있었다. 무엇이 그 같은 담을 쌓도록 욱대길까.

그의 주소를 알고 있는 영률이한테서 이날 무슨 연락이 올 것 같은 예감이 살갗을 파고드는 찬바람처럼 엄습해 왔다.

작은아버지의 배는 노력도 어귀의 희부연 물살 위에 떠 있었다. 희부연 물살을 일으키고 있는 괴물의 미세한 발들이 모래톱에서 곤두박질을 치고 있는 파도에 심줄처럼 뻗쳐 있을 것 같았다. 제각으로 갔다.

아침 햇살이 늙은 소나무 숲과 제각의 지붕과 마당을 비추고 있었지만, 제각의 뒤란과 처마 밑과 보꾹과 변소와 부엌에는 어둠침침한 그늘이 들어차 있었다. 일각대문 안으로 들어섰다. 두 여자가 아직도 잠들어 있을까. 제각 모퉁이에는 바다에서 올라온 물결 소리만 맴을 돌았다. 발소리를 죽이면서 여자의 방문 앞으로 갔다. 여자가 고모임을 확인하고 싶었다. 고모의 리비도를 너울같이 써 보고 싶었다. 가슴 밑바닥에서 소용돌이치고 있는 어둠이 그렇게 하도록 시키고 있었다.

문창살을 두들겼다. 안에서 아무런 반응이 없었다. 다시 두들겼다. 마찬가지였다. 문고리를 잡고 흔들었다. 문을 열고 검은 커튼을 젖혔다. 그 사이로 빛이 새들어 갔다. 방바닥에 주홍빛 담요가 깔려 있을 뿐 여자는 없었다. 뒤란방으로 가 보았다. 마찬가지로 비어 있었다. 문을 닫고 그는 부엌과 헛간과 사당문을 열어 보았다. 며칠 전에 노파가 마른 나뭇가지를 꺾던 것을 생각하고 계곡을 치올라 갔다. 등성이에 섰다. 불그죽죽한 햇살이 소나무 숲에 서려 있는 그늘을 묽게 거르고 있었다. 노력도 어귀에서 채취선의 엔진 소리가 울려 왔다. 그는 할아버지의 시체가 늘어져 있었다는 우뻣쭈뻣한 바위를 내려다보았다. 제각으로 내려갔다. 여자의 방으로 들어갔다. 어디선가 아기의 울음소리가 들려오는 듯싶었다. 어느 산등성이의 토굴 속에서 긴긴 잠을 자고 있는 아버지와 택택거리는 채취선 위에 앉아 있는 작은아버지가 그 방에서 태어났을 거라는 사실을 생각했다.

바람벽에 걸려 있는 그림들을 보았다. 방바닥에 팽개쳐진 스케치북을 보았다. 벌거벗은 남자가 슈미즈만 입은 여자를 안고 있었다. 그 여자의 자궁 속에 그는 잉태되고 있었다. 응아 소리를 지르면서 태어나고 싶었다. 그를 둘러싸고 있는 어둠 속에서 헤어나고 싶었다. 문에 내려뜨려진 커튼 자락을 잡아뜯었다.

바지게를 짊어진 사람들 다섯이 일각대문 안으로 들어섰다. 맨 뒤에 추일섭 선생이 따라 들어왔다.

그들은 거대한 지네가 떨어뜨린 발 같은 살림살이와 여자의 화구들을 그들의 바지게 안에다 차곡차곡 쌓기 시작했다. 짐들을 다 싸짊어진 사람들을 먼저 내려 보낸 다음에 추 선생이 "또 만나지" 하고 그를 향해 맥없이 말을 하고 발을 돌렸다.

"선생님."

그가 추 선생을 불렀다. 추 선생이 발을 멈추고 돌아섰다. 그는 무슨 말부터 물어야 할지를 몰랐다.

"여기 살던 할머니는 어떻게 됐어요?"

그 노파의 행방만 알면, 함께 살던 여자가 어째서 어디로 갔을 것인지 짐작할 수 있을 것 같았다. 며칠 전에 만났을 때보다 얼굴이 많이 수척해진 듯한 추 선생은 담배 한 개비를 뽑아 물고 불을 붙였다. 바다를 내려다보면서 무뚝뚝하게 "병원에 계신다" 하고 말했다. 노파를 정신병원에 맡긴 모양이라고 생각하면서 그는 또 "젊은 여자는요?" 하고 물었다.

추 선생은 말없이 일각대문을 나섰다. 어깨가 처져 있었다. 그의 말을 듣지 못한 사람 같았다. 억수는 한동안 우두커니 서 있었다. 여자들이 거처하던 방이나 부엌이나 변소나 사당이나 헛간이나 마루 밑 같은 데에 웅크리고 있던 그늘들이 지네나 노래기 같은 것같이 스멀스멀 기어 나오고, 박쥐처럼 엄습해 왔다. 정씨네 제사 음식을 운감하며 머물러 온 수많은 귀신의 모습들이, 그 제사를 지내러 오고 갔을 헤아릴 수 없이 많은 사람의 모습들같이 그 그늘 속에서 살아나고 있었다. 사라지고 없는 노파와 여자의 모습, 털보 할아버지와 추남 아버지의 모습도 함께 살아나고 있었다.

그는 제각을 나와서 모래밭을 헤매었다. 먼 바다에서 달려와 곤두박질을 치는 파도의 흰 포말에서 어지럼증을 느끼며, 간밤 밀물 때의 물자국을 디디고 걸었다. 제각에서 보고 온 그늘이, 밤을 틈타서 작은아버지가 제각 마당에 던져 놓곤 했다는 뱀이나 쥐나 고양이의 주검, 그리고 해골바가지들의 환영과 함께 파도를 타고 떠 왔다. 노력도 어귀의 희부연 물살 위에 떠 있던 작은아버지의 채취선이 달려오고 있었다. 그는 이 며칠 사이에 제각 안에서 만난 여자와 노파가 한낱 환영에 지나지 않았기를 바랐다. 조금 전에 사람들을 앞세우고 와서 화구나 살림살이 같은 것들을 가지고 간 추일섭 선생까지도 환영이었기를 바랐다. 그렇다. 환영이다. 환영이라고 생각하면 환영인 것이다. 그는 선창 마당으로 달려갔다. 작은아버지가 괴물이라고 알려진 바다 속의 발줄 뭉쳐진 것을 낫으로 쳐서 실어 나르고 있는 것만 엄존하는 현실일 뿐이었다.

"빌어먹을 것들."

신음하듯이 말을 하는 작은아버지한테서는 쓴 소주 냄새가 났다. 그는 그 작은아버지와 함께 소주를 물 마시듯이 하면서, 희부옇게 물너울을 가르는 시꺼먼 발줄을 쳐서 실어 나르고 또 쳐서 실어 날랐다. 자유는 허무요 생명력이라고 하던 여자의 말이 생각났다. 그는 서쪽 산머리에서 황혼이 핏빛으로 불탈 때까지 내내 바다 속에 뭉쳐져 있는 허무와 불운을 실어 날랐다. 작은아버지는 싸우고 있었다.

바다와 산과 마을이 어둠에 묻혔을 때, 그는 작은아버지를 뒤따라 집으로 들어왔다. 영률이라는 어린 친구한테서 그가 학점 미달로 제적이 되었다는 편지가 와 있었다.

"일은 고되게 하면서 그렇게 독한 소주만 빈속에 마셔서 어떻게 할라는고잉."

작은어머니가 부엌문을 바잡고 서서 짜증스럽게 말했다. 작은아버지는 부엌에서 흘러나온 불빛에 동강이가 난 마당을 건너 안방문 앞으로 갔다. 억수는 부엌방의 툇마루에 걸터앉은 채 사방에서 홍수처럼 밀어닥치는 어둠에 감싸이고 있었다. 가슴이 답답했다. 어둠의 미세한 포말들이 그의 주변에 산소의 입자들을 접근하지 못하도록 차단하고 있는 것 같았다. 이 어둠을 만들어 내는 것은 무엇일까.

안방으로 들어간 작은아버지가 끙 하고 안간힘을 썼다. 순간 그는 몸을 일으켰다. 극락사에서 공양주 보살 노릇을 하고 있는 어머니를 생각했다. "저 가겠습니다." 그는 부엌문을 바잡고 서 있는 작은어머니에게 말했다. 작은어머니가 화들짝 놀라서 달려와 그의 팔을 부여잡았지만, 그는 안방문 앞으로 가서 같은 말을 되풀이했다. 작은아버지는 죽은 듯 말이 없었다. 사립을 나서서 어둠에 묻힌 길을 걸었다. 그의 머릿속에 어머니의 얼굴이 불처럼 켜져 있었다. 어둠은 동굴이 되었다. 그는 태어나기 이전에 그가 살았던 자궁 속 같은 어둠 속을 걸어갔다. 아니 그것은 아버지로 하여금 어느 산기슭에서 깸 없는 오랜 잠을 자게 한 토굴 속의 어둠 같은 것이었다. 어웅한 계곡을 치올라 가면서 그는, 다시 태어나자, 하고 소리쳤다. 머리 위에서 별들이 먼지 가루같이 스러지고 있었다. 등 뒤의 산 위로 괴물의 눈 같은 달이 솟았다.

"새처럼 날아오를 수 있을 것같이 몸이 가뿐할 때가 있지요? ……이러기 시작하면 나 가야 돼요." 그날 밤 여자가 내뱉던 말이 생각났다. 어디선가 날개 치는 소리가 들려왔다. 그것은 영원한 혼돈의 어둠 속을 헤매는 새였다.

우 · 수 · 상 · 수 · 상 · 작

타오르는 추억

이문열

1948년 서울 출생.
1977년 《매일신문》 신춘문예에 〈나자레를 아십니까〉 당선.
1979년 《동아일보》 신춘문예에 〈새하곡塞下曲〉 당선.
소설집 《칼레파 타 칼라》《젊은 날의 초상》《영웅 시대》 등.
장편소설 《황제를 위하여》《레테의 연가》《사람의 아들》 등.
오늘의 작가상, 동인문학상, 이상문학상 수상.

타오르는 추억

듣기에는 좀 이상하겠지만, 나는 살아 있는 사람의 가슴속을 들여다본 적이 있다. 내게 무슨 특별한 재간이 있어 사람의 속마음을 읽어 냈다거나 내과의內科醫로 흉부 절개 수술을 했다는 뜻이 아니라, 말 그대로 살아 있는 사람의 가슴속을 들여다본 것이었다. 다름 아닌 할머니의 가슴으로, 그때 할머니가 무슨 미닫이를 열듯 누렇고 엷은 살가죽을 열어젖히자, 가장자리부터 푸르스름해져 들어가 심장께는 온통 검푸르게 되어 있는 그 속이 들여다보였다.

"이건 네 할아버지 때문이고, 이건 네 아버지 때문이란다."

할머니는 청회색靑灰色으로 푸석푸석하게 삭아 있는 곳과 검푸르게 짓물러 있는 곳을 번갈아 어루만지며 신기하여 들여다보고 있는 내게 그렇게 일러주었다. 그때는 얼른 알아들을 수 없었지만 세월이 갈수록 조리에 닿는 말로 여겨진다. 다 같이 요절夭折이라 불릴 수 있는 죽음이고, 또 지아비와 자식을 정情의 크기로 구분할 수 없기는 해도, 둘의 죽음에는 어느 정도 느낌을 달리하는 구석이 있다. 할아버지는 서른아홉에 병석에서 숨을 거두신 데 비해, 아버지는 스물아홉에 전쟁으로 생목숨을 앗겼기 때문이다. 거기다가 십 년 가까이나 병석에서 시름시름하던 남편이 기어이 눈을 감은 것이 그때로부터 삼십여 년 전이라면, 홀몸으로 기른 유복자가 다시 돌 지난 손자와 스물일곱의 며느리를 남겨놓고 총알을 맞아 벌집처럼 된 시체로 돌아온 것은 잘 돼야 두세 해 전의 일이었다.

그런데 나의 그런 기억에 대해 들은 사람들의 의견은 한결같이 못 믿겠다는 쪽이었다. 무엇보다도 그들이 먼저 내세우는 근거는 할머니에게는 도무지 맨손으로 자신의 가슴을 열어 보일 만큼 신통한 재주가 없었다는 점이었다. 그 다음, 돌려 생각해서, 할머니가 나를 잡고 가슴속의 한을 그런 식으로 표현한 것을 내 기억이 잘못되어 그렇게 머릿속에 남게 된 것이라고 풀이해 보아도, 못 미더워하기는 마찬가지였다. 할머니가 돌아가신 것은 내가 네 살 때니, 그 일은 아무리 늦춰 잡아도 내가 네 살 때의 일이 되는데, 그 나이는 가슴속에 응어리진 한을 펼쳐 보일 상대로는 터무니없이 어린 나이라는 이유였다. 더구나 설령 할머니가 어린 나를 잡고 넋두리삼아 그런 말을 했다 해도 말귀조차 잘 알아듣지 못할 어린것이 그토록 뚜렷한 기억을 지닐 수 있을 리 없다는 주장에 부딪히면 나 자신도 그 기억에 대한 믿음이 흔들릴 지경이었다.

그 바람에 초등학교 이학년 때인가 삼학년 무렵하여 처음 떠오른 그 기억은 이미 한 거짓말쟁이로서의 평판을 얻고 있던 나를 한층 불리하게 만들고 말았다. 아이답지 못한 잔망스런 거짓말이란 이유 때문이었다. 기껏 나를 잘 보아주려고 애쓰는 쪽도 그 기억만은, 나를 업어 기르다시피 한 고모가 누군가와 할머니 얘기를 하는 걸 어깨 너머로 들은 내가 머릿속에서 꾸며 낸 것 이상으로는 생각해 주지 않았다.

생각하면, 그전에 이미 나를 억울한 거짓말쟁이로 만들어 버린 원인도 태반은 그 같은 기억에 있다. 몽롱한 유년의 의식을 뚫고 섬광처럼 지난날을 비춰 주는 기억이 있어, 마치 오래 전에 가지고 놀다 애석하게도 잃어버린 귀중한 노리개를 다시 찾은 것과도 같은 기분으로 그것을 말하다 보면, 열에 아홉은 거짓말쟁이로 몰리게 되고 마는 것이었다. 다른 사람들에게는 전혀 없었던 일이 내 기억에만 존재하는 데서 빚어지는 불상사였다.

그중에서 가장 자주 사실과 충돌하고, 그래서 가장 효과적으로 내가 거짓말쟁이라는 낙인을 받게 한 것은 육이오를 앞뒤로 한 기억들이다. 이를테면, 그 무렵 우리 마을 부근의 산에 겨울 속곳 솔기의 서캐보다 많았던 산빨갱이가 그렇다. 사람들은 그 산빨갱이만 잡으면 목을 댕강댕강 잘라 개울가의 바위 위에 나란히 얹어 두거나 어떤 때는 지서 앞 대추나무에 달아매 놓고 몽둥이로 때려죽이기도 했다. 나는 틀림없이 조무래기 친구들과 겁먹은 어른들 틈 사이로 그 모든 광경을 재미나게 보았는데, 나중에 신나게 추억하기 시작하자마자 그 일은 전혀 없었던 걸로 되어 있었다. 어른들뿐만 아니라 그때 나와 함께 구경했던 아이들까지 그런 일이 전혀 없었다고 잡아떼는 데는 정말 허파가 뒤집힐 노릇이었다. 나만 턱없이 거짓말쟁이가 되는 게 싫어 그 아이들의 기억을 깨우쳐 주려고 자세하고 생생하게 내 기억들을 늘어놓다 보면 한층 심한 거짓말쟁이가 될 뿐이었다. 그리고 어쩌다 내 말이 어른들 귀에라도 들어가게 되면 돌아오는 것은 잘해야 꾸지람이었고 잘못되면 눈에 불이 번쩍할 정도의 따귀였다. 단 한 사람 친척 아저씨가 비교적 자상하게 내 잘못된 기억의 원인을 분석해 준 적이 있는데, 그것도 내 말에 붙은 거짓이란 누명을 벗겨 주기에는 큰 도움이 못 됐다. 그 무렵 개울에서 맨손으로 물고기를 잡으면 곧바로 배를 따서 물가 바위에 널어 말리던 일이나 복伏날 지서 앞 대추나무에 개를 달아매고 때려잡던 것과 산빨갱이에 대한 어른들의 쑤군거림이 결합된 내 망상에 불과하다고 말한 탓이었다.

모자 일도 그렇다. 육이오를 앞뒤로 하는 내 기억에는 사람들이 한결같이 모자를 쓰고 있었다는 게 있다. 아이들은 보꼬보시라는 고깔 비슷한 모자를 밤낮 여름 겨울 할 것 없이 쓰고 있었고, 남자 어른들은 허름한 중절모나 갓, 빵떡모자, 개똥모자, 털모자가 아니면 경찰모나 철모를 쓰고 있었다. 여자 어른들도 한결같이 남바위나 풍뎅이, 고깔 따위를 쓰고 있었고, 그것이 없으면 처네나 수건을 덮어쓰고 있었으며, 때에 따라서는 양동이나 옹배기 소쿠리 독 따위를 쓰기도 했다. 그런데 문제가 된 것은 한결같이 입성들은 시원치 않았다는 기억이었다. 여자들은 젖가슴과 아랫도리 정도를 가리거나 말거나 했고, 남자들은 아이 어른 할 것 없이 발가벗고 돌아다녔던 것이다. 하지만 모자 얘기까지는 간신히 참고 들어 주던 사람들도 옷 얘기가 나오면 어림없다는 투로 왼 고개를 저었고, 구체적인 증거를 대도 기껏해야 웃음을 터뜨릴 뿐이었다.

내가 처음 그 기억을 되살려 말하기 시작할 무렵 사람들이 가장 소리내어 웃던 것은 방위군 소위 얘기였다. 방위군 소위란 육이오 이듬해 우리 마을 서당에 주둔했던 방위군 소대장을 가리키는 것으로 그는 늘상 반짝이는 철모를 쓰고 있었지만 나머지는 알몸이었다. 언젠가 나는 서당 마루에 앉아 있던 그의 거무튀튀한 남근男根 위에 쇠파리 두 마리가 앉아 피를 빨아먹고 있는 것을 본 적이 있다. 그가 안장 없는 말을 타면 불알 두 쪽이 정확히 말 잔등 양쪽으로 갈라져 축 드리워지는 걸 신기하게 여기곤 했는데—내 얘기가 거기에만 이르면 사람들은 왁자한

웃음과 함께 둘 중의 하나로 나를 결론지었다. 맹랑한 허풍쟁이 아니면 머리에 이상이 있는 꼬마로.

그 밖에 내 스스로 생각하기에도 신기한 것은 아버지의 승천이다. 아버지가 총에 맞아 벌집처럼 된 시체로 돌아왔다는 것은 어른들의 말일 뿐 내가 기억하는 그의 마지막은 다르다. 그는 선산先山 발치에 있는 새 무덤가에서 하얀 모시 도포 차림으로 학처럼 하늘로 솟아올랐던 것이다. 나는 분명 그 신비한 광경을 흐느끼는 어머니의 등에 업혀 보았는데, 나중에 다시 그걸 기억해 내 말하자 또 터무니없는 거짓말이 되고 말았다. 내가 묘사하는 아버지의 모습은 큰집 마루에 걸려 있던 사진틀 속에 있는 아버지의 모습에 지나지 않으며 아버지가 날아갔다고 주장하는 선산 발치에는 바로 아버지의 무덤이 있다는 것이었다. 잘 해야 어머니의 등에 업혀 그 무덤을 찾곤 하던 기억과 그 사진 속의 모습을 결합한 것일 뿐이라는 게 그들의 설명이었는데, 그나마도 두 번 다시 그 기억을 입 밖에 내지 말라는 엄격한 주의와 함께였다.

하지만 지금껏 돌아본 기억들은 그래도 비교적 조용히 넘어간 편에 속한다. 어린 날의 기억 가운데는 정말로 혹독한 대가를 치른 뒤 스스로 철회하거나 포기하도록 강요된 것들마저 있기 때문이다.

그 대표적인 경우 가운데 하나가 남녀가 붙어 있던 기억이다. 아주 어렸을 적에는 어른들이 항상 둘씩 붙어 있었던 것 같았는데, 나도 모르는 사이에 각기 떨어져 살게 되었다는 내용이었다. 어느 날 우연히 그걸 떠올리자 나는 갑작스레 그 까닭과 시기가 궁금해져서 가장 기억이 생생하고 증거도 쉽게 댈 수 있는 사촌 형수에게 물어보았다. 그때만 해도 그녀는 내게 아직 뒷날 같은 표독을 부리지 않고 있었다.

"새아지매, 새아지매는 언제 큰형과 떨어졌노?"

"아이, 데련님, 그기 무신 말입니꺼?"

사촌 형수는 또 무슨 뚱딴지같은 소리냐고 묻는 듯한 눈길로 나를 보며 말했다.

"전에는 큰형님하고 붙어 있었던 것 같은데 언제 떨어졌노 이 말이라."

"별소릴 다하네예, 지가 언제……."

"새아지매도 참—이래 붙어 가지고 누워 있기도 하고 앉아 있기도 안 했나?"

나는 마주 보고 끌어안는 시늉까지 해보이며 물었다. 그녀는 이미 결혼한 지 4년이나 되었고, 말하는 나는 겨우 초등학교에 입학할 때였지만, 웬일인지 사촌 형수의 얼굴이 갑자기 붉어졌다. 그러나 나를 흘겨보는 두 눈에는 왠지 섬뜩한 악의가 느껴졌다. 그 눈길이 다소 마음에 걸렸지만 나는 내친김이라 계속했다.

"둘이 붙어 들에도 가고, 밭도 매고, 물도 긷고 안 했나 말이다. 그런데 언제 떨어졌노?"

"데련님, 그런 소리하믄 몬써요. 다시 그러매이 소리하믄 형님한테 일러 시썹시킬 끼래요."

사촌 형님한테 이른다는 품이 조금도 엄포로 느껴지지 않을 만큼 매몰찼다. 그렇게 되면 큰일이었다. 그 무렵 어머니와 나는 아직 큰집에 더부살이를 하고 있을 때라 사촌 형님은 집안의 유일한 남자 어른이었는데, 내게는 특히 엄했다. 그러나 사촌 형님이 무서워 더 이상 캐묻지는 못해도 궁금함은 여전히 남아 있어 다음부터는 사촌 형수 말고 또 남자와 붙어 있던 걸로 기억되는 마을 아주머니들에게 묻기 시작했다. 대개는 젊은 새댁네들이기 마련인데 물을수록 궁금함은 더해 갈 뿐이었다. 한결같이 당황하거나 성내는 것으로 보아 어느 정도 사실일 것 같은데도 대답은 약속이나 한 듯 발뺌이었다. 그러다가 어느 날 드디어 나는 호된 꼴을 당하고 말았다. 또 누군가 동네 새댁네를 붙잡고 그걸 묻고 있는데 갑자기 눈앞이 번쩍했다. 어디선가 나타난 사촌 형님이 솥뚜껑 같은 손바닥으로 힘껏 따귀를 올려붙인 것이었다.

"요, 배라묵을 놈, 애비 없는 호로자식이라 카디 니가 똑 글쿠나. 예라이, 요 못되빠진 노무 짜슥……."

그리고 그 길로 집에 끌려온 나는 싸리 회초리가 너덜너덜해질 때까지 맞고 내가 전에 본 것이 거짓이라는 걸 자백한 뒤에야 그 이해 못할 재난에서 벗어났던 것이다.

그런데 그에 못지않은 고통을 안겨 준 또 다른 기억이 바로 문둥이에 관한 것이었다. 산빨갱이들이 없어지자 이번에는 우리 마을 부근에 문둥이들이 우글거리기 시작했다. 참꽃이나 송이를 꺾으러 가까운 산에 가려고 해도 산딸기나 머루를 따러 얕은 골짜기로 들어가려 해도 문둥이 때문에 안 되었고, 들에서의 밀 서리나 감자 삼굿조차 문둥이 때문에 마음놓고 못 갈 지경이었다. 심하게는 텃밭의 보리 이랑에도 문둥이가 어린 우리의 간을 빼먹으려고 숨어 있어, 그런 곳에서 술래잡기를 하다가 없어진 아이가 있다는 소문마저 돌았다.

그런 어느 날이었다. 들에 나간 사촌 형님 내외를 따라 나갔다가 심심해서 가까운 곳을 어슬렁거리던 나는 한 군데 막 익기 시작하는 보리밭 고랑에서 사람의 기척을 듣고 걸음을 멈추었다. 나 역시 두렵지 않은 것은 아니었으나, 그 인기척에는 어딘가 두려움에 억누를 만한 어떤 자극적인 음향이 섞여 있었다. 마침 부근에는 들킬 경우에는 문둥이에게 잡히지 않을 만한 거리에 있으면서도 소리 나는 곳을 잘 살펴볼 수 있는 헌 원두막이 하나 있어 나는 그리로 올라가 보았다.

틀림없이 문둥이였다. 한 깍지둥치 같은 문둥이가 어린 처녀아이를 잡아다 놓고 간을 파먹고 있었다. 멀어서 자세히 보이지는 않았지만 처녀아이는 괴로운지 몸을 비틀며 신음하고 있었는데 반나마 벗겨진 가슴께에는 정말로 피가 벌겋게 묻어 있는 것 같았다.

겁에 질린 나는 서둘러 원두막을 내려왔다. 그런데 전해에 묶었던 새끼가 삭아 있던 탓인지, 아니면 당황한 내가 조심을 하지 않았던 탓인지 갑자기 의지하고 있던 빗대가 무너져 내리며 나는 외마디소리와 함께 땅바닥에 떨어지고 말았다. 그 소동에 처녀아이의 간을 빼먹던 문둥이가 내게로 달려왔다. 벌겋게 곪아 터진 얼굴에 두 눈이 새빨간 그 문둥이는 나를 잡더니 누런 이빨을 드러내 보이며 얼러댔다.

"니 웃마(마을) 살제? 만약 이 애기 남한테 카믄 느그 집에 찾아가 간을 빼묵을 끼다."

그 바람에 새파랗게 질린 채 도망쳐 나온 나는 정말로 아무에게도 내가 본 것을 말하지 않았다. 그리고 이따금씩 그때 꿈을 꾸어 가위눌린 적은 있어도 결국은 까맣게 잊어버리고 말았다. 초등학교에 들어가기 전이었으니 잘해야 여섯 살 때의 일이었다.

그러다가 어찌된 셈인지 사촌 형님에게 호된 꼴을 당하기 전후하여 불쑥 그 기억이 떠올랐다. '붙어 있다'는 데서 온 연상 때문이라기보다는, 어느 날 우연히 장터에서 그때 문둥이에게 간이 뽑혀 죽은 줄 알았던 그 처녀아이를 다시 본 때문이었다.

"거참 이상타……."

나는 그 깍지둥치 같던 문둥이의 위협도 잊고 빤히 그 처녀아이를 쳐다보았다. 처녀아이도 나를 알아본 것 같았다. 고무신인가 운동화가를 흥정하다가 그만두고 돌아서더니 아프리만큼 내 손목을 꼭 쥐고는 장터 구석으로 끌고 갔다.

"여쫌 온나 보자. 니 머가 이상하노?"

장판을 약간 벗어난 곳에 이르기 무섭게 그녀가 날 선 눈길로 나를 다그쳤다. 머지않은 곳에 장꾼들이 우글거린다는 것 때문인지, 아니면 벌써 초등학교 이학년이나 되어 여자인 그녀를 깔본 탓인지 나도 별로 겁을 먹지는 않았다.

"니는 간이 빼묵히고도 사나?"

"머시라?"

"전에 니 보리밭에서 문딩이한테 간이 안 빼묵혔나? 그런데 어예 살았노?"

그러자 그녀가 내 손목에 피멍이 지도록 꼬집으며 표독을 부렸다.

"뭐라꼬? 니 그거 언제 봤노? 한 번 더 그 따우 소리 해 봐라."

별 악의 없이 한 말에 눈물이 쏙 빠지도록 꼬집히자 나도 화가 났다.

"이 가시나가 사람은 왜 꼬집노? 놔라 놔. 간은 문딩이한테 빼묵히고 애맨 내한테 와 지랄고?"

"그래도오, 에이 요놈의 머시마……."

그녀가 다시 알밤을 먹이고 드디어 울음보가 터진 내가 장바닥에 나뒹굴며 소리를 치고—그러는데 갑자기 우리 마을 청년들이 나타났다.

"처녀가 와이리 부랑시럽노? 시집 몬 갈라 카나? 장바닥에서 알라 붙들고 먼 시비를 이래 하노?"

"와따, 그 처자한테 장가들라 카믄 당수부터 먼저 배워야 안 되겠나? 사람 치는 재주가 여간 아닌가베……."

그들은 나를 구한다기보다는 그걸 구실로 그녀를 희롱하려 들었다. 그녀도 그들이 나타나자 더는 어쩔 수 없다는 듯 내 손목을 놓아주었다.

"다시 또 그러매이 소리 해 봐라. 입을 삼 발이나 째 놓을 끼다."

그러면서 나를 흘겨보는 눈길이 다분히 위협적이었지만 이미 꼭두까지 분이 찬 뒤였다. 거기다가 든든한 후원자들까지 있으니 거리낄 게 있을 리 없었다.

"오이야, 이 가시나야. 간은 문딩이한테 빼묵히고 내한테 암만 캐 봐라. 누가 겁낼 줄 알고……."

그런데 그 말이 그 끔찍한 풍파를 몰고 올 줄이야. 내 말을 재미있게 생각한 마을 청년들이 그 까닭을 묻고, 나는 서슴없이 본 대로를 털어놓고 그들에게서 빠져나온 지 사흘쯤 된 뒤였다. 그때 이미 집과는 정이 떨어져 저물도록 밖에서 놀다가 돌아오니 어머니는 마루 끝에 앉아 눈물을 찍고 있고, 사촌 형님만이 성난 얼굴로 웬 억세 보이는 노파의 말에 맞장구를 치고 있었다.

"바로 조노맙니더. 고 못된 소문 내고 댕긴 기……."

무언가 심상찮은 분위기를 느낀 내가 쭈뼛쭈뼛 사립께로 들어서자 사촌 형님이 하던 얘기를 멈추고 나를 손가락질했다. 그러자 금세 도끼눈이 된 노파가 왁살스레 나를 움키더니 그대로 땅바닥에 쓰러뜨리고 두 다리로 내 양팔을 눌렀다.

"요놈의 자슥, 요런 망종은 입을 삼 발이나 째 놔야 된다."

그녀는 다짜고짜로 두 손의 집게손가락을 내 입에 집어넣더니 서로 반대 방향이 되게 힘껏 잡아당겼다. 놀란 가운데 입가가 뜨끔하며 곧 입 안에서 비릿한 피 냄새가 났다. 입가가 터진 것이었다. 그러나 노파는 거기서 멈추지 않았다. 질린 나머지 울음조차 크게 울지 못하는 나를 남겨 두고 우르르 달려가 마당 구석에 놓인 삼촌의 지게에서 시퍼런 낫을 빼들더니 다시 돌아와 나를 올라탔다.

"이놈, 바른 대로 대라. 참말로 우리 은님이가 산판 인부 놈하고 붙어묵었나? 참말로 보리밭에서 붙어묵는 거 니 눈까리로 봤나?"

잘 알아들을 수도 없는 말에다 금방이라도 내리찍을 듯 낫을 겨누는 바람에 나는 이미 반 넋이 나간 상태였다. 따라서 나는 그녀가 무엇을 원하고 있는지도 알지 못한 채 기나긴 악몽에 빠져 있었다. 무엇 때문인가 마루 끝에서 훌쩍이고 있던 어머니가 그제야 말리려고 들었지만 아무 소용이 없었다.

"아 놀랜다꼬? 야, 이 호양년아, 니 아 놀래는 거는 대단코 우리 은님이 신세 망화 논 거는 아무치도 않단 말가? 예이 더러븐 년, 하기사 그 밑으로 빠진 새끼가 오직할까마는 글티라도 낯짝이 있으믄 그런 소리는 몬할 끼다."

노파가 허옇게 거품을 뿜으며 그렇게 퍼부어 댔고, 사촌 형님도 한통속이 되어 되레 어머니를 윽박질렀다.

"숙모는 고마 가만있으소. 야 못된 병은 이래야 고칩니더. 고보담은 이녁 행신이나 조심하소."

그러자 어머니는 허물어지듯 푹석 마당에 주저앉아 눈물만 줄줄 흘릴 뿐 말려 줄 엄두조차 내지 못했다. 그 바람에 속절없이 그 노파의 눈먼 증오에 맡겨진 나는 마침내 정신을 잃어서야 그 노파의 오금 사이에서 풀려날 수 있었다.

그 일이 있은 뒤 꼬박 사흘을 앓고서야 정신을 차린 나는 급속히 말을 잃어 갔다. 무엇을 말한다는 것은 대개 자기가 본 것이나 기억하는 것에 관해서이기 마련인데, 그 두 번의 혹독한 경험은 나로 하여금 기억에 자신을 잃게 만들어 버렸던 것이다. 따라서 그 뒤 나는 두 번 다시 내가 본 것이나 기억하는 일을 입 밖에 낸 적이 없다.

하지만 지금의 내 처지를 설명하기 위해서는 꼭 미리 말해 두어야 할 기억이 둘 있다. 그 하나는 어머니 역시 문둥이에게 간이 뽑혔다는 것이고, 다른 하나는 이십 년 뒤에나 만날 아내의 얼굴을 그때 이미 보았다는 것이다. 어머니가 문둥이에게 간이 뽑힌 것은 내 입이 찢어진 지 얼마 뒤의 일로, 그때 나는 공연히 겁이 나 먼발치로 보고 도망쳤는데, 결국 어머니는 그 이듬해에 죽고 말았다. 아무도 없는 당堂집에서 피를 한 말이나 쏟고 죽어 있더라는 이야기를 들었을 때는, 그게 문둥이에게 간을 뽑힌 탓이라고 사촌 형님에게 일러주고도 싶었지만, 또 무슨 일을 당하게 될지 몰라 끝내 입을 다물고 말았던 것이다. 또 아내의 얼굴을 그때 이미 보았다는 것은 그 시절 우리에게 떠돌던 미신에 관계가 있다. 밤중에 뒷간에서 거울을 들여다보면 장차 맞이해 살 색시의 얼굴을 볼 수 있다는 미신인데, 어머니가 죽은 그해 고모마저 시집을 가서 여자의 따뜻한 손길이 그리운 나머지 진작부터 앞날의 아내를 궁금히 여기던 나는 뒷간에 숨겨 간 거울 조각 속에서 정말로 뒷날의 아내를 보았다. 지붕 없는 뒷간이 어스름 달빛 아래서, 어딘가 낯익은 것 같기도 하고 생판 낯설기도 한 사람의 얼굴이 희미하게 떠오르는 걸 보고 나는 놀라 들고 있던 거울 조각을 타고 앉은 뒷간 널판 사이로 떨어뜨리고 말았던 것이다. 하지만 역시 더는 허풍쟁이나 바보가 되지 않기 위해 끝내 거기에 대해서는 입을 열지 않았다.

어린 날의, 어떻게 보면 허황되고 어떻게 보면 하찮은 추억에 대한 회상이 너무 길었다. 그러나 당신들, 나를 재판하기에 앞서 정신 감정부터 먼저 실시하고 있는 당신들에게는 어쩌면 그것들이 뒤에 있을 내 진술보다 더 소중할는지도 모른다. 나는 심리학인가 뭔가 하는, 인간의 내면을 분석해 내는 학문에 대해서는 아는 바 없지만, 사소한 어린 날의 체험이 뒷날의 성격 형성에 결정적인 역할을 담당하는 수도 있다는 것 정도는 알고 있다.

어머니는 죽은 뒤로 나는 점점 더 한심한 지경에 빠져 들었다. 할머니가 돌아가시면서부터 고단해지기 시작한 우리 모자母子의 더부살이였지만, 그래도 어머니가 있을 때는 나를 마을의 천덕구니로까지 만들지는 못했다. 그런데 그 마지막 바람막이마저 없어져, 나는 큰아버지도 없는 큰집의 달갑잖은 군식구로서 노골적인 천대 아래 놓이게 된 것이었다. 자기의 혈육들에게마저 미움 받는 열 살의 고아를 이웃의 누군들 예뻐해 주겠는가.

거기다가 나를 한층 그들의 멸시와 학대 속에 빠져 들게 한 것은 문둥이 사건 이후 생겨난 자폐 증상과 무력감이었다. 자신의 기억에 대한 불신 내지 공포는 급속히 다른 방향으로 번져 갔다. 그 하나가 학교 공부였다. 이학년 때까지만 해도 첫째 둘째를 다투던 내 성적은 삼학년 때부터 곤두박질을 시작해 결국 꼴찌로 초등학교를 졸업하게 만들고 말았다. 거기에까지 기억에 대한 불신과 공포가 번져 방금 선생에게 들은 말이나 읽은 책 내용도 자신 있게 발표하거나 시험지에 써넣을 수 없었던 것이다. 그 다음은 사람을 대하는 태도였다. 사람과 사람이 어울린다는 것은 거의가 말로 이루어지는데, 이미 말했듯이 기억에 대한 자신을 잃자 남과 어울려 말하기가 두려워진 탓이었다.

만약 그 둘만 아니었더라도—다시 말해 내가 공부 잘하고 틈만 나면 으슥한 곳에 숨어 들어가 멍청하게 앉아 있는 버릇만 없었더라도, 사촌 형님은 하나뿐인 사촌 동생에 대해 최소한의 의무는 다했을 것이다. 아버지가 아직 분가分家도 하기 전에 죽은 탓에 큰아버지가 고스란히 물려받은 할아버지의 재산 가운데는 분명 내 몫도 약간은 있을 것이기 때문이었다.

하지만 그곳에서의 삶이 고단하고 서럽기는 해도 그것만으로 어린 나를 무턱댄 가출家出로 내몰 만큼은 못 되었다. 나를 열네 살의 나이로 그 마을을 등지게 하고, 마침내는 이 길로 들게 한 데에는 또 하나의 섬뜩한 추억이 있다. 폭풍처럼 내 어린 영혼을 뒤흔든 아버지의 숨겨져 왔던 죽음의 진상이었다.

앞서 말했듯이 아버지의 죽음에 대한 어른들의 설명은 전쟁통에 총에 맞아 죽었다는 것밖에 없었다. 나는 당연히 어디서 어떻게 해서 그렇게 되었는지 궁금했지만, 그런 내 물음에 대한 어른들의 대답은 잘해야 나무람 섞인 침묵이었고 심하면 눈흘김과 꾸중이었다. 따라서 아버지의 죽음은 어쩔 수 없이 내 멋대로의 상상에 맡겨지게 돼 버렸는데, 그게 탈이었다. 나중 초등학교에 들어가 배우게 된 육이오에 대한 반공독본적인 지식과 비록 어른들에 의해 부인되기는 했지만 내 마음속에서는 그때껏 믿음으로 살아왔던 아버지의 승천이 결합되어 엉뚱하게 화려한 신화로 조작된 것이었다. 즉 아버지는 용감한 국군 아저씨로서 괴뢰군을 무찌르다가 총을 맞고 집으로 돌아와 학이 되어 하늘로 날아갔다는 줄거리였다. 나중에 학이 되어 날아갔다는 부분은 워낙 믿는 사람이 없어서 곧 삭제되고 말았지만, 어쨌든 내 상상력이 닿는 한의 화려한 신화로 재생된 아버지는 내가 완전히 말을 잃기 전, 그러니까 초등학교 삼학년 때까지 조무래기 급우들의 무한한 존경을 받았다. 아무런 반대의 근거도 비판의 능력도 갖지 못한 아이들이 곧이곧대로 내 말을 믿어 준 덕분이었다.

그런데 내가 지어낸 아버지의 무용담을 신나게 떠들 때면 반드시 거기에 맞서 자기 아버지의 얘기를 들고 나오는 아이가 하나 있었다. 용감한 국군 아저씨는 아니지만 역시 공산당과 대항해 싸우다 목숨을 잃은 아버지를 둔 김정두란 아이였다. 하지만 목숨을 잃었다는 사실뿐 나머지는 내 아버지의 신화와 상대가 못 돼 언제나 한편으로 몰리곤 했는데, 내가 말을 잃은 뒤로는 육이오 얘기라면 혼자 도맡아 신바람을 내게 되었다. 마치 그동안 나에게 가려 빛을 보지 못했던 걸 한꺼번에 보충하려는 듯한 열심이었다. 그러다가 오학년 때인가의 어떤 육이오 날 드디어 그 아이는 공격으로 나왔다. 이미 말을 잃은 뒤라, 식이 파하기 무섭게 학교를 빠져나오는 나를 한 떼의 아이들을 거느린 녀석이 불러

세운 것이었다.

"야, 이누마야, 니 거 좀 섰그라 보자."

나는 공연히 주눅이 들어 굳은 듯 그 자리에 걸음을 멈추었다. 방금 한바탕 자기 아버지의 얘기를 신나게 떠들어 댄 덕에 또래의 작은 영웅이 되어 내게 다가온 녀석의 얼굴에는 웬일인지 전에 보지 못하던 자신만만함과 증오가 떠올라 있었다.

"니, 전에 느그 아부지가 용감한 국군 아저씨였다꼬 캤제?"

그런 녀석의 목소리에도 전에 없던 적의와 이죽거림이 섞여 있었다. 나는 말없이 고개를 끄덕였다.

"그라고 괴뢰군 수백 명을 혼자서 쏴 죽였다 캤지?"

녀석이 흥, 하는 표정으로 다시 물었다. 역시 내 입으로 한 적이 있는 소리라 힘없이 고개를 끄덕이지 않을 수 없었다. 그러자 녀석은 더는 못 참겠다는 듯 대뜸 내 엉덩이에 발길을 올려붙이며 으르렁댔다.

"요노무 새끼, 어따 대고 거짓말고? 순 빨갱이노무 새끼가……."

"뭐라고?"

그제야 나는 아픈 것도 잊고 항의 섞인 어조로 되물었다. 될 수 있으면 그와의 시비를 피하고 싶었지만, 그 말만은 도저히 그냥 들어 넘길 수가 없었다. 녀석은 작은 악마처럼 이죽댔다.

"빨갱이도 일마, 숭악한 산빨갱이였다 카드라."

"누가 카드노?"

"우리 삼촌이 다 캐 주드라. 그래 가주고 애맨 사람 마이 쥑였다 카드라. 그라고, 일마—."

그러면서 녀석은 어느새 주먹을 날려 충격으로 멍해 있는 내 콧잔등을 호되게 쥐어박으며 내뱉었다.

"우리 아부지도 일마, 바로 느구 아부지 패한테 죽었다 카드라. 그란

데 뭐라꼬? 용감한 국군 아저씨랬다꼬?"

"참말가?"

나는 쏟아지는 코피를 닦으려고도, 다시 정강이에 떨어지는 발길을 피하려고도 하지 않고 다급하게 되물었다. 사실 진작부터 나는 아버지의 죽음에 몇 가지 석연찮은 심증을 가지고 있었다. 내 물음을 받는 어른들의 태도나, 이따금씩 나를 쓸어안고 우시면서 곁들이던 어머니의 넋두리 같은 것 외에도, 몇 가지 새로운 사실을 듣고 있었던 것이다. 주로 어른들의 수군거림을 엿들은 것으로, 어쩌면 내가 그토록 대단하게 아버지의 죽음을 미화하기 시작한 것 자체가 이미 그런 그들의 태도에서 느낀 어떤 불안 때문이었는지도 모를 일이었다.

"느그 형님도 암말도 안 하고 고개만 수그리더라. 집에 가 함 물어봐라, 일마."

그러자 나는 갑자기 맥이 쑥 빠졌다. 이상하게도 나 또한 전부터 그 모든 것을 뚜렷이 알고 있었던 것 같은 기분이었다. 그 바람에 말없이 코피만 닦고 있는 나를 녀석은 몇 번이고 거푸 세찬 발길질을 한 뒤에야 돌아갔다.

"이누무 새끼, 한 번만 더 고 따우 가짓말 해봐라, 빼당구를 확 추려뿔 끼다."

하지만 더 지독한 것은 사촌 형이었다.

"너 아부지가 죽인 기 어디 가들 아부지뿐인 줄 아나?"

내가 집으로 돌아가 묻자 그는 조금도 망설이지 않고 그렇게 대답했다. 그리고 숨김없는 증오를 드러내며 덧붙였다.

"저쪽뿐이 아이라, 산에 들어갈 때 이 마(마을)에서 델꼬 간 여섯도 결국 하나또 안 살아 왔으이 너 아부지가 죽인 택이고, 우리 아부지가 쉬흔도 못 돼 돌아가신 것도 꼴난 동생 때매 골빙든 탓이라. 그뿐가?

나도 젊디젊은 기 비만 오믄 뼈당구가 쑤시 못산다."

사실 그 말은 열두 살의 어린 아이에게는 얼른 이해되기 어려운 내용이었지만 신통하게도 내게는 단번에 모든 게 뚜렷해졌다. 그리고 그 끔찍한 진상은 그러지 않아도 견디기 힘든 그곳에서의 생활을 더욱 견딜 수 없는 것으로 만들었다. 내가 마지막까지 포기하기를 거부한 기억은 학처럼 푸른 하늘로 솟아오른 아버지였다. 그가 다시 학처럼 내려앉아 서러운 나를 구해 주는 꿈이 나날이 더해 가는 냉대와 멸시를 견디게 해주는 유일한 힘이었는데 그것마저 사라져 버린 것이었다.

내가 서러움과 미움의 그 마을을 떠난 것은 초등학교를 졸업하던 그해 봄이었다. 형편없는 내 졸업 성적이 사촌 형에게 자연스런 구실을 주어 중학교도 진학하지 못한 채 어린 나무꾼이 된 나는 어느 날 지게를 벗어 동구 밖 당나무에 걸어 두고 아지랑이 피는 신작로를 따라 나섰다. 아무런 준비도 계획도 없었지만 어디를 가도 그 마을만 못하지는 않으리란 생각에 마음은 오히려 가벼웠다.

그 뒤의 신산스런 삶은 차라리 당신들의 조사가 더 자세할 것이다. 구걸, 고아원, 도망, 구두닦이, 버스 차장, 트럭 조수— 대충 나는 그런 과정을 거쳐 어른이 되어 갔다. 스스로의 기억을 믿지 못하는 데서 오는 정신적인 발전의 포기와 헤어날 길 없는 무력감은 그동안에도 나의 삶을 비슷한 경우의 아이들보다 몇 배나 어렵게 만들었다. 그러다가 열아홉에 트럭 조수가 된 것을 계기로 나는 한 구원의 가능성을 발견했다. 그것은 기계였다. 다른 모든 기억과는 달리 그것에 대한 기억만은 아무의 시비나 방해도 받지 않고, 시간이 지남에 따라 내용이 변하는 수가 없었다. 그리하여 이윽고 그 기억을 믿게 됨에 따라, 차츰 그것들은 지식으로 쌓여 가고, 힘으로 변해 나를 인생의 밑바닥에서 조금씩 끌어올렸다.

군대에서 운전면허를 따고, 제대하자마자 이삿짐센터에 일자리를 얻게 되었으며, 다시 중장비 기술 학원을 거쳐, 스물여덟에는 어엿한 중장비 기사로 한창 성장 중인 어떤 건설 회사의 불도저를 몰게 됨으로써, 나는 일단 사회의 어두운 그늘에서 벗어났다. 그동안 어린 날 고향 마을에서 받았던 상처도 어느 정도 치유되어 그런 외형적인 발전에 보조를 맞추었다. 크게 배운 것은 없어도 그럭저럭 생활은 해 나갈 수 있는 능력과 마찬가지로 약간 내성적이긴 하지만 옛날의 자폐 증상이나 무력감과 열등감은 거의 자취를 감춘 청년으로 변해 간 것이었다.

그러던 내가 다시 한 번 지난날의 상처로 괴로움을 받은 것은 결혼 초의 일이었다.

그렇고 그런 여자들과의 길고 짧은 몇 번의 동거 끝에 내가 드디어 정식으로 결혼식을 올린 것은 서른이 넘어서였다. 상대는 단골 이발소의 면도사 아가씨로, 육 개월의 연애 끝에 어렵사리 이루어진 결혼이었다. 그런데 그 첫날밤 나는 참으로 오랜만에 어린 날의 기억 하나를 떠올렸다. 이십여 년 전 뒷간 어스름 속에서 거울 조각을 통해 보았던 어떤 여자의 얼굴이었다. 나는 그 기억 자체가 믿을 수 없다는 걸 알면서도, 어렴풋이 떠오르는 그 얼굴과 신부의 얼굴이 조금도 닮지 않은 걸 느끼자, 문득 내가 아내를 잘못 고른 것 같은 기분과 함께 까닭 모르게 불길한 예감에 빠져 들었다. 다행스럽게도 오래잖아 아내의 얼굴에서 발견한 어떤 닮은 점으로 그 예감을 일찌감치 털어 버릴 수 없었던들, 우리들의 결혼 생활은 그 터무니없는 기억 때문에 진작부터 상처를 입었을지도 모르는 일이었다. 내가 아내의 얼굴에서 옛날 거울 조각 속의 얼굴과 닮은 점을 찾아낸 것은 분방했던 신혼 초의 방사房事 중이었는데, 그 절정의 순간에 언뜻언뜻 떠오르는 아내의 표정이 바로 그러했던 것이다.

그 밖에 또 하나 잊고 있던 어린 날의 상처를 들쑤신 것은 결혼 이듬해에 계획했던 나의 중동中東 취업이었다. 마침 내가 소속해 있던 건설회사가 사우디아라비아 쪽에서 큰 공사 하나를 따내 동료들간에 중동바람이 불자, 결혼한 지 겨우 일 년밖에 안 된 게 마음에 걸렸지만, 나도 어려운 결심으로 취업 신청을 했다. 이미 태어난 큰아이로 다급해져 있던 내게 짧은 기간에 목돈을 쥘 수 있는 것은 그 길밖에 없었기 때문이었다. 그런데 뜻밖에도 신원 조회에서 걸려 모처럼의 계획은 물거품이 되고 말았다. 살인, 강도, 도둑, 방화, 사기—인간이 범할 수 있는 그 어떤 다른 범죄보다 빨갱이란 것이 더 끔찍한 죄로 알았던 어린 날의 단순한 이해가 어른들의 사회에서도 그대로 유지되고 있으리라고는 생각지도 못한 일이었다. 살인도 십오 년만 지나면 벌을 받지 않는데 단순히 빨갱이의 아들이었다는 이유만으로 삼십 년이 지난 그날까지 불이익을 입어야 하다니—하지만 다행히도 그 문제 역시 그 이듬해 해결되고 말았다. 당신들도 잘 아는 재작년의 연좌제 폐지가 그것이었다.

이제야말로 어두운 과거와는 작별이라는 기분으로 나는 중동으로 갔다. 그 흔해 빠진 중동 얘기는 그만두자. 어쨌든 나는 그곳에서 일 년을 뼈 빠지게 일해 거의 천만 원 가까운 돈을 아내에게 송금했다. 아내는 꼬박꼬박 답장을 해 마지막 편지는 이제 조금만 더 보태면 변두리에 이십 평 아파트 한 칸은 장만할 수 있으리라고 알려 왔다. 그때 마침 회사에서도 지난해보다 더 유리한 조건으로 일 년간 더 머물 것을 권유해와 나는 아내와 상의했다. 아내의 답장은 예상외로 선선했다. 괴로운 대로 한 해를 더 기다리겠노라는 내용이었다. 그렇게 되면 무리하게 빚을 얻을 필요 없이 좀 더 넓은 내 집을 장만할 수 있으리라는 계산과 함께였다.

그런데 힘들여 일 년을 채우고 돌아와 보니 아내는 전셋돈까지 빼내

종적을 감춘 뒤였다. 중동에 있을 때도 이따금씩 들어왔고, 며칠 늦은 대로 빼놓지 않고 읽던 신문에서도 더러 본 적이 있는 그 일이 바로 내게서 일어난 것이었다. 가까운 곳에 사는 처형을 찾아가 다그치니 핏덩이 같은 남매를 맡기고 나간 지 한 달째라는 말과 함께 아이들만 내밀었다. 말인즉, 아내는 내가 송금한 돈을 한 푼이라도 늘리려고 이것저것 손대다가 모조리 실패해 돈만 날리게 되자, 나를 볼 낯이 없어 그 돈을 다시 찾을 때까지 돌아오지 않겠다며 아이들을 맡기고 나갔다는 것이지만, 아무래도 눈치가 이상했다.

아니나 다를까, 두 달간의 수소문 끝에 찾아낸 아내는 어떤 놈팡이와 살림을 차리고 있었다. 어디까지나 공식대로 간 셈이었다. 그런데 통상과 좀 달라진 것은 그 해결이었다. 처음 아기자기하게 꾸며진 그 방 안에 들어설 때는 눈이 뒤집힐 만큼 화가 났지만, 그래도 나는 이제 겨우 젖을 뗀 딸아이와 네 살배기 큰놈을 생각하고 화를 억눌렀다. 어떻게든 그녀를 달래 다시 시작해 볼 작정에서였다. 요새 세상에 남의 남자 모르고 평생을 지내는 여자가 몇이나 있겠는가, 용서한다. 우리가 언제 돈 때문에 만나 살게 되었는가, 돈이란 또 벌면 되는 것, 걱정 마라— 그렇게까지 달래 보았지만 아내는 통 마음을 돌리려 들지 않았다. 아니, 도둑이 거꾸로 매를 든다고 오히려 나를 달려 보내려 들었다. 돈을 날려 버린 것은 미안하지만 그건 언제든 사정이 되면 다시 갚겠다고 시작한 그녀는 지난 일은 없었던 걸로 하고 조용히 보내 다오로 끝을 맺었다. 그리고 부글거리는 속을 눌러 참으며 내가 다시 돌아갈 것을 권유하면서부터는 돌아갈 수 없는 까닭을 댄답시고 오래 잊고 있었던 상처들을 후비기 시작했다. 고아라는 처지, 가난, 보잘것없는 학벌, 희망 없는 직업 따위 새삼스러울 것도 없는 내 약점들을 골고루 쑤신 뒤에 난데없는 아버지까지 끌어내어 자신의 결정이 옳음을 주장하는 근거로 삼았다.

"이제는 괜찮아진 것처럼 보이지만 당신 아버지 일도 믿을 건 못 된대요. 몇 해 선심 쓰듯 느슨하게 풀어 줬다가 조그만 일만 있어도 전보다 몇 배나 바싹 죌 거래요. 전에도 이번 조치 비슷한 게 있었는데 몇 해 되지 않아 흐지부지되고 말았대요……."

내가 갑자기 그녀의 목을 누르기 시작한 것은 그녀가 하고 있는 말들이 모두 함께 살고 있는 놈팡이의 입에서 나온 것이리라는 추측 때문이었다. 거기서 온 순간적인 분노에다가 아무래도 말로는 안 될 것 같아 위협 삼아 목을 누르기 시작했는데—그때 참으로 이상한 일이 벌어졌다. 고통으로 일그러지는 그녀의 얼굴이 그 어느 때보다도 뚜렷한 선으로 떠오르는 어린 날 뒷간 거울 속의 그 얼굴과 점점 닮아 가는 것이 아닌가. 그걸 깨닫자 갑자기 억누를 길 없는 호기심이 일며 아내의 목을 죄고 있는 손을 늦출 수가 없었다. 정말로 그녀가 이십여 년 전에 어두운 뒷간의 거울 속에서 본 그 얼굴인가, 어린 날의 환상으로 단정하고 포기해 버린 그 기억이 실제로 있었던 것인가를 끝까지 확인해 보고 싶었던 것이다.

아내의 얼굴은 묘한 전율을 일으킬 만큼 시시각각 이십여 년 전 거울 속의 그 얼굴을 닮아 갔다. 그러다가, 이건 틀림없다 싶어 손을 늦췄을 때 아내의 몸에는 이미 조그만 움직임도 느껴지지 않았다. 진정코 말하지만, 당신들이 가장 궁금해하는 살의殺意 따위는 애초부터 품어 볼 틈이 없었다…….

그 뒤 내 행동의 세세한 전개는, 즉 당신들이 말하는 바 도피 경로는 내 기억에는 거의 남아 있지 않다. 나는 다만 아내의 죽음으로 하여 갑자기 타오르기 시작한 추억의 불길을 향해 똑바로 날아드는 한 마리의 부나비에 지나지 않았다. 아무런 저항 없이 포기해 버렸던 기억 하나가 사실임이 확인되자 쓰라리게 또는 두려움과 혼란 속에서 포기하거나 철회를 강요당했던 갖가지 기억들이 새삼 크고 무거운 것으로 되살아나며 제각기의 존재 증명을 요구해 왔다. 지금과 같이 한심하고 처량한 형태로 내 삶의 방향이 잡힌 것은 바로 그 모든 진실을 포기한 뒤부터였다는 것이 후회처럼 떠오르고, 끝내는 살인 같은 끔찍한 사건으로 막을 내리게 된 인생극에서의 내 배역配役도 그로 말미암아 준비되었다고 단정되었다. 이제 엇나 버린 내 삶을 제자리로 되돌려 보낼 수 있는 길은 그 잃어버린 진실들을 회복하고, 거기에서 새로 출발하는 것뿐이다—그것이 뜨겁게 타오르는 추억에 부대낀 내가 내리게 된 선택의 여지없이 자명自明한 결론이었다. 아아, 당신들도 이해할 수 있을는지…….

그런 내가 어느 정도 냉정을 회복한 것은 잠든 듯 누워 있는 아내를 버려 두고 그 방을 나온 지 대여섯 시간 뒤였다. 나는 그 사이 서울을 빠져나와 A시에서 고향으로 들어가는 막차에 오르고 있었다. 누구보다도 내 기억의 많은 부분을 부인하거나 포기를 강요한 사촌 형을 찾기 위해서였다. 나는 가만히 차 안을 둘러보았다. 나를 뒤쫓는 자가 있나 없나를 살피기보담은 혹시 나를 알아보는 이가 있어 천의 하나라도 내가 사촌 형을 찾아보는 데 지장이 생길까 걱정이 되어서였다. 막차답지 않게 반쯤 들어찬 차 안에는 분명 낯익은 얼굴들이 몇 있었지만 다행히도 그쪽에서는 나를 알아보지 못했다. 이십 년이 넘는 세월 탓이리라.

그런데 막 안도의 숨을 내쉬며 빈자리를 찾아 걸음을 옮기는 내 눈길에 뒤편 구석진 자리에서 유심히 나를 살피는 중년 부인이 들어왔다. 도회풍의 차림에 제법 가꾸어진 얼굴로, 나도 오래잖아 그녀를 알아보았다. 바로 옛날에 문둥이에게 간이 뽑힌 걸 본 적이 있는 그 처녀아이가 변한 모습이었다.

그녀 역시 내 기억들을 회복하기 위해서는 반드시 한 번은 찾아야 할 사람들 가운데 하나였으므로 나는 똑바로 그녀 옆의 빈자리로 향했다. 그러나 그녀는 내가 그녀를 알아보고 그녀 쪽으로 다가가자 갑작스레 당황한 표정이 되어 황급히 눈길을 차창 밖으로 돌렸다. 마치, 조금 전 유심히 살펴본 것은 순전히 우연이었을 뿐 나는 당신을 전혀 몰라요, 하는 듯한 태도였다.

"안녕하십니까? 오랜만입니다."

나는 그녀의 태도에 아랑곳없이 옆자리에 털썩 앉으며 인사를 건넸다. 그녀는 흠칫하면서도 차갑게 시치미를 뗐다.

"누구시더라?"

"이름이 은님이라고 하시죠? 아랫마을에 사셨고……."

"그건 그렇지만 아무래도 누구신지 기억나지 않는데요."

그녀는 말투까지 완전히 고향 사투리가 아니었다. 그러나 내가 끈질기게 추궁하자 겨우 내가 누구라는 것만 아는 체를 했다. 얄미운 기분이 들어 바로 문둥이 얘기를 꺼내려는 순간, 그것도 내 기를 꺾어 놓기 위한 것임에 분명한 반말투로였다.

"요즘 어디 사십니까?"

"여자 사는 곳이 따로 있어? 남편 있는 곳이지."

"송하松下엔 무슨 일로?"

"어머님이 위독하단 기별을 받고 가는 길이야. 그래, 요즘은 뭘 하지? 오래 떠나 있은 걸루 아는데……."

그녀는 어머니의 임종을 보러 가는 딸 같지 않게 침착한 말투로 은근히 나에 관한 것을 캐물으려 들었다. 그러나 나는 갑자기 떠오르는 억센 노파의 험악한 표정과 시퍼런 낫에 오싹했다가 이내 마음을 다잡아 먹고 말했다.

"거기도 역시 만나야 할 사람인데 늦은 것 같군요."

"그게 무슨 말이야? 어머님께 무슨 볼일이 있지?"

그녀는 노골적으로 경계하는 표정이 되어 나를 살피며 물었다.

"내게 소중한 기억을 빼앗아 간 사람이죠. 그걸 찾아야 하는데……."

"그게 무슨 말이야? 기억을 빼앗아 가다니, 그게 무슨 기억인데?"

"어떤 처녀아이가 문둥이에게 간을 빼인 걸 본 기억."

"처녀가 문둥이에게 간을 빼였다구? 그건 옛날이야기 속의 일이겠지. 잘못 본 걸 거야."

"그건 바로 당신이오. 나는 그때 똑똑히 보았소. 그런데 당신 어머니는 불쌍한 그 아이를 윽박질러 그 기억을 빼앗아 가버렸지."

나는 그녀의 천연덕스러움이 더 견딜 수 없어 조금 높은 목소리로 말했다. 그러나 그녀는 까딱도 하지 않았다.

"정말 이상한 사람이야. 차라리 안 밴 아이를 내놓으라는 게 낫지. 문둥이는 난데없이 무슨 문둥이야."

만약 그녀가 그때 순순히 내 기억을 돌려주기만 했어도 아무런 일이 없었을 것이다. 그러나 그렇게 매몰차게 거절하자 내 감정은 거칠어지기 시작했다.

"보아하니 꽤 괜찮은 데 시집가 낫게 사는 모양인데—남편도 그걸 알고 있어?"

나는 짐짓 거칠고 비열한 표정으로 말투마저 바꾸었다. 그러자 약간 효과가 나타났다. 태연하던 얼굴이 일순 흐려지는 것을 나는 놓치지 않았다. 하지만 그뿐이었다. 그녀는 이내 냉정을 회복하여 대수롭지 않다는 듯 말했다.

"이십 년 가까이나 산 남편에게 무슨 뚱딴지같은 소리야? 그걸루 뭐가 될 것 같애?"

"그렇다면 이곳 일이 처리되는 대루 한번 찾아가지. 남편에게 그때 내가 본 모든 것을 차근차근 얘기하고 물어보겠어. 정말로 그것이 내 거짓말인지 아닌지."

"쯧쯧, 못 보는 사이에 결국 나쁜 것만 배웠군. 협박하는 거야?"

"내 기억을 내놓으라는 거요."

정말로 그때만 그녀가 솔직하게 모든 걸 털어놓고 사과했더라도 내가 그렇게 심한 짓을 저지르지는 않았으리라. 그런데도 그녀는 끝까지 버티려 들었다.

"갈수록 알 수 없는 말만 듣겠네. 그때도 이상한 소릴 늘어놓더니……."

"결국 내가 잘못 보았다는 거야? 아직도 내가 거짓말하고 있다는 뜻이야?"

"도대체 누가 그런 괴상한 말을 믿어 주려 하겠어?"

"좋아, 그럼 네 남편에게 말해 보지. 그는 믿어 줄 거야."

"쇠고랑 차기 십상일걸. 아니면 정신 병원에 실려 가거나. 그는 그만 힘은 있는 사람이야."

그렇게 말하는 그녀는 완연히 닳고 닳은 도회의 중년 부인이었다. 길게 말하다가는 말꼬리만 잡힐 게 뻔했다.

"알겠어. 참고로 삼지."

나는 그렇게 말해 두고 입을 다물었다. 내가 자폐 증상에 빠져 있던 시절에 나는 종종 침묵의 위력을 실감한 적이 있었다. 내 쪽은 할 말이 없거나 몰라서 말을 않는 것뿐인데 상대가 저절로 숙이며 들어와 모든 걸 털어놓곤 했던 것이다.

과연 그 방법은 효과가 있었다. 얼마쯤 지났을까, 저만큼 고향 마을에 도착하기 전의 마지막 정류소가 보이는 곳에서 그녀가 한풀 꺾인 기색으로 물어 왔다.

"도대체…… 원하는 게 뭐야?"

"내 기억을 돌려줘. 나도 내가 보고 들은 것을 믿고, 거기에 의지해 살게 해 줘."

"어떻게?"

그때 마침 차가 멈추었다. 십 리 정도의 고갯길만 넘으면 고향 마을이 되는 삼거리로, 처음부터 내가 내리려고 마음먹었던 곳이었다.

"여기서 내리지. 어둡기 전에 송하松下로 들어가고 싶지 않아. 함께 걸어가면서 얘기해."

나는 별다른 계획도 없이 그렇게 말하면서 옆도 보지 않고 자리에서 일어났다. 잠시 망설이는 것 같더니 그녀도 결국 따라 내렸다. 아무리 도회에서 닳았다 해도 태생이 시골인 탓이라 겁을 먹은 것인지 또는 자신만만한 내 태도에서 내 말이 빈말 같지 않게 느껴진 것인지 제법 들릴 만한 한숨과 함께였다.

유월 태양은 서산마루에 손톱만큼 걸려 있었다. 가뭄 때문인지 노을이 유난스레 고왔다. 나는 꼭 이십이 년 전 열네 살의 나이로 그 길을 걸어 떠나던 일을 문득 떠올리고 야릇한 감회에 젖어 잠시 그녀가 내 곁에 있다는 것도 잊었다.

그녀가 가만히 입 다물고 따라만 왔더라도 그 아름다운 노을과 귀향의 독특한 감회는 그녀의 훌륭한 보호자가 되었으리라. 그런데 채 고갯길 중턱에도 오르기 전에 답답하다는 투로 필요 없이 입을 열어 스스로 또 한 번의 기회를 쫓아 버리고 말았다.

"그래 원하는 게 뭐야? 돈?" 그리고 내가 아직도 야릇한 감회에 젖어 대답을 않고 있자 스스로 단정한 듯 덧붙였다.

"나 큰돈 없어. 알 만큼 알고 따라붙은 모양인데—영감이야 그럭저럭 돈푼 만지는 편이지만 내겐 노랭이지. 도대체 얼마나 원해?"

그제야 나는 그녀의 말을 알아들었다. 잠자다가 물벼락이라도 맞은 것 같은 느낌이었다. 그 바람에 내 감정은 거친 정도를 넘어 잔인한 복수심으로 발전했다.

"그런 건 필요 없어." 나는 차게 내뱉은 뒤 길가의 잔솔밭으로 그녀의 손목을 와살스레 잡아끌며 소리쳤다.

"나도 네 간을 빼먹고 싶어!"

그 순간 그녀의 얼굴에는 놀라움과 두려움과 부끄러움과 그러면서도 이미 짐작은 했노라는 듯한 비꼬움의 표정이 착잡하게 얽혔다. 그러나 크게 반항하지는 않았다.

"꼭 그때처럼 해." 사람의 눈에 띄지 않을 만한 곳에 이르자 나는 다시 그렇게 명령했다.

"내 나이 마흔둘이야."

그녀가 사정하는 것도 아니고 빈정거리는 것도 아닌 투로 그렇게 말했다. 그러나 나는 이미 잔인한 복수의 쾌감에 빠져 들고 있었다.

"시키는 대로 해."

"정말 꼭 그래야 되겠어?"

"잔소리 말아."

나는 금방이라도 달려들어 목을 조를 것 같은 기세로 그렇게 소리쳤다. 그녀도 그런 내게서 무얼 느꼈는지 더는 입을 열지 않았다. 한동안 멀거니 나를 건너다보더니 천천히 옷을 벗기 시작했다.

생각보다 그녀의 몸매는 아름다웠다. 그러나 이십여 년 전의 기억에는 전혀 없는 낯선 여인이 몸이었다. 거기다가 출산으로 터진 배의 흉터나 주름이 잡히기 시작하는 목덜미께는 이상한 역겨움까지 일으켰다. 욕정과는 거의 무관한 나상裸象이었다.

"그때 그 문둥이는 어떻게 네 간을 뽑았지?"

나는 진심으로 그렇게 물었다. 그녀가 귀찮은 듯 두 눈을 감고 벗어진 옷가지 위에 반듯이 드러누우며 말했다.

"능청떨지 말아."

그러자 비로소 잊고 있던 것이 생각나듯 그런 그녀의 자세가 뜻하는 바를 깨달음과 동시에 맹렬한 욕정이 일었다. 하지만 그것도 잠시였다. 곧 그녀의 모습 위에 어머니가 문둥이에게 간이 뽑히던 모습이 겹쳐지며 어린 날의 몸서리치던 무력감이 떠올랐다. 그리고 그것은 스멀거리던 욕정을 일시에 씻어 내는 대신 다시 잔인한 복수의 쾌감을 충동질했다.

"일어나, 너는 아직도 내 기억을 돌려줄 생각이 없어. 문둥이는 그렇게 간을 빼먹지 않아."

나는 그렇게 소리치며 그녀의 벗은 몸을 걷어찼다. 나의 돌변에 이번에는 정말로 겁먹은 눈길로 일어난 그녀가 몸을 웅크리고 앉았다. 나는 그런 그녀를 사정없이 후려쳐 저만큼 내쫓은 뒤 흐트러져 있는 옷가지를 갈가리 찢으면서 한층 무섭게 소리쳤다.

"그대로 마을로 달려가. 가서 네 어머니와 마을 사람들에게 말해. 그때 내가 본 것은 사실이라고. 문둥이가 네 간을 빼갔었다고. 거짓말을 한 것은 내가 아니라 너희들이었다고……."

나는 한동안 거의 제정신이 아닌 채 악을 썼다. 그녀는 퍼렇게 질린 얼굴로 한동안 나를 보다가 본능적인 공포에 쫓긴 듯 비틀비틀 작은 솔숲 그늘로 달아나 버렸다. 나는 그녀의 옷가지들이 한 무더기의 헝겊 조각으로 변한 뒤에야 그곳을 떠나 사촌 형의 집으로 향했다—당신들의 추측이 어떤 것이든 그녀가 무어라고 진술했든 이상이 그 사건의 전부다.

그사이 날은 완전히 저물어 있었다. 그러나 내 머릿속에서는 갖가지 추억들이 그 어느 때보다 맹렬한 불꽃으로 타오르고 있었다. 나는 그 불꽃에 의지해서 어둠과 이십 년의 세월이 가져온 옛 마을의 변모를 이겨내고 똑바로 사촌 형의 집에 이르렀다.

이미 초로에 접어든 사촌 형은 마침 사랑방에 있었다.

"니가 웬일고?"

한눈에 나를 알아본 사촌 형은 눈썹 하나 까닥 않고 차디찬 음성으로 물었다. 그 차가움은 질 좋은 기름처럼 이미 걷잡을 수 없는 불길로 내 머릿속에서 타오르고 있던 추억들을 더욱 뜨겁고 현란하게 만들었다.

"빼앗긴 기억들을 되찾으러 왔습니다."

"아닌 밤중에 홍두깨라디, 그기 무신 말고?"

"우리 아부지가 어떻게 돌아가셨습니까?"

"이십 년 만에 찾아와 묻는다는 기 겨우 그것가? 어에 죽기는 어에 죽어. 삼촌이사 빨갱이짓 하다가 산에서 죽었제."

이십 년 전과 조금도 다름없이 매몰차고 꼿꼿한 태도였다. 나는 서슴없이 그럴 때에 대비해 숨겨 간 칼을 방바닥에 꽂으며 소리쳤다.

"아닙니다."

"아이라이?" 방바닥에 꽂히는 시퍼런 칼을 본 사촌 형의 자세가 약간 허물어졌다.

"국군으로 나라를 위해 싸우다가 학이 되어 날아갔습니다."

"뭐시라?"

그러다가 그는 내 눈길에서 어떤 심상찮은 빛을 보았는지 가늘게 몸을 떨며 풀죽은 목소리로 말을 바꾸었다.

"그거사 뭐…… 니가 똑 그렇게 생각하고 싶으믄 마음대로 해라."

"어머니는 어떻게 돌아가셨습니까?"

"참 불쌍한 양반이라. 스물일곱에 혼자 되어 핏덩이 같은 니 하나 믿고 살다 뭐가 잘못된 모양이제. 혼자 낙태한다꼬 우예다가 하혈下血이 심해 서른셋에 세상 베리셨제……."

"아닙니다. 문둥이가 간을 빼먹어 돌아가셨습니다."

"오야, 마 그카는 편이 속 편할 끼다. 그래, 그 망할 문둥이가……."

"내가 아주 어렸을 때는 형수님하고 언제나 붙어 있었지요?"

"그랬을 끼다. 니는 암컷(아무것도) 모른다꼬……."

"그때 산빨갱이를 잡으면 목을 댕강댕강 잘라 개울가 바위에 널어 말렸지요?"

"그랬을지도 모르제. 한참 눈들이 뒤집혀 있을 때는 그쪽도 여사로 죽창 끝에 사람 목을 꿰 다니기도 했으이."

"지서 앞 대추나무에 매달고 때려죽이기도 하고……."

"그거사 아이지만 빨갱이를 붙들믄 개 패듯 한 거는 맞을 끼라." 그렇게 하나하나 포기했던 기억들을 되찾고 있는데 바깥이 수런거리더니 총을 멘 당신들이 들이닥쳤다. 집안의 누군가가 몰래 사랑방을 훔쳐보고 지서에 신고한 것이었다. 그러나 맹세코 말하지만 방바닥에 꽂혀 있던 그 칼은 잃은 것을 찾기 위한 도구였지 당신들이 걱정하는 것처럼 살인을 위한 흉기는 아니었다.

생각하면 당신들은 턱없이 빨리 왔다. 적어도 당신들은 내가 사촌 형과의 일이라도 끝낼 때까지 기다려 주어야 했다. 아니 내게 하루나 이틀쯤은 더 여유를 주어 선산 발치에서 학으로 날아간 아버지의 깃털 하나쯤을 주울 수 있도록 해 주거나 고향 강변의 바위 틈에서 주먹만 하게 말라붙었을 아버지의 목을 찾아볼 수 있도록은 허락했어야 했다. 그런 뒤 나는 그 방위군 소위를 찾아 그의 늙어 가는 남근에서 이십여 년 전 쇠파리에게 물린 자국을 확인하고 싶었고, 그 옛날 보리 이랑마다

딸기 덩굴마다 숨어 있던 문둥이들이 간 곳도 알아보고 싶었다.

그리하여 나도 당신들처럼 자신이 본 것과 아는 것에 믿음과 사랑을 가지고 싶었다. 그 믿음과 사랑을 바탕으로 세계와 인생에 대한 믿음과 사랑을 키우고 싶었으며, 내 삶과 꿈도 새로이 가꾸어 보고 싶었다. 그러나 당신들은 너무도 일찍 왔고, 찾아야 할 많은 것은 여전히 타오르는 추억으로만 남았다. 처절하게 또는 불안하게, 헛되이 타오르는.

우·수·상·수·상·작

역류逆流

박 시 정

1942년 서울 출생.
1969년 《현대문학》에 〈초대〉와 〈그들의 시대〉가 추천되어 등단.
소설집 《날개소리》《고국에서 온 男子》 등.

역류逆流

"아, 예나, 오래간만이야. 본 지가 몇십 년은 되었어."

아기 곰, 안전핀, 방울 등이 그려진 포장지에 싸인 선물을 들고 어색하게 들어서는 예나를 미리 와 있던 여자들이 일제히 본다.

임신복을 헐렁하게 입은 배부른 여자들이 윤기 흐르는 얼굴로 주스잔을 들고 있거나 크래커 등을 입 안에 넣고 있다.

그중에는 마악 입덧을 시작하여 창백해져 있는 여자도 있고 갓 낳은 아기에게 우유병을 물리고 있는 여자도 있다.

앉아 있는 여자들의 분명한 모습은 보지 못하고 안공에 각질이 씐 듯이 어렴풋이 그들을 보고는 예나는 조급히 빈자리를 찾는다.

그러나 옆자리에서 비로소 미애를 본다. 머리를 싸악 빗어서 뒤로 넘겨 이마가 깨끗이 드러나 있고 아몬드형의 검은 눈이 쏘듯이 예나를 보고 있다.

예나와 눈이 마주치자, 안녕하세요? 하고 머리를 까닥한다. 꾀꼬리의 목소리처럼 미애의 목소리는 맑고 발음이 분명하다.

안녕하세요? 미애의 찌르는 듯한 도도한 태도에 위축이 되면서 예나는 언제나처럼 얼버무리는 듯한 어투로 미애에게 응답한다.

하얀 레이스가 달린 서양 인형의 원피스 같은 옷을 미애는 임신복으로 입고 있다. 자그마한 체구가 배가 부를 대로 불러서 곧 터져 버리지나 않을까, 보는 사람이 아슬아슬하다.

"뭐 마시겠어, 예나?"

임신 오 개월이 되어 있는 호스티스, 마리가 뒤뚱뒤뚱하며 예나에게 와서 미소 지으며 부드럽게 묻는다.

짧은 머리, 안정된 분위기, 사람을 대하는 자연스러운 태도, 가정에 대한 애착심을 그 여자의 구석구석에서 맡으며 예나는 그 여자에게서 강한 이질감을 느낀다.

몇 년 몇 월 며칠에 성교를 하면 첫째 아이가 몇 살 몇 개월이 되는 계절이 좋은, 남편이 휴가를 받을 수 있는 몇 월 며칠에 아이를 낳을 수 있다고 엄밀히 계산을 하여 자신의 체온표를 만들어 그 여자의 체온이 높게 올라간 어느 날 계획대로 성교를 하여 임신을 한 여자다.

다이어트표를 만들어 열심히 영양식을 하고 충분히 수면을 취하여 유백색 피부에 뺨이 사과같이 발그레하다.

세 살 된 남자 아이가 와서 스커트에 매달리며 호스티스로 바쁘게 돌아가고 있는 엄마의 관심을 끌려 하자 마리는 예나에게 실례를 청하고는 구석으로 아이를 데리고 간다.

"엄마가 누군가와 얘기하고 있을 때는 방해해서는 안 돼요. 옆에서 기다리고 있으면 엄마가 분명히 마이클을 볼 텐데."

하며 마리는 세상에서 가장 달콤하고 부드러운 목소리로 아이를 타이른다.

그만한 일로도 아이에게 저만한 관심을 기울이다니, 예나는 어딘가 반감을 느끼며 그 여자가 가져다준 주스를 한 모금 마신다.

"언니, 언니 통 볼 수가 없네요. 바쁘세요? 아니면 또 우울증에 걸려 있었어요?"

지칠 줄 모르게 경쟁적이며 이십사 시간 긴장감의 줄을 타고 있는 미애가 예나에게 묻는다.

"네, 좀 바빴어요"라고 얼버무리듯 예나는 대답한다.

"연극 각본 쓰느라고요?"

물고 늘어질 듯이 당돌한 미애가 심히 거슬리지만 어떤 식으로 맞서야 할지 예나는 뚜렷한 방책이 없다.

언제나 그렇듯이 잘못 온 자리, 그 여자가 안 올 자리에 왔다는 의식이 그 여자의 머릿속을 채우면서 자신이 한없이 무력해짐을 느낀다.

미애와 맞닥뜨릴 때마다 예나는 그 여자를 피하고 싶어하고, 그 피하고 싶어하는 기색이 묘하게도 전해져 무슨 말로든 예나의 기분을 건드리려고 미애는 열 손톱을 세운다.

미애는 티 파티니, 점심 초대를 자주 하며 그때마다 예나를 초대한다. 그러나 미애의 기분을 거스를 줄 알면서도 예나는 좀처럼 초대에 응하지 않는다.

일주일 전에도 예나는 미애의 점심 파티에 가지 않아서 맞닥뜨리게 되면 무슨 말이건 한마디 하여 예나의 기분을 엉망으로 만들리라는 것을 알고 있다.

"요즘도 교회에 자주 가요?"

드디어 미애가 예나의 정통을 찌른다.

교회에 자주 가느냐는 질문은 아주 평범한 질문이었지만 그 질문 속에는 예나의 인간 된 존엄성을 깡그리 뭉개는 독이 들어 있다.

얼굴이 불같이 빨개지는 예나를 미애가 쏘듯이 응시한다. 예나는 숨을 쉴 수가 없다. 온몸이 콩알만 하게 움츠러든다.

아, 여기도 오지 않는 것인데. 아침마다 교회에 나가서 아무개를 사랑하게 해 달라고 기도하면서 사랑해야지. 미애를. 서로가 안 맞아 들어가는 것은 내 쪽에도 잘못된 것이 있어서일 거야.

"이웃을 네 몸같이 사랑하라"는 예수의 근본정신을 이해하지 않으면서 아침마다 성당에 나가 기도하는 것에 무슨 의의가 있을까. 예나는 생각한다.

같은 민족으로서 고향을 등진 같은 국적 이탈자로서, 똑같이 미국 남자와 살면서 같은 고독과 이질감과 열등감의 피해자로서 그 같은 사람들끼리 가슴을 맞대고 사랑하고 감싸 주고 돕지 않으면 누가 도울까. 더구나 미애는 예나보다 열 살이나 아래며 임신한 몸으로서 형제 자매를 떠나 살고 있지 않은가.

예나가 과감히 미애에게 사랑을 베풀기만 한다면 미애의 우월감—미애가 예나보다 낫다고 생각하는 요소들—에 머리만 숙여 준다면 미애와 예나와의 사이는 원만해지리라는 것을 예나는 알고 있다.

그러나 예나는 자신이 미애를 인정할 만한 자신이 없다. 자신만 있다면 상대방을 인정할 수 있으리. 인정한다는 것이 자신의 실패를 인정하는 것이 아니라 남의 성공을 인정할 만한 여유가 있다는 것임을 예나는 알고 있었지만 그만한 여유, 자신감이 없다.

미애가 예나보다 낫다고 생각하는 요소는 많다. 첫째로 미애는 얼굴에 티 하나 없는 뛰어난 미인으로 어렸을 때부터 많은 사람의 관심을 받으며 자랐다. 둘째로 미애는 일류고등학교, 일류대학교 졸업생이다. 셋째로 미애는 가정 환경이 좋다. 넷째로 미애는 예나보다 열 살이나 아래로 아직 삼십대의 초기에 있다. 다섯째로 미애의 남편은 야심과 명예욕이 강한 사람으로 삼십대인 젊은 나이에 어느새 은행에서 중요한 직책을 맡고 있다.

그 미애의 모든 장점을 인정하고 미애가 원하는 대로 고개를 숙이는 대신 예나는 팽팽히 맞선다.

미애가 내세우는, 자기 자신이 예나보다 낫다고 내세우는 점들은 예나 자신이 가지지 못한 것으로 그 여자의 콤플렉스의 요소가 되어 있는 것이긴 하였지만 사십대에 접어들자 그 콤플렉스에서 어느 정도 자유로워져 있다.

이 콤플렉스로부터의 자유는 예나가 아침마다 성당에 나가는 데 힘입은 바가 크다.

이 세상의 생이 일시적이라는 믿음, 예나의 형편보다 더 비참한 환경에서도 영원에의 신념을 가지고 숨쉬고 있는 사람들이 있다는 것, 신神이 예나와 같이 계시며 예나의 어려움을 같이 나누어 짊어지고 있다는 생각, 그리고 이 삼라만상의 왕인 신의 사랑을 받고 있다는 신념은 예나에게 그 어느 것도 극복할 수 있는 강한 힘이다.

예나는 어린 나이에 육이오를—포탄과 굶주림과 살인과 이별과 죽음과 헐벗음—인간의 가지가지의 비극을 경험한 세대다.

인간의 능력이 있어도 제대로 펴 길러질 수 없는 우선 의식주 해결에 급급한 환경을 경험한 세대다.

예나는 능력이 없어 일류 학교를 졸업 못한 것이 아니라 일류 학교가 무엇인지도 모르는 환경 속에서 자라났다.

그리고 그 여자의 미美, 그것은 그 여자가 제아무리 노력해도 되지 않는 신이 주신 거였다. 그 여자가 동그라미형이 되고 싶어도 할 수 없는 일이었다. 신은 이미 동그라미가 아닌 세모꼴이거나 네모꼴인 형을 예나에게 주셨으니까.

미애가 가장 강한 세력으로 내세우는 젊음—그녀가 십 년이나 젊다는—그것도 예나에게는 위협거리가 되지 않았다.

결국 미애도 예나의 나이가 되고 말 것이고, 주름살이 있는 얼굴과 주름살이 없는 얼굴의 차이가 예나에겐 없었다.

그것은 위대한 해방감이었다. 여자가 젊음에 대하여 여유가 생긴다는 것, 남자한테 예쁘게 보일 필요가 없어지는 것, 그것은 기막힌 해방감이었다.

갓 서른인 미애는 그 해방감에 대하여 모르고 있다. 예나에게서 미애의 눈에 띄는 것은 외면적인 것들—윤택을 잃어 가는 피부, 숱이 적어 가는 머리, 거세된 듯한 중성적中性的인 분위기, 여자라고 부르기에 어쩐지 멋쩍은 존재—그뿐이었다.

"아직도 교회에 가요?"의 '가요'가 반말과 존댓말의 어느 중간인 것이 귀에 거슬려 예나는 저항감을 느낀다.

"아니, 안 가요"라고 예나는 자기의 권위를 좀 세워 달라는 애걸처럼 미애에게 존댓말로 말한다.

"그런데도 어쩜 그렇게 볼 수가 없어요? 방해될까 봐 전화 걸 수도 없구요."

예나는 아무 대꾸도 않는다.

"자, 미애 선물이 산더미 같다."

마리가 미애를 선물 더미로 이끈다. 내달이 산월인 미애가 오늘 베이비 샤와의 주인공이고 미애의 친구로 인정되는 사람 내지 미애 남편 친구의 부인들이 베이비 샤와에 와 있다.

대개 이십대의 후반기거나 삼십대 초기인 여자들로 살림에 재미를 붙여 세간살이 장만에 맛이 들려 있고 아기를 낳기 시작하는 세대였는데, 미애가 임신하자 줄지어 임신들을 하였다.

미애가 포장지를 풀 때마다, 야 그것 참 멋있다. 남자 아이든 여자 아이든 다 쓸 수 있도록 노란색을 샀구나.

저울은 꼭 필요하지, 날마다 무게를 달아 볼 수 있구. 그 기저귀 덮개는 참 실용적이다. 고무 팬티는 바람이 안 통하여 비위생적인데 이건 면이라서 좋군. 아, 이번엔 기저귀 가방, 예쁘고 실용적이다.

선물이 벗겨져 나올 때마다 여자들은 찬사들을 퍼붓는다. 마리가 미애의 옆에 앉아 포장지를 정리하고 예쁜 베이비 샤와 기록부에다 선물의 이름과 가져온 사람의 이름을 적는다.

아이들이 들락날락하며 엄마의 무릎에 안기기도 하고 엄마의 귀에다 대고 소곤거리기도 한다. 하늘색 양탄자에다 빨간 주스를 엎질러 소란을 떨기도 한다.

선물이 나올 때마다 여자들은 "우리 존 때도 저걸 받았는데 얼마나 요긴하게 썼는지 모른다"는 둥 "아기 낳을 때 남편이 산실에서 처음부터 끝까지 지켜보았다"는 등의 얘기를 한다.

예나도 분명히 그들과 같은 여자임에도 그 이야기들이 생소하여 될 수만 있으면 그 자리를 피하고 싶다.

끊임없는 아이들의 움직임, 무엇인가 일을 저지르며 엄마의 관심을 자기들 쪽에 매어 놓으려는 순진한 계략들.

그리고 그 여자들의 남편에 대한 하나같은 칭찬과 애정 어린 말들. 아기 낳을 때의 에피소드. 임신 중인 자기들을 남편들이 어떻게 도와주고 있는가 등의 얘기.

그 대화들 속에 애정이 있다. 신의 말씀이신 애정이.

잉태에의 신선한 희망과 부부 관계의 정다움, 모성애, 아이들의 천진함—무궁무진한 애정이 거기 있다.

그러나 그것이 예나에겐 생소하다. 예나는 한 번도 자신의 남편을 좋게 말해 본 일이 없으며 아이를 낳아 본 일도, 또 남에게 내놓고 얘기할 만한 에피소드도 없다.

선물을 풀 때마다 서양 여자들은 구김살 없이 환성, 찬사를 아끼지 않는다.

그 틈틈이 미애가 예나를 본다. 예나는 그 자리가 너무도 거북하다. 같이 어울려 잉태의 즐거움을 나눌 수 없는 고통, 다른 여자들처럼 자기 남편을 내세워 빛을 내어 주지 못하는 데 대한 죄책감, 해산의 경험을 나눌 수 없는 이단자의 외로움, 이 아무것에 대하여도 말하지 못하는 벙어리의 고독을 예나는 절감한다.

초월의 힘으로 오자고, 오직 미애의 아기를 축하하는 뜻으로 오자고 결심하고 온 자리지만 예나에겐 낯설고 거북하다.

그런 예나를 여자들이 또한 낯설고 거북하게 대한다. 아무도 예나에게 말을 붙이지 않는다.

아이를 기르는 이야기, 서로 아이를 바꾸어 가며 보아 주는 이야기, 뱃속에 든 아기에 대한 이야기, 이빨 나기와 홍역에 대한 이야기, 그 여자들의 대화는 그칠 사이가 없다.

그러나 예나에겐 아무 흥미가 없다.

예나가 아이를 낳지 않는다는 사실은 이 여자들에겐 인생을 살지 않는다는 뜻, 긍정적으로 그 여자의 결혼을 받아들이지 않는다는 뜻으로 해석이 된다. 예나는 혼자 처져 있는 것이 불안해지기 시작한다. 자신을 가다듬어 그 여자들 속에 참가해야겠다고 생각하면 할수록 몸이 오그라들듯이 초조하다.

예나는 그 여자의 정신에 높은 볼륨의 단추를 들고 여자들 옆으로 간다.

그러나 예나가 얘기를 붙이려 할 때마다 미애의 시선이 위압적이어서 여자들은 예나를 받아들이지 않는다.

그 여자들에게 어울리고자 하는 시도는 미애의 위압적 시선 앞에서 번번이 허사가 된다. 서양 여자들은 이상하게도 미애의 편이 되어 있다. 새 아파트로 들어온 몇 주일 사이에.

예나는 그들에게 어떤 묵계를 본다. 예나를 절대 끼워 주지 않겠다는.

오늘 너를 이 자리에 오게 한 것은 너를 끼우기 위해서가 아니라 네가 이방인으로서 어떻게 이 자리를 견디는가 보겠다는 미애의 잔인한 의도로밖에는 예나에겐 해석이 안 된다.

이웃을 사랑해 보려는 피나는 도약은 무참히 짓밟히고 그룹 속에 받아들여지지 않는 노여움과 자존심에의 상처로 예나는 끙끙 앓는다.

어떻게 이 패배자를 살려 일으킬 것인가. 어떻게 이 끊임없는 패배 의식에서 헤어날 수가 있을 것인가.

그 패배 의식은 남편한테서도 회복이 되지 않는다. 남편도 거기 모인 여자들에 가깝고 그들처럼 세상일에 흥미가 있었으며 그들처럼 세상일에 이력이 나 있다. 남편에게는 남편이 속한 사회가 있고 그 여자들에겐 그 여자들이 속한 가정, 사교 사회, 우정이 있다.

그러나 예나는 아무 데도 속해 있지 않다. 신에게 속하여 있음을 믿으나 그 속에 있다는 사실을 인정하기가 그리 쉽지 않다.

선물 풀기가 끝나자 '인형의 집' 을 본뜬 케이크가 나온다. 분홍 크림색 · 하늘색의 장식으로 아기자기하고 꿈이 스며 있는 작은 집이다.

케이크를 자르는 동안 여자들은 초콜릿 케이크가 어떻고 에인절 케이크가 어떻다는 등 케이크에 대한 얘기들을 한다.

이번에도 예나가 끼어들 만한 대화는 아니다. 예나는 한 번도 케이크를 만들어 본 일이 없다. 케이크는커녕 저녁 메뉴도 서너 가지로 국한

되어 있어서 저녁 시간이 임박해서야 마지못해 저녁을 만든다.

그것마저 할 의욕이 없을 때가 많아 예나 부부는 외식이 잦다. 여자로서 아무짝에도 쓸모없는 여자를 남편이 아직도 같이 살고 있는 이유를 예나는 이해할 수 없다.

살아 있는 사회에서 죽어 있는 무덤 같은 데로 돌아오는 남편의 귀가—귀가 후에도 아무런 살아 있는 대화가 불가능한, 대화가 두절된 여자를 아내라고 믿고 서로 완전한 타인으로 살고 있는 이유를 예나는 알지 못한다.

옛날의 화관—이미 십오 년 전의 이야기, 빛바래어진 화관을 움켜잡고 외계를 무시하고 사는 아내. 예나는 아무런 행동이 없는 여자다. 반대로 예나의 남편은 행동적인 남자다. 귀가 후에도 운동 센터에 가서 스쿼시를 하였으며 여름에는 새벽같이 일어나 수영을 한다.

운동 센터에서 돌아오는 남편을 예나는 비현실적으로 질투를 가지고 바라본다.

당신과 나는 헤어져야 해요. 당신은 내가 재미없을 테고 나는 당신이 재미없으니까요.

예나는 녹음된 테이프처럼 허구한 날 이런 말을 남편에게 한다.

"나는 나가서 친구들을 사귀고 싶지도 않고 어떤 그룹에도 참가하고 싶지도 않으며 운동 센터 같은 데 갈 재미도 없어요."

남편은 예나의 말을 무시한다. 듣지 않는다. 예나는 벽에다 대고 그런 말을 하는 듯하다.

남편이 타성적으로 키스하고 현실 세계로 도피해 버린 아침, 예나는 비로소 편안해지며 밤새 뒤챈 잠을 잔다.

그 서너 시간의 잠이 예나에겐 혼자만의 자유이자 평안이다.

햇볕 부신 늦은 아침 일어나 부석한 얼굴을 찬물에 씻고 머리를 빗고 크림을 바르고 단정히 옷을 입는 것—그것을 예나는 어떤 의식儀式처럼 정성을 가지고 한다.

그리고 그 여자는 혼자서 가장 아름다운 식기에다 빵을 담고 수정으로 된 버터 그릇에 새 버터를 담고 맑은 유리잔에 오렌지 주스를 따른다.

식탁 위에 레이스로 된 받침을 깔고 모차르트를 들으며 아침을 먹는다.

그렇게 혼자 있을 때만 예나는 생생히 살아난다.

식탁에서 내다보이는 연못의 물빛이 비현실적으로 남빛인 것에 현기증을 느끼면서 예나는 이미 그 현기증마저 하나의 의식으로 받아들이고 있다. "영 볼 수가 없었어. 창작으로 바쁜가?" 하는 질문을 사람들에게서 받을 때 그렇다고 대답은 하나 예나는 일 년에 한 편 정도의 희곡을 쓰는 게 고작이다.

그러면서도 그 여자의 아이덴티티는 희곡작가고 떳떳하지 못한 대로 그 여자는 그것을 그 여자의 아이덴티티로 간주하고 있다.

내 희곡 작품이 옛날 드라마 센터에서 서너 번이나 공연이 되었었는데 이래 봬두 나는 대한민국에서 인정하는 희곡작가라구. 스탠포드에서도 희곡 콘테스트에서 수작으로 당선된 일이 있는걸.

자신이 아무것도 아닌 존재, 자신의 아이덴티티가 불분명해져 자신이 누구인가를 헤아리기 어려워질 때마다 예나는 이렇게 속으로 뇐다. 그러나 남편을 따라 이러한 대집단 커뮤니티에 애를 잉태하고 기르고 가꾸는 아내로서의 아이덴티티가 강한 여자들 속에 살면서 예나는 완전한 이단자로 간주되고 탈락되고 숨겨져서 아무런 아이덴티티도 갖출 수가 없게 되어 있다.

미 일본 지사 S은행 아파트가 지어지기까지 S은행 직원들은 각기 일본인의 아파트에 산재해 살았다.

이웃끼리 문을 열고 만나자마자 곧 터놓는 미국 사람들이 일본 사회에 살면서 느끼는 것은 일본 사회의 폐쇄성이다.

자기 나라 사람과 조금 다르기만 하면 끼워 주지 않는, 자기들의 생활을 보일까 봐 꽁꽁 안으로 닫는 내밀성. 옆집에서 몇 년을 살아도 이쪽에서 말을 붙이지 않으면 절대로 먼저 말을 붙이지 않는 냉담성과 수줍음을 일본인에게서 느낀다.

서양 사람들은 이 폐쇄성에 경악한다.

자기 나라를 떠난 불편함에 덧붙여 자기들이 도저히 받아들여지지 않는 사회에서의 외국 생활은 더욱 어렵게 된다.

이 어려운 외국 생활을 다소라도 쉽게 할 수 있을까 하여 생각해 낸 것이 은행 사택이다. 은행 사택으로 아파트를 건립하자는.

예나가 남편을 따라 도쿄에 왔을 때 남편의 직속상관 부인이 한국 여인이었다.

아파트가 아직 건립되기 전이었으므로 예나는 일본인들과 섞여서 일본 아파트에 거처를 정해야 했다.

"같은 한국 사람이고 같은 처지인데요" 하며 미국 사람들에게서 느끼는 이질감, 불편함을 서로 털어놓기도 하면서 예나는 남편의 직속상관 부인인 미애와 가까이 지내게 되었다.

계급이라거나 명예에 별로 가치를 두지 않는 예나는 미애가 남편의 상관 부인이라고 해서 별로 특별히 높여 준다거나 부러움을 나타내지 않았다. "언니, 정말 아니꼬워서 못 살겠어. 사람 취급을 안 해주잖아? 언어가 한 사람의 인격이자 그 사람 됨됨이의 척도고 보면 우리들은 형편없이 밑지고 들어가는 거예요. 그죠? 우리 자신들이 만들어 내는 생각인지도 알 수 없지만 서양 여자들이 우리를 무시하는 것은 너무 빤해요. 분해서 죽겠어. 번연히 우리말이 있으면서. 우리말로라면 우리는 상류에 속하는 사람들이잖아요? 그런데 우리보다 교육도 덜 받은 서양 여자들이 우릴 무조건 무시하는 것 보면 약 올라 죽겠어."

그들은 자주 전화를 걸어 서로 대인 관계에서 겪는 갈등, 부부 생활의 어려움 등을 이야기하였다.

"그런 데다 언니, 남편이 상관 자리에 있으니까 남편 아랫사람들 부인과 사교적이 되어야 할 텐데 통 그럴 수가 없어요. 초대해서 할 말도 없고, 그 일에 흥미도 없고."

미애는 주로 얘기하는 쪽이고 예나는 듣는 쪽이다. 미애가 한번 말을 트면 예나는 말할 기회를 잃게 된다.

"그건 나도 그래. 우선 그 여자들이 우리 집에 온다는 것부터가 그렇게 이질적으로 느껴질 수가 없으니까."

예나는 미애를 동생같이 생각하고 자신의 심정을 솔직하게 이야기한다.

주로 미애가 생각의 실마리를 터놓는데 묘하게도 그 생각들은 예나 자신에게도 익숙한 생각들이어서 약아빠진 미애가 살포시 변죽만 울리면 발 벗고 푹 빠지는 쪽은 영락없이 예나다.

이 년간 그렇게 지내는 동안 둘 사이엔 아무런 비밀이 없게 되었다. 서로를 믿고 터놓아 둘 사이가 환하였다.

그러나 아파트가 완공되어 한 빌딩에 살고부터 문제는 달라졌다. 지금까지 쌓아 온 협조자로서의, 대화자로서의 관계가 하얗게 무너지기 시작하였다.

아래 위층에 살면서 누가 대인 관계를 더 원만하게 하는가, 누가 더 서양 친구가 많은가, 서양 여자들이 누구를 더 좋아하는가, 집안을 누가 더 아름답게 꾸미는가, 누가 파티를 더 성공적으로 하는가, 하나부터 열까지가 모두 경쟁거리가 되었다.

미애의 남편이 예나의 남편보다 높은 자리에 있음으로써 오는 미애의 자만심 내지 자존심은 굉장한 것이었으므로 남편의 직책을 업고 예나를 누르려는 의지는 두 눈이 튀어나올 정도로 의식적이어서 둘 사이엔 언제나 긴장감이 팽팽하였다.

예나가 열 살이나 더 먹었으니 그 긴장감에서 탈락하여 미애에게 항복하여 줄 수만 있었다면 둘 사이에 예전과 같은 관계가 이어질 수 있었으리. 그러나 열 살이나 더 많은 나이에도 항복이 그리 쉽지 않았다. 결국은 이기고 지는 문제가 아님에도 상대방과의 긴장의 줄다리기에서 탈락해 준다는 것이 그리 쉬운 문제가 아니었다.

사십 평생을 개인성을 중요시하며 내면적 생활을 해 온 예나에게 새로 들어와 앉은 약삭빠른 경쟁자 미애를 어떻게 내보낼 수 있을지 예나는 궁지에 몰리게 되었다.

그간 떨어져 살면서 전화로나 가끔 만나서 터놓은 자신의 내밀성들이 서로 코가 맞닿는 곳에 살게 되자 위협에 쓰이는 무기로 부각되었다.

다른 한 사람이 자신을 속속들이 알고 있다는 것, 그 타인이 코앞에 가까이 살고 있으면서 그것을 무기로 삼고 수시로 예나를 위협하는 것. 위협과 경쟁심의 한계는 아주 작은 구석까지 미치어서 예나가 무엇을 하는가, 누구를 만나는가, 세간살이는 무엇을 장만하는가, 옷은 무엇을 사는가, 일체의 프라이버시가 침해되어 예나는 숨을 쉴 수가 없도록 긴장감에 빠졌다.

요란스럽게 화장을 하고 환히 옷을 차려입고 세 살 된 딸아이를 데리고 느닷없이 예나의 아파트를 침입해 와서는 "언니는 왜 늘 식모같이 하고 있어요? 그러니까 빌딩 유지인들이 언니를 식모로 보지요. 이렇게 문간에다 신발을 주욱 벗어 놓고 어떻게 살아요. 어머나, 더러운 접시를 이렇게 쌓아 놓고 어떻게 책이 머리에 들어가요? 내가 제일 신경을 쓰는 곳은 부엌 싱크대예요. 부엌 싱크가 반짝반짝 윤이 나야 마음이 놓이지 부엌 싱크에 더러운 숟가락 하나 있어도 나는 다른 일은 못 하겠어요" 하였다.

반짝반짝하는 눈은 눈 하나 깜짝 안 하고 예나의 일거수일투족을 빤히 응시하였으며, 예나의 집 구석구석을 치밀한 눈으로 관찰하였다.

미애가 오기만 하면 예나는 발가벗고 자신이 감추어야 할 부분까지 꾸준히 참고 서 있는 기분이 되었다.

속에서 무엇인가 끓어오르고 자존심이 참을 수 없이 엉망이 되는데 미애가 하는 말은 척척 맞는 말뿐이어서 예나는 아무런 대꾸도 못하고 끙끙 앓기만 하였다.

이것뿐이 아닌데, 싱크대가 깨끗지 않고, 벗어 놓은 신발이 문간에 주욱 늘어져 있고, 집에서 아무 옷이나 입어 식모처럼 보이고, 김치에다 멸치젓을 넣어 시커멓고, 장식품이 잘 맞아 들지 않는 곳에 걸려 있고, 이것이 예나의 가치가 아니며 능력이 아닌데, 미애의 자로 재어지는 예나는 영 가치 없는 인간에 지나지 않는다.

서양 여자들을 만나면 예나대로의 가치가 인정되는데 미애 앞에서는 꼼짝없는 패배자다.

서양 사람들이 예나를 재는 자는 다르다. 예나의 인물이 미인권에 들지 않건, 한국에서 일류 학교를 나오지 않았건, 예나가 집에서 허름한 옷을 입고 있건, 얼굴에 화장을 안 하건, 집안 장식을 어떻게 하건, 김치의 색깔이 어떻건, 그런 외적인 것들이 아니다.

그들은 예나의 껍질을 보지 않는다. 그들은 예나의 현재, 예나의 내면에 깊은 신뢰와 인간성을 느끼고 그것이 예나를 친구로서 찾는 가치다.

"언니는 예쁘지도 않고 특별한 매력도 없고 생활 방식도 평범하기 그

지없는데 사람들이 언니를 좋아하는 이유를 모르겠어요. 나는 학교 다닐 때 어딜 가나 사람들 시선을 모았다구요. 얼굴에 티 하나 없는 데다가 피부는 껍질 벗긴 달걀 같았으니까요. 학급에서는 늘 반장이었고, 선생님의 사랑을 독차지했어요. 우리 초등학교에서 나 혼자 일류 학교에 붙었는데, 그때 학교가 떠들썩했던 것은 말도 못해요."

고개를 빳빳이 하고 가슴을 높이 하고서 또렷하고 자신만만한 태도로 미애는 흠 많은 얼굴 예나의 얼굴—인물 콤플렉스로 기를 못 펴고 사는, 그리해서 이 기를 못 펴고 사는 것이 겸손으로 나타나 사람들이 좋아하는지 모르지만—을 쏘아보며 해 대었다.

파티에 갈 때 미애는 여자 대학교 의상학과 졸업생답게 옷을 모든 사람의 눈에 띄게 입고 화장도 있는 기술을 다하여 배우처럼 한다.

남자들이라면 한번쯤 미애에게 시선을 주었고, 그 시선을 받으며 미애는 자기 가치를 올리며 자기만족을 한다.

여자들과는 아이 기르는 이야기를 한다. 그뿐이다. 그 이외 미애가 인간적으로 풍기는 것, 내면적으로 풍기는 것이라고는 아무것도 없다.

미애와는 대조적이게 예나는 옷에 신경을 안 쓰는 여자고 인물 콤플렉스에 걸려 있으므로 화장 같은 것은 애초부터 단념하고 있다.

여자들의 이야기에 귀 기울여 주고 관심을 나타내 줄 수도 있지만 얘기가 곧 재미없어져서 예나는 남자들과 주로 어울린다.

"언니는 남자에 걸귀 들린 여자 같아요. 어느 파티에서나 언니는 남자와만 이야기하잖아요. 남자들이 예쁘지도 않는 언니한테 흥미를 가지는 이유를 정말 모르겠어요."

"글쎄, 걸귀 들렸다는 표현은 너무하구, 그들이 편해. 우선 나를 빤히 안 봐서 좋구, 미의 경쟁을 할 필요가 없어서 좋구, 내가 흥미 있는 얘기를 할 수 있어서 좋구, 나는 남자를 남자라는 성性 때문에 좋아하는 것은 아니라, 어딘가 대하기 편한 성으로 간주하고 있어. 성적인 것과는 전혀 무관한 나는 그들이 남자의 성기를 가진 남자로 보이는 게 아니라, 머리가 있는, 내용이 있는 성숙한 인간으로 보이거든."

"남자를 남자로 보지 않는 여자가 어딨어요? 여자는 남자한테서 관심을 받을 때 으쓱해지는 게 아니에요?"

"그런 단계가 있었지만 사십이 되니까 자신을 굳이 남자라는 성과 연관시키지 않아도 되게 돼. 그들이 그냥 하나의 나와 동등한 인간으로 보일 뿐이야."

파티에서 미애는 될 수만 있으면 예나를 잡고 있으려 들었다. 여자들과 몇 마디의 겉치레 말이 끝나면 할 말이 없어져 예나에게로 오곤 하였다.

예나하고라면 우선 한국말로 할 수 있어서 영어에 대한 피곤을 안 느껴도 되고, 서양 사람들만 있는 파티에서 동족끼리가 된다는 것은 전쟁터에서 피난처를 만난 듯한 구원이다.

적어도 아래층에 살기 시작하고부터 같이 되는 자리마다 미애는 무엇인가 꼬투리를 잡아내어 예나를 공격하려 들기 전까지는 파티에서 만날 때마다 서로 위안이 되었다.

며칠 전 파티에서의 일이다. 누군가 갑자기 예나의 허리를 감싸고 사라져 버리는 사람이 있어 예나는 놀랐다. J였다. J라면 아파트로 한데 들어오기 전까지 미애와 가까웠던 남자고, J로 인하여 미애가 오랫동안 심적 고통을 겪어 온 것을 예나는 알고 있고, 그로 인한 여파로 미애는 꾸준히 이혼에 대한 갈등에 시달려 오고 있다.

그런 J가 요즘에 와서 대중 앞에서 부쩍 예나에게 시선을 보내고, 친절히 굴고, 틈만 있으면 가까이 와서 예나에게 팔을 두르기도 하곤 한다.

예나는 그의 행동을 그냥 담담히 응수하고 있다. 뿌리치지도 않고 달려들어 받아들이지도 않는—.

예나 자신도 마흔 살이 되는 고비를 묘한 경험으로 보냈고 현재 역시 평탄한 것은 아니다.

성경 공부를 가르치는 신부에 마음이 집착되어 죽었다 살아난 이 년간이었다.

다행히 그가 먼 곳으로 떠나 버리지 않았다면 이 년으로 끝나 버리지 않았을는지도 모른다.

사교적이 못 되고 집에 있는 쪽이 많았던 예나긴 하지만 더더구나 완전히 집에 갇히게 되었고, 느닷없이 예나의 아파트에 쳐들어온 미애에게 예나는 귀신 같은 몰골을 들키고야 말았다.

수면과 식욕 부진으로 엉망이 되어 있는 모습, 먼지가 수북이 쌓여 아무도 살지 않는 집 같던 모습을.

"언니, 나 정말 죽고 싶어요. 왜 사는지 모르겠어. 정말 자살해 버릴 테야. 쏘니아만 없다면 죽고 말겠어. 쏘니아 데리고 가 버릴 테야. 어디로든. 못 살겠어. 진공관에 갇힌 것 같아 숨을 못 쉬겠어."

"꼭 거짓말 같이 들리는데. 겉모습을 보고 미애가 하는 말을 믿을 수가 없는데."

화려하게 한 화장, 빨간 블라우스, 늘 대중 앞에 썩 나서 소리 높여 웃기도 잘하는 미애를 그 여자의 말과 연관시킬 수 없어 하면서 예나가 묻는다.

"언니 나 가면을 잘 써요. 언닌 디프레스 되면 지금 같은 모습이 되지만, 난 나타내 보이지 않으려고 더 외향적으로 기를 쓰는 거예요. 난 지금 이대로 살 수 없어요. 도저히…… 떠나야 해요. 애를 두고라도."

"나도 꼭 그런 심정이야. 날마다 벼르지. 내일은 집을 나가겠다고. 내

일은 나가겠으니 돈을 달라고 남편한테 날마다 으르렁대는 형편이야. 그런데 남편이 막무가내로 안 놓아 주어. 안주하라는 거지. 현실을 도피해서 삶이 해결이 되는 게 아니라는 거지. 현 상황과 정면으로 맞서 새가 알을 깨고 비상하듯이 삶 위로 우뚝 솟아나야 한다는 거야."

"언니, 쏘니아만 없으면 무슨 짓을 해서 살든 이것보다는 나아요. 여기 무슨 생활이 있어요? 식모예요. 남편 위해서 파티 열고 조석 짓고 그것뿐이에요. 난 그렇게 죽은 채 엎드려 남편 겨드랑 밑에서 살 여자가 아니에요. 집 안에서 날기에는 내 날개가 너무 커요. 나는 공중을 향해서 날고 싶어요. 누가 날 알아줘요? 서양 사람들은 서양 사람들대로 나를 미국 사람과 결혼한 고분고분한 오리엔탈 여자쯤으로 생각하고, 일본 사람과 한국 사람은 그들대로 나를 이단자로 보고 자기네들한테 끼워 주지 않지요. 다른 사람들이 날 무시하는 것은 그 사람들 문제로 치고 견뎌 낼 수 있는데 남편까지 무시하는 걸 보면 못 참겠어요. 자기 나라 사람들 앞에서 난 동양 아내를 두어 얼마나 잘 부려먹나 보자는 듯이 손님 치를 때 손가락 하나 까딱 안 하지요. 다른 남자들한테 매일 쇼비즈니스트의 권력을 과시하기라도 하듯이 말이지요."

"그렇지만 이혼으로써 다 해결될 것이 아니라고 나는 생각해. 어느 정도는 이 모든 문제가 자신의 내부의 것이니까. 자기가 자기 가치를 못 느끼는 이유, 그것이 우리들 문제의 근원이 아닐까. 자기 가치를 남편으로부터의 애정에서만 찾으려고 하는데 애정이 눈으로 보여지는 것이 아니고, 손에 잡히는 것도 아닌 것이고, 찾으려면 찾을수록 더 잡히지 않는 것인데……. 나는 내 결혼이 성공적인 결혼이라고는 생각지 않지만 그러면서도 십오 년이란 세월을 이어 온 것을 생각하면 순전히 내가 아내의 역할 이외에 내가 매달릴 다른 것, 나에게 가치를 줄 다른 것이 있었기 때문이었어. 활발히 명성을 떨치거나 하지 못하면서도 확고한 집념으로 나를 고정시키고 있는 '창작 작업'이 없었다면 내 결혼은 버얼써 깨졌을 거야. 우리 사이의 부부 관계는 철이나 나무같이 이질적이어서 같은 인간이면서도 절대로 닿아지지 않는, 죽었다 살아나도 온기가 느껴지지 않는 상태로 살고 있잖아? 그러나 우리의 불행을 남편이 외국인인 탓에만 돌릴 수도 없다고 나는 생각해. 이혼해서 다른 남자와 살아 본들 우리의 내부, 우리들 자신의 질이 바뀌어지지 않는 한 별다를 게 없지. 요즘 교회에 나가면서 온 깨달음인데 이 '추움', 상대방한테 따스함을 못 느끼는 것도 결국은 나 자신의 문제임이 느껴져. 자신을 완전히 주지 않고 완전히 닫고 지내는 데서 오는 단절감, 이건 바로 혈액 순환의 단절과 같은 것이고, 이것이 바로 내 추움의 원인이 아닐까 하는…… 이쪽에서 문을 열면 저쪽에서도 문을 열고, 그래야 비로소 혈액이 통하게 되어 있는 것이 아닐까 하는."

"언니, 그런데 J와는 달라요. 그냥 같이 있기만 해도, 아무 말을 하지 않아도 자연히 서로가 통해지고 일치가 되는 것 있지요? 자신이 전적으로 인정되고 받아들여지는 것 있지요?"

"아, 정말 나도 할 말이 없어. 나 자신도 그런 경험에서 이 년을 죽어서 지냈으니까. 사람이 취미나 성격이 비슷한 사람끼리 만나면 훨씬 통하는 게 많고 이 커뮤니케이션이 바로 애정의 골자라고 생각해. 완전히 질이 다른 사람끼리 만나서 일생을 밋밋하게 눈에 총기가 없이 사는 것, 한심하지. 두 가지의 해결이 있어. 과감히 이혼하든가, 과감히 현 상태에서 두 무릎을 꿇고 이쪽 저쪽에 시선을 돌리지 않고 남편한테만 시선을 고정시키거나……."

"정말 이렇게도 저렇게도 못하겠어요. 쏘니아를 데리고 아무 데나 가서 살았으면 하는데, 사회 경험도 없는 데다 애 데리고 무슨 짓을 해서 살겠어요. 더구나 이런 편한 생활에 버릇이 들어 가지구요. 나 혼자 힘으로 나가 산대야 뻔하지요. 아파트를 얻을 경제력도 없을 테고 빈민 아파트에서 살아야 하겠지요. 바퀴벌레가 득실거리는 데서 쏘니아를 키울 생각을 하면 정말 엄두가 안 나요."

"그러니까 가라앉히는 쪽으로 해야지. 이왕 시작한 결혼이니 끝을 내는 쪽으로. 이건 미애에게 하는 말이 아니라 나 자신에게도 하는 말이야. 그리고 내 경험으로 나이 들수록 욕망이라는 게 포기가 되고 서로 좀더 적용이 되어가. 더구나 내 경우는 종교의 영향을 많이 입어. 이번의 나의 경험이 나를 종교에 더욱 가깝게, 신에의 믿음을 아주 확고히 굳히게 된 계기가 되었어."

예나는 하늘같이 믿던 신부가 먼 곳으로 떠난 후 아무데도 기댈 곳 없는 미아가 되어 이혼의 서성임 속에서 지내었다. 남편만 믿고는 도저히 살 수 있을 것 같지 않았다.

떠나 버린 사람의 목소리라도 듣자고 한 국제 전화에서 말도 못하고 울고 있는 예나에게 "가까운 성당의 신부님한테 가서 고백해요. 나를 잊게 해달라고요" 하고 떠나 버린 신부가 말했었다.

어떻게 그를 잊을 수 있을 건가. 그에의 그리움이 그 여자를 어두운 구름 속에 가두고 눈멀게 하고 귀먹게 하고 위는 상할 대로 상하여 육체의 아픔이 절정에 달해 있는—괴로워서 괴로워서 죽음밖에 길이 없는 상태—그녀에게 그를 잊고 난 후엔 어떤 생이 있을 건가. 매달릴 무엇이 있을 것인가. 텅 빈 생에 빈손으로 무엇을 위하여 살 것인가.

그러다 어느 날 아침 미사에서 마주친 신부의 눈과 강렬한 무언의 대화를 한 후, 예나는 결심하였다.

저 신부에게 가서 고백하리라. 그 다음은 신에게 맡기는 것이다.

예나는 고백자실 좁은 칸막이 방에 들어가 무릎을 꿇었다. 칸막이가 막혀 있는 저쪽에서 말이 들리도록 창에 구멍이 숭숭 뚫려 있었다.

칸막이만 없다면 신부의 무릎과 예나의 무릎이 닿을 만한 아주 가까운 거리였다.

꿇어앉아 칸막이 저쪽의 신부의 숨소리를 듣는 순간 신부에 대하여 예나는 깊은 신뢰감과 친밀감이 솟아올랐다.

마치 예나를 뜨겁게 포옹해 주고 있는 듯 뜨거움이 온몸을 화악 불태웠다.

온몸이 급작스레 불에 싸이었다. 정신이 몽롱해지는 것을 가다듬으며 떠듬떠듬 입을 열었다.

"하나님 아버지, 제 죄지은 것을 용서해 주십시오……."

"그대에게 평화가 있을지어다."

벽 저쪽에서 신의 목소리 같은 신기가 어린 신부의 목소리가 들려왔다.

고백실에서 나오면서 예나는 그 여자 속에 있는 것이 다 빠져나간 것 같이 온몸이 흐물흐물하였다. 몸은 땀에 다 젖었고 팔다리에는 경련이 일었다.

그것이 세상의 끝인 듯한 공포감, 어둡고 무서운 공포감이 그 여자를 내리눌렀다. 쓰러질 것 같은 몸을 지탱하고 나오는 성당 계단에서 예나는 청소지기를 만났다.

예나는 청소지기의 눈을 마주 쳐다볼 수가 없었다. 그가 예나의 모두를 알고 있는 듯이 생각되어 얼굴이 타오르고 있었다.

온몸이 경련하며 땀이 비 오듯 흘렀다.

"신부한테 가서 고백해요. 나를 잊게 해 달라고요." 그 목소리가 갑자기 가슴을 치면서 뼈가 부서질 듯한 고통이 그 여자의 몸을 뒤틀었다.

"아, 그렇구나! 그가 나를 위해서 죽었구나." 그러자 비로소 이 년간 신부에 매달렸던 고통의 의미가 칼로 가슴을 도려낼 듯이 새롭게 부각

되어 왔다.

예나는 완전한 칩거 상태에 들어갔다. 문밖에 나갈 수가 없었다. 일체의 공식적인 자리에도 갈 수가 없었다. 사람을 대할 수가 없었다.

사람을 대할 때마다 온몸이 경련되고 땀이 흘렀다. 영육靈肉이 무너져 내려 지탱이 되지 않았다.

끼니, 집의 유지도 할 수가 없었다.

아무 때나 쳐들어오는 미애를 감당할 수가 없어서 예나는 이제부터 오지 말라고 문 앞에서 문을 닫아 버렸다.

그런 어느 날 전화선을 통하여 깔깔 웃으며 미애의 목소리가 들려왔다.

"예나 씨, 나 임신했어요. 삼 개월째예요. 요즘같이 살맛 나는 때가 없는데, 그땐 왜 그랬었나 싶어. 입맛이 너무 좋아서 체중이 십 파운드나 늘었어."

"축하해요." 예나는 다른 할 말이 없어 수화기를 놓았다.

핫핫핫…… 요녀의 웃음, 승자의 웃음, 복수의 웃음…… 그런 예견의 웃음이 귓가에 남아 있었다. 예나 언니라는 '언니'가 '씨'로 변해 있었다.

선물 풀기가 끝나자 여자들이 음식을 가지러 식탁으로 모여든다. 사람들 곁에 가까이 가는 것을 어려워하면서 예나는 식탁으로 간다. 이제는 어쩔 수 없이 사람들과 마주쳐야 할 차례다.

"예나, 요즘 널 통 못 보겠어. 예나는 여자들은 재미없어서 안 만난다면서?"

한 여자가 예나에게 그렇게 말한다.

무슨 소리인가 의아해하다가 그와 비슷한 말을 미애에게 한 것이 예나의 머리에 반짝 떠오른다.

J의 아내인 사라가 예나의 곁을 지나면서 예나와 얘기하고 있는 여자한테 윙크한다. 그러자 두 여자가 약속이나 한 듯이 예나의 발끝부터 머리끝까지 훑어본다. 복수의 여자가 단수의 여자를 흐물흐물하게 만들기란 별로 어려운 일이 아니다.

"이 키쉬quisie 참 맛있는데. 나도 몇 번 만들어 보았지만 잘 안 되던데……."

누구인가 말상대를 찾으려는 노력으로 예나는 옆의 여자에게 말의 서두를 뗀다.

"응, 그래?"

여자는 예나의 발께를 쏘아본다. 그리고는 휘익 걸어가 버린다.

대부분의 여자들이 미애의 주위를 둘러싸고 미애를 추켜올리고 미애에게 관심의 화살을 퍼붓고 있다.

예나는 땀을 흘리듯이 거북하게 혼자 앉아서 접시에 담긴 음식을 먹는다.

디저트까지를 간신히 끝내고 어디 가야 할 데가 또 있다고 마리에게 말하고 예나는 베이비 샤와 파티를 빠져나온다.

예나의 뒤에서 까르르 하는 여자들의 웃음소리가 꽃다발처럼 화려하게 예나의 등에 꽂힌다.

예나는 콩알만 해진 모습으로 땅을 보고 걷는다. 무엇이 잘못인가. 자신이 철저히 거부당하는 요소가 무엇인가. 타인으로부터의 거부는 자신이 타인을 미리 거부하고 있음에 대한 반응이라고 예나는 믿고 있었지만, 오늘 같은 경우는 그 여자의 철저한 노력에도 불구하고 철저히 거부당하지 않는가.

예나는 아파트 안에 들어선다. 자신의 문안에 들어서서 혼자가 되어서야 겨우 숨을 쉴 수가 있다.

패배감의 상처로 예나는 소파에 맥없이 주저앉는다. 아, 어떻게 자신을 일으킬 것인가. 어떻게 이 패배에서 다시 소생할 것인가.

크리스마스가 가까워지자 이 집 저 집에서 칵테일파티다. 예나는 칵테일파티는 질색이다.

칵테일파티에 갈 때마다 T. S. 엘리엇의 〈칵테일파티〉 생각이 난다.

모두들 가면을 쓰고 인공적이고 표면적인 이야기만 하는 이 칵테일파티가 바로 정신병 환자들의 밀집회라는…….

생판 모르는 사람한테 자기소개를 먼저 하고 되도록이면 상대방의 개성이나 개인성의 영역을 침해하는 일 없이 유쾌한 대화를 이끌어 가는 임무란 여간 어려운 일이 아니다. 잘 경청할 줄 알아야 하고, 때에 맞게 반주를 넣어야 하고, 또 때에 맞게 상대방의 대화의 실타래 끝을 부드럽게 잡아당겨야 하는 작업—.

예나의 흐물흐물한 정신, 도저히 자신을 가늠하지 못하는 상태로 칵테일파티에 가기란 어려운 일이다.

예나는 크리스마스 파티에 통 못 간다. 이대로 죽어서는 안 된다고 사람들의 눈을 피하여 가게에 갔다 오는 의지, 그것이 예나의 외부와의 접촉의 전부다.

그러나 예나는 도중에 번번이 사람을 만난다. 사람을 만나면 그 만난 사람의 말 한 마디 한 마디가, 만난 사람의 표정이 모두 예나에 대한 거부인 것 같아서 집에 돌아와 끙끙 앓는다.

그렇게 연말을 집 안에 숨어서 지낸다. 아무한테도 전화를 걸지 않고 아무한테서도 전화가 오지 않는다.

정월 초하룻날. J의 집에 파티가 있다. J가 특별히 예나의 남편에게 전화를 걸어 예나를 데리고 오라는 청이다.

예나의 남편과 J는 포커 게임의 짝으로 오토바이를 타고 둘이서 일본 내해內海를 같이 여행도 하는, 죽이 맞는 사이다.

"갑자기 J가 왜 너한테 관심을 갖는지 모르겠다" 하고 예나의 남편이 말한다. 예나는 어렴풋이 집히는 게 있었으나 입 밖에 내어 말하진 않는다.

J의 집 안에는 쉰 명쯤의 사람이 복작대고 있다. 모두들 손에 칵테일 잔을 들고 있다.

예나와 예나의 남편이 들어서자 J가 반가이 맞으며, 예나의 머리를 감싸고 볼에 키스한다. 먼저 와 있던 사람들이 그 광경을 순진한 미소를 띠고 혹은 야릇한 미소를 띠고 바라다본다.

J의 부인 사라가 뒤쫓아 나오며 예나를 보고 아, 네 블라우스 참 예쁘다.

예나가 가지고 간 술병을 받아 들며 이 불란서 술은 J가 아껴 가며 마실 것이라며 참말 고마움인지 비꼬는 것인지도 모를 말을 한다.

그런 찬사를 들으며 혹시 사라가 자기 남편과 예나 사이를 오해하고 있는 게 아닌가 하는 생각이 든다. 그 생각이 들자 몸이 경직되고 행동거지가 부자연스러워지기 시작한다.

여자들이 모여 있는 곳에 가자 여자들이 예나에게서 고개를 돌린다. 그리고는 옆의 여자들 귀에다 대고 수군거린다. 무엇을 수군거리는지 알 수 없었지만 자신을 비웃는 소리인 것만은 눈치로 알 수가 있다.

누구 짝이 없을까 하고 머뭇거리며 서 있는데 사라가 예나에게로 다시 온다.

"요즘에도 아침마다 성당에 나가?"

"응."

아무 잘못한 일도 없는데, 사라가 예나의 곁에 오니까 몸이 마구 떨린다.

예나는 요즘 사람 곁에 가까이 있을 수가 없다. 근육이 굳어지고 경련되어 사람을 원만히 대할 수가 없다.

"살아가는 데 필요한 힘을 얻으려면 불가피하겠지. 그런데 정말 신이 사람의 죄를 용서해 주실까? 사람들끼리는 사람의 죄를 못 알아봐도 신은 빤히 아시고 계실 텐데. 신의 얼굴을 어떻게 보지? 하긴 신의 용서와 더불어 새로 태어난다고는 하지만 그걸 믿을 수 있나? 지은 죄는 무덤까지 가지고 가는 것이지."

"그리스도교에서는 재생을 믿어요."

"핫핫핫…… 그래서 염려 없다 이 말씀이시군" 하며 사라는 담배를 붙여 담배 연기를 예나의 얼굴에 휘익 뿜어내며 예나를 아래위로 꼬나본다.

그러자 예나의 머릿속에서 이 여자는 자기 남편과 나 사이를 의심하는 건가 하는 상상력이 발동되기 시작하면서 몸이 점점 굳어지기 시작한다.

그때 J가 와서 사라와 예나의 등을 감싸 안으며 한몫 낀다. 예나는 점점 숨도 쉴 수 없이 된다.

사라가 그런 예나를 눈 하나 깜짝 안 하고 지켜본다.

왜 이 모양인가. 생판 아무런 관계도 없으면서 왜 오해를 받아야 하는가.

그러면서도 자신을 분명히 내세울 아무런 방편도 없다니, 이렇게 속수무책인가. 예나는 땀을 흘린다.

"예수를 믿으면 사람의 죄를 용서해 주고 새로 태어난다는 것 당신도 믿어?"

사라가 공중으로 담배 연기를 훅훅 뿜어내며 J에게 묻는다. J의 몸이 경직되며 열을 뿜어내는 것을 사라가 놓치지 않는다. J가 굳어지니까 예나도 점점 더 그렇게 된다. 이제야 쥐새끼를 덫에 잡아 넣었다는 듯이 사라가 두 사람을 숨 하나 안 쉬고 쏘아본다.

미애가 드디어 아기를 낳았다. 죽기보다도 가기 싫지만 예나는 같이 병원으로 미애를 방문한다. 의리 없이 못되게 굴었고 다시 보고 싶지 않은 미애였지만 예나는 예나의 도리를 해야겠다는 생각이고 어떻게든 진실을 밝혀야겠다는 의지 때문인지도 모른다.

좁은 산모실에 벌써 축하객이 많이 와 있다. 방이 화분으로 가득 차 있다. 레이스가 달린, 눈같이 흰 가운을 입고 침대 위에 앉아 있는 미애는 여왕처럼 당당하고 아름답다.

아기의 작은 침대도 산모 옆에 있다. 세상에 나온 지 하루밖에 안 된 아이지만 머리털도 제법 많고 머리통이나 얼굴 생김새가 반듯하다.

모두들 산모와 아이 둘레에 둘러서서 아기가 몇 파운드냐느니 낳는데 얼마나 걸렸느냐느니, 누구를 닮았느냐느니, 할례를 했느냐느니 등의 이야기를 하고 있다.

J의 부부도 거기 있다. 예나네가 들어서자 J가 반갑게 다가오며 예나의 빰에 키스한다. 그러자 모두들 긴장된 낯으로 예나를 본다.

미애 주위에 둘러서 있는 사람들의 시선이 하도 예나에게 집중적이어서 예나는 온몸에 핀이 꽂힌 실험대의 개구리의 근육같이 경련이 인다.

그 긴장감을 예나 자신이 깨뜨리지 않으면 안 되겠다 싶어서 "아기가 참 잘생겼어요. 갓난아기치고는 머리가 제법 많네요" 하고 목에서 끼억끼억 하는 소리로 말한다.

미애가 입가에 기묘한 웃음을 띠고 사람들을 둘러본다. 그러자 사람들이 미애를 마주 보며 그들만이 알고 있는 듯한 묘한 미소를 교환한다.

"아들 낳았다고 진주 목걸이 사주네요. 참 아들 한번 낳아 놓고 볼 거더군요."

미애가 하얀 벨벳 상자에서 진주 목걸이를 꺼내어 사람들에게 보인다. 두 줄로 된 진주알이 완벽하게 영글고 완벽하게 유백색이다.

목이 팬 하얀 가운에 진주 목걸이를 걸자 미애가 빛나게 아름답다.

미애가 바구니 침대에서 아기를 꺼내 안고서는 사랑스럽게 들여다보면서 자장가를 부른다.

둘러서 있는 사람들도 미애를 따라서 자장가를 부른다.

모두의 얼굴에 새 아기 탄생의 축복의 빛이 어리어 있다.

예나는 다시 뼈를 저미는 소외감을 느낀다. 아이 하나 없는, 이제 아이를 낳기도 힘든, 물 빠진 사십대에 접어든 형편없이 패배하고 소외된 자신에 대한 연민 때문에 온몸에 힘이 빠지며 그 자리에서 뛰쳐나가고 싶다. 견딜 만큼 견디다 드디어 남편과 둘이 되었을 때 남편마저도 예나에게 연민을 느끼는 듯하여 남편에게서도 도망가고 싶다.

남편도, 아 아이 하나도 낳아 주지 못한 여자야, 이제 여자 같지도 않은 생산기도 놓쳐 버린 여자야. 이 사람 축에도 못 끼는 것아, 하는 듯하여 그 자리에서 죽어 버리고 싶다.

예나는 침대에 누워 통 일어나지 못하게 된다. 아무도 그 여자를 본체해 주지 않았으며 아직도 예나의 곁에 있어 주는 남편의 귀가 시간에만 의지하여 겨우 목숨을 붙이고 산다. 살아 있는 시간을 잊기 위하여 발리움Valium을 먹는다. 발리움을 먹고 생존의 아픔을 잊는다. 남편은 옆에서 코를 골고 잤으므로 혼자 깨어 있는 시간을 견딜 수 없어 예나는 밤에도 발리움을 먹는다.

그리하여 예나는 드디어 식물인간이 된다. 살아 있으나 말도 못하고 움직일 수도 없는 식물인간으로.

도저히 그대로는 버려둘 수 없다 생각했는지 남편은 예나를 미국으로 보내기로 한다. 당분간 정신을 안정시키며 전문가의 치료를 받아야 한다고 단호한 결정을 내린다.

예나는 간청한다. 이대로 죽게 내버려두라고. 얼마 동안 그렇게 계속되면 반드시 죽게 되리라고. 저녁이 되어 남편이 돌아올 때 예나는 살아 있는 자신이 송구스럽다. 차라리 제 손으로 죽어 주었으면 하고 남편이 바라는데도 끈질기게도 살아 있는 듯하여 남편 보기가 죄스럽다.

공항으로 가는 날 예나는 하얀 슈트, 하얀 가방을 들고 얼굴을 가리기 위하여 챙이 넓은 모자를 쓴다.

예나가 비행장으로 가는 시간을 알고 있는 듯 미애와 미애의 친구들이 빌딩 앞에 모여 있다.

슈트케이스를 들고 가는 남편의 곁을 따라가는 예나에게 "어디 여행 가세요?" 하고 미애가 꾀꼬리 같은 목소리로 묻는다.

예나는 희미한 미소를 띠며 그 여자들을 외면하고 걸어간다. 그 여자들을 언제 다시 보랴 싶다. 남편이 슈트케이스를 드는 순간부터 남편도 완전히 남으로 느껴진다. 다시 만나질 것 같지 않다.

"예나 씨! 몸조심하세요."

샛별같이 빛나는 검은 눈과 티 하나 없는 미애의 목소리가 다시 예나를 콩알만 하게 만든다.

예나는 아무 대꾸도 하지 않는다.

그러자 품에 안은 아이를 어르며 미애가 큰 목소리로 웃기 시작한다.

그러자 여자들도 깔깔깔 미애를 따라 웃기 시작한다. 예나의 몸이 오그라질 대로 오그라들고 마음에는 족쇄가 채워진 듯하여 무너질 듯이 자동차 있는 데까지 겨우 걸어간다.

남편 옆자리에 앉자 자신의 실존, 소외의 실존이 심장을 칼로 자르는 듯이 예리하게 느껴진다.

차가 움직이기 시작하자 느닷없이 감사의 느낌이 떠오른다. 누구에겐지 뚜렷하지 않으나 완전히 썩어서 흐물흐물한 식물인간이 된 데 대한 감사의 느낌이—.

예나는 차창을 통하여 쏟아지는 햇살을 얼굴에 받는다. 그것은 물살이다.

신神의 손으로 손수 뿌려 주는 물살이다.

각 심사위원들의 종점적 심사평

백 철 _ 인생을 해석하는 의식의 독특함

김동리 _ 나름대로의 인생이 그려진 작품

최정희 _ 아프게, 새롭게, 호되게, 경건하게 그린 사랑

김윤식 _ 신에게 가까이 가고자 하는 몸부림

김화영 _ 우화와 상징의 틀 속에 담긴 현실

각 심사위원들의 중점적 심사평

인생을 해석하는 의식의 독특함

〈먼 그대〉는 인생을 해석하는 작가의 의식이 독특하고, 차분한 문장에다 낙타로 상징되는 강인한 테마를 일관성 있게 다루고 있어 강렬한 느낌을 받았다.

백 철(문학평론가)

결선에 올려진 여덟 편의 작품을 읽고 나서 내가 받은 느낌은 작품 세계가 이전과 많이 달라졌다는 것이다.

이전의 작품들이 대사회적인 문제나 역사의식에 집착하는 편이었다면, 근년의 작품들은 심리적 의식 세계에 근거를 두고 내면화하는 경향이 뚜렷해졌다. 외부의 여건에서 오는 표현의 한계를 주제의 심화를 통해 극복해 보려는 노력에서 빚어진 것 같다. 주제의 심화 또는 내면화에 있어서는 상당한 깊이를 느끼게 해 주는데 밖으로 트인 문이 없는 것 같아 무언지 좀 답답한 감이 있었다.

이문열의 〈타오르는 추억〉, 윤흥길의 〈오늘의 운세〉, 문순태의 〈미명未明의 하늘〉, 서영은의 〈먼 그대〉, 박시정의 〈역류〉를 흥미롭게 읽었다. 작품마다 그 나름의 특징과 장점을 가지고 있었으나 오래 기억에 남는 작품은 〈미명의 하늘〉, 〈타오르는 추억〉, 〈먼 그대〉였다.

〈미명의 하늘〉은 작가의 이전 작품과 비교할 때 수준이 떨어지고, 〈타오르는 추억〉은 어린 시절의 체험이 어른이 된 '나'로 이입되어 서

술되는 과정에서 무리가 있어 공감이 덜했다. 〈먼 그대〉는 인생을 해석하는 작가의 의식이 독특하고, 차분한 문장에다 낙타로 상징되는 강인한 테마를 일관성 있게 다루고 있어 강렬한 느낌을 받았다.

나름대로의 인생이 그려진 작품

〈먼 그대〉는 좀 과장적인 것이 느껴지긴 하지만 '나름대로의 자기 인생이 그려'진 작품이었다. 소설에서 나름대로의 인생이 그려졌다면 그것은 어느 경우나 존중되지 않을 수 없다.

김동리(소설가)

이미 수상한 작가로서 공천에 낀 작품은 오정희의 〈불망비不忘碑〉 한 편뿐이다. 역시 탁월한 문장이지만, 기수상자란 이유에서 뒷전으로 돌려졌다.

문순태의 〈미명의 하늘〉의 김덕규와 점례의 이야기는 이 정도 분량에 담겨지기 어려운, 너무나 복잡한 사연이다. 점례의 양공주 생활과 지금의 손수레 사이의 복잡한 경위가 실감나게 연결되지 않고 있다.

한승원의 〈미망迷妄하는 새〉의 제각의 여인은 재미있게 그려졌다. 그러나 지억수 아버지, 할아버지, 그리고 삼촌의 이야기들과는 구성적인 유기성이 없다. 지억수와 그 여인이 관계된다 해서 지억수 가문의 과거 이야기가 끼여들 까닭이 없지 않을까.

〈모든 별들은 음악 소리를 낸다〉(윤후명)의 시적 감각은 그것대로 사주어야 하겠지만 별의 얼굴이나 기능을 소설 속에 직접 등장시킨다는 것은 생각할 문제다. 시나 동화가 아닌 소설에서라면 별은 어디까지나

현실적 인생의 상징이나 그림자의 테두리를 벗어날 수 없다.

윤홍길의 〈오늘의 운세〉에서 '내'가 버스에서 범인을 만나는 장면과 그 편지 두 통이 전개되는 데까지는 좋지만 끝에 가서 내가 피해자와 같은 노이로제와 환각을 일으키는 데 이르러서는 전혀 납득이 되지 않는다. 또 '오늘의 운세'를 파트마다 서두에 인용하고 있는데, 그 내용과 사건의 전개에 거의 상관성이 없다. 이것은 작지 않은 흠이다.

〈역류逆流〉(박시정). 침착한 서술에는 호감이 가나 소재부터 석연치 않고 끄트머리도 소설로서의 마무리가 지어져 있지 않다.

〈타오르는 추억〉(이문열). 이 작품에서도 작자의 작가적 역량은 엿볼 수 있지만 제목 그대로 추억 그 자체가 작품의 구조를 이루는 것은 문제다. 좀더 구조적인 형상화가 아쉽다.

〈먼 그대〉(서영은). 어딘지 좀 과장적인 것이 느껴진다. 그러나 '나름대로의 자기 인생이 그려져 있다'는 뚜렷한 인상은 부인할 수 없다. 소설에서 나름대로의 인생이 그려졌다면 그것은 어느 경우나 존중되지 않을 수 없다. 수상작으로 뽑힌 소이가 아닌가 한다.

각 심사위원들의 중점적 심사평

아프게, 새롭게, 호되게, 경건하게 그린 사랑

서영은은 〈먼 그대〉에서 실로 여자가 아니면 못할 사랑을 아프게, 새롭게, 호되게 그리고 경건하게 그렸다. 신의 오른쪽 팔 밑까지 닿도록 높게 아주 높게 끌어올렸다.

최정희(소설가)

여자는 사랑을 위해 살고 남자는 일을 위해 산다는 말을 들어 왔지만, 서영은의 〈먼 그대〉야말로 그것을 분명히 해 주는 소설이다. 그러기에 사랑보다 일을 위해 살아가는 남자분들 심사위원까지 〈먼 그대〉에 군말씀 한 마디 없이 찬표를 던졌다.

서영은은 〈먼 그대〉에서 실로 여자가 아니면 못할 사랑을 아프게, 새롭게, 호되게 그리고 경건하게 그렸다. 신神의 오른쪽 팔 밑까지 닿도록 높게 아주 높게 끌어올렸다.

서영은은 주인공인 문자로 하여금 한수에게 무엇이나 다 바치게 했다. 한수에게 아내가 있건만, 문자는 그 사실조차 잊어버리고 살고 있다. 한수의 아내에게 아이 옥조를 뺏기고도 산다. 칭기즈 칸이 금나라를 치고 와서 그 나라의 낯선 사람에게 아들을 버리고 떠난다는 사실을 들어서, 서영은은 문자 마음을 어루만지게 했지만, 남자인 칭기즈 칸은 영웅이 되기 위해 그런 짓을 한 것뿐이다.

각 심사위원들의 중점적 심사평

신에게 가까이 가고자 하는 몸부림

서영은의 작품은 우리 소설의 두 가지 버릇 중 하나인, 작품을 통해 작가가 자기 삶의 실천을 행사하는 형식을 대표하고 있다.

김윤식(문학평론가)

여러 훌륭한 작품 중에서 인상 깊게 읽은 것은 이문열의 〈타오르는 추억〉과 서영은의 〈먼 그대〉였다. 이 두 작품은 내 생각엔 우리 소설의 두 가지 버릇을 각각 대표하는 것 같았다.

앞의 것이 화자 '나'를 내세우는 소설 방식이라면 뒤의 것은 작가 자신을 소설 속에 끌어넣는 방식이다. 화자 '나'를 내세워 소설을 쓰는 방식은 매우 친숙한 우리 소설의 버릇이다. 육이오를 다룬 무게 있는 작품 대부분이, 또 60년대와 70년대에 등장한 작가의 작품 상당수가 이 방식에 의해 씌어졌다. 우리 소설의 영원한 소재인 육이오를 유년기에 체험한 작가들에게서 이 버릇을 전형적으로 본다는 것은 흥미로운 일이다.

그러나 이러한 서술 방식은 그 경험에도 불구하고 결정적인 한계를 지닌 것이라 유년기의 기억(체험)을 어른이 된 지금의 '나'의 시점으로 말한다는 것은 원칙적으로 주관적이거나 일면적임을 벗어나지 못한다. 작중 인물의 세계를 그리지 못하고 서술자의 시점에 갇혀 버리는 방식을 우리 소설은 그동안 너무 오래 버릇하고 있는지도 모른다. 과연 작품 〈타오르는 추억〉이 그러한 버릇 자체에 대한 비판으로 씌어졌느냐 아니냐(〈돈 키호테〉가 종래의 기사소설이듯)를 내가 여기서 문제 삼지 않는 바는 아니지만, 요컨대 나는 이러한 버릇 자체를 이 기회에 지적해 두고 싶었다.

한편 작품을 통해 작가가 자기 삶의 실천을 행사하고 있는 형식이 있을 수 있다. 서영은의 작품이 그러한 계보이다. 오늘날 마음속에 한 마리의 낙타를 키우고 있는 사람이란 아마도 작가라는 한 무더기의 인간 이외에는 별로 많지 않을 것이다. 그것은 신에 가까이 가는 몸부림의 일종이다. 우리 문학 속에 이러한 줄기가 있다는 것은 한 번쯤 표나게 드러낼 만하다. 소설이란 원래 이야기꾼의 것이지만 그렇다고 그것이 전부는 아닐 터이다.

이러한 진술은 내가 어느 한쪽에 편들고 있다는 뜻이 아니다. 많은 직업 중 하필 작가를 택한 사람이라면 철저한 이야기꾼이 되든가 아니면 이 낡고 케케묵은 소설이라는 형식에 자기 삶을 실천해야 할 것이다. 그럴 때 위에서 말한 두 가지 버릇은 어느 정도 균형 감각을 취해야 우리 문학을 위해서나 작가 자신을 위해 도움이 될지 모른다고 나는 생각한다.

각 심사위원들의 중점적 심사평

우화와 상징의 틀 속에 담긴 현실

서영은의 〈먼 그대〉와 문순태의 〈미명의 하늘〉은 두 작가의 탄탄한 저력을 느끼게 했으며, 그중 서영은의 〈먼 그대〉는 쉽게 믿어지지 않을 현실을 우화와 상징의 틀 속에 찍어 넣은, 읽을수록 감동이 깊어지는 작품이다.

김화영(문학평론가)

후보에 오른 여덟 편 중에서 반 이상이 이미 발표 당시에 읽어 본 작품들이었다. 금년도의 후보작만을 볼 때 전체적 인상은 예년에 비해서 떨어지는 수준이라는 점이다. 그중 몇 작품은 뚜렷하게 다른 작품들보다 우수하다는 생각이 들면서도 수상작으로서 선뜻 정하기에는 망설여졌다. 물론 가장 큰 원인은 작품의 수준이기 전에 장편이 아니라 단편에 '상'을 주어야 한다는 원칙, 그 자체에 있지 않나 싶기도 하다.

가장 눈에 띄는 작품은 우선 이문열의 〈타오르는 추억〉이었다. 작품의 소재도 그렇고 이야기를 추진시키는 힘도 그렇고 문장도 그렇다. 그런데 수상작으로 결정하려면 다시 한 번 세심하게 읽어 보는데, 그 재독에서 이문열은 어딘가 걸린다. 작년의 〈익명의 섬〉 때도 그랬듯이 작품 자체의 매혹적인 첫인상에도 불구하고 추상적 주제와 그 주제를 설득하는 구체적 사실 사이의 논리적 관계가 지나치게 노출되어 작품의 문학적 진정성에 의혹을 품게 만든다. 작가 자신도 그 점을 의식했는지 작품의 종결 부분을 열어 놓고 있다. 그러나 그때는 이미 늦어 버린 것 같다.

매번 가장 매력적인 작품을 내놓고도 마지막에 가서 선택을 주저하게 하는 이 작가의 지나친 논리성이 보다 치열한 상상력에 의해서 극복되기를 바란다.

결국 끝에 남은 작품은 서영은의 〈먼 그대〉와 문순태의 〈미명의 하늘〉이었다. 두 작가가 다 탄탄한 저력을 갖추고 있다. 문순태 작품은 매우 가다듬어지고 균형 있는 짜임새를 보이고 있으나 반면 같은 작가의 〈철쭉제〉가 지니고 있던 수준에 비기면 무게가 떨어진다. 특히 끝부분, 미명 속의 만남을 그린 장면을 구성상의 필요성에는 이해가 가나 아무래도 무리가 있는 듯하다.

서영은의 〈먼 그대〉는 읽어 볼수록 감동이 깊어지는 작품이다. 반드시 단정하고 깔끔한 문장이라야 훌륭한 것은 아니지만 이 작품의 차분한 스타일은 주제와의 기묘한 일치를 보이고 있다는 점에서 높게 평가할 만하다. 동사의 실제 시제는 과거형으로 되어 있지만 의미상의 시제는 우화의 영원한 현재를 지시하고 있다.

이 작품의 강점은 쉽게 믿어지지 않을 현실을 우화와 상징의 틀 속에 찍어 넣어 마음속 깊은 곳에서 설득력을 얻어내고 있다는 점이다. 언뜻 보기에는 작품의 결점일 듯한 단순성이 적절하고 집요하게 깔아놓은 우화적寓話的 신비성에 의하여 오히려 장점으로 승격한다. 단편소설은 그냥 길이가 짧은 소설이 아니라 장르 자체가 다른 것이다. 이 말은 모범생의 작품만 선정한 듯한 느낌에 대한 변명도 되고 벅찬 주제를 선택하여 어수선해져 버린 다른 작품들에 대한 비판도 된다.

'이상문학상'의 취지와 선정 방법

—알기 쉽게 풀이한 이상문학상 제도

1. **취지와 목적** : 〈문학사상사〉(이하 주관사라고 약칭)가 제정한 '이상문학상(李箱文學賞)'(이하 '본상'이라고 한다)은 요절한 천재 작가 이상(李箱)이 남긴 문학적 업적을 기리며, 매년 가장 탁월한 소설 작품을 발표한 작가들을 표창하고, 《이상문학상 작품집》(이하 '작품집'이라고 한다)을 발행하여 널리 보급함으로써, 순수문학의 독자층을 확장케 하여 한국문학의 발전에 기여할 것을 목적으로 한다.

《이상문학상 작품집》에 대한 독자의 관심이 고조됨에 따라 순문학 독자층이 광범위하게 형성됨으로써, 일찍이 한국은 물론 다른 나라에서도 유례를 찾아보기 어려운 순문학 중·단편집의 초장기 베스트셀러시대가 실현되었다는 것이 문단의 정평이다.

2. **수상 대상 작품** : 전년도 심사 대상(對象) 작품의 마감 이후인 당해년도 1월부터 12월 말 사이에 발표된 작품은 모두 심사 대상에 포함된다. 문예지(월간지의 경우 당해년도 1월 초부터 12월 말일 이전에 발행된 '2월호'에서 다음 해의 '1월호'까지 포함된다)를 중심으로 해서, 각종 정기간행물 등에 발표된 작품성이 뛰어난 중·단편소설을 망라하여, 1년 내내 독특한 방법으로 예비심사를 거쳐 본심에 회부한다. 예비심사 과정에서는 물망에 오른 작품의 작가에 대하여, 대상 또는 우수작상으로 선정될 경우, 본상의 규정에 따른 수락 의사 유무를 직접 또는 간접적으로 타진한다. 중·단편소설을 시상 대상으로 하는 까닭은 문학의 중심이 장편소설에서 점차 중·단편소설로 이행하는 추세를 감안하고, 작품 구성과 표현에 있어서의 치밀성과 농축성으로, 짙고 강렬한 소설 미학의 향기와 감동을 자아내게 한다고 믿기 때문이다.

3. **상의 종류** : 본상은 대상(大賞) 1명과, 10명 이내의 대상에 버금하는 작품에 대한 우수상을 선정하되 경우에 따라 복수의 대상 수상자를 선정할 수 있다. 그리고 기수상작

가를 포함하여 중견 및 원로작가의 문학적 공로도 감안해 당해년도의 뛰어난 작품에 수여하는 '이상문학상 특별상' 1명을 선정한다.

4. **포상의 방법** : 본상의 포상은 제3항에 명시된 각 상의 매절고료가 포함된 현상금을 일시불로 수여하는 방법과, 판매 실적을 감안하여 추가적인 상여금을 지급하는 두 가지 방법 중 수상자로 하여금 수상 수락 전에 서면으로 그중 한 방법을 자유롭게 선택게 한다.

5. **'본상'의 현상고료** : 위 제3항의 '본상'의 대상(大賞) 중 일시불 방식은 발행부수와 관련없이 3,500만 원을 지급하고, 우수상은 각각 300만 원을 지급한다.

위 항의 일시불 방식이 아닌, 발행 2년이 경과한 이후부터의 판매부수에 따른 추가적인 상여금을 원하는 수상자에게는, 2003년부터 1차로 시상 당시 대상(大賞) 수상자는 2,000만 원, 우수상 수상자는 200만 원을 지급하고, 작품집 발행 후 2년이 경과한 이후부터, 매년 말에 당해년도의 '작품집' 발행부수에 따라, 1부당 정가의 10%를 각 수상자별로 균분하여 10년간 지급토록 한다.

6. **특별상(현상고료)** : 특별상은, 기수상작가를 포함하여 한국문학 발전에 공로가 현저한 문단의 원로작가 또는 '본상'의 우수상을 3회 이상 수상한 작가로서, 당해년도에 우수 작품을 발표한 작가에게 '본상'의 대상(大賞) 작품과는 별도로 수여하며, 현상매절고료는 500만 원으로 정한다.

7. **예심 방법** : 예심은 월간《문학사상》편집진이 매 연도의 1년 동안 각 매체에 발표된 작품을 수집하여, 주관사의 편집위원과 편집주간 및 편집진으로 구성된 이상문학상 운영위원회에서 대학교수·문학평론가·작가·각 문예지 편집장·일간지 문학담당 기자 등 약 100명에게 수시로 광범위하게 추천을 의뢰하여 비밀리에 예비심사를 진행한다. 3회 이상 우수상을 받은 작가는 당해년도에 발표된 작품 중 뛰어난 1편을 선정하여 본심에 회부할 수 있다.

그 모든 자료를 일괄하여 주관사 편집주간이 중심이 되어 편집위원들과 예심위원들의 의견을 수렴하여, 연간 2분기로 나누어 본심에 회부할 작품을 선별한다.

이와 같은 독특한 예심 방법은 소수의 예심 및 본심의 심사위원이, 짧은 시일 내에 수많은 작품 속에서 본심에 회부할 작품을 선정하고 본심 심사위원이 단시간에 여러 작품을 심사하고 수상 작품을 선정하는 일반적인 문학상 심사제도의 단점을 보완하고, 되도록 문학 발전에 관심이 깊고, 전문 지식을 지닌 다수의 전문가에 의해 장기간에 걸쳐 많은 작품을 수시로 검토하여 심사 대상에 망라함으로써, 신중하고 세심한 예심 과정을 밟기 위한 것이다.

8. **본심 방법** : 예심을 거쳐 본심에 회부된 작품은, 권위 있는 평론가와 작가로 구성된 5인 이상 7인 이내의 심사위원회에 넘겨져, 수일간 개별적인 검토를 거친 후 본심 회의에서 최종 결정을 한다. 본심 회의는 대체토론을 통해 본심에 회부된 작품 가운데 10편 내외의 작품을 먼저 선정한다. 이 작품 속에서 1편(예외적인 경우 2편)의 대상(大賞) 작품을 선정하고, 나머지 작품 중에서 우수상 작품을 선정한다. 수상 작품 결정에 있어 심사위원의 의견이 일치하지 않을 경우에는, 무기명 비밀 투표로써 다수결 원칙에 의하여 최종 결정을 한다.

그러므로 이상문학상의 대상과 우수상은 모두 거의 동일 수준의 작품이라고 볼 수 있으며, 전문 문학인이나 독자의 주관적인 판단에 따라 그 평가는 달라질 수 있을 뿐이다. 그 때문에 한 번 우수상을 받은 작가는 대부분 자주 우수상을 받게 되며, 3～4회 내지 5～6회 만에 대상을 받게 되는 경우가 대부분이다.

9. **저작권** : 대상(大賞) 수상 작품(이하 '대상 작품' 이라고 약칭)의 저작권은 본상의 수상 규정에 따라 주관사가 보유한다. 단, 2차 저작권(번역 출판권, 영화화 · 연극화 등의 저작권)은 저자에게 있고, 《이상문학상 작품집》 발행 후 3년이 경과하면 동 대상 작품을 저자의 작품집 또는 저자의 전집에 한해서 수록할 수 있다. 다만, 어떤 경우에도 《이상문학상 작품집》의 표제(대상 작품명)와 중복되거나, 혼동의 우려가 없도록 하기 위하여 대상 작품명을 대상 수상작가 작품집의 서명(書名, 표제작)으로는 쓰지 않기로 한다.

10. **이상문학상 작품집 발행** : 〈이상문학상 운영 규정〉에 따라 대상(大賞) 작품과 주관사가 본상의 규정에 따라 저작자의 승낙을 받은 저작권법상의 편집저작권을 보유한 우수상 작품 및 특별상 작품을 모아, 염가 대량 보급을 목적으로 《이상문학상 작품집》을 발행한다.

이 작품집은 이상문학상의 공정성과 권위를 독자에게 다시 묻고, 수록된 작품과 그 작가들에 대한 표창과 홍보의 뜻도 담고 있다. 한편 이 작품집은 해마다 문단의 작품 경향과 흐름을 알 수 있는 앤솔러지적인 성격을 띠고 있다. 또한 이 작품집은 아무리 세월이 흘러가도 한 사람이라도 독자가 있는 한 이윤을 초월해서 제한 없이 영구히 보급함으로써, 이상문학상과 그 수상작가에 대한 영원성과 영예를 오래도록 선양하고 세계에 그 유례를 찾아볼 수 없는 문학상 작품의 영원성을 유지케 한다.

그런 뜻에서《이상문학상 작품집》은, 그 영예로운 작가와 작품을 일과성(一過性)이 아닌 영구적으로 널리 독자에게 보급하여 읽히게 하고, 그 작가에 대해 더욱 탁월한 작품을 창조하기 위한 끊임없는 격려와 기대의 뜻을 담고 지속적인 홍보와 보급에 힘쓰고 있다. 때문에 30여 년 전의 작품도, 계속해서 한결같이 널리 알리고 홍보를 계속하여, 독자의 관심권에서 벗어나지 않도록 하는 매우 독특한 작품집으로 정착되었다. 그러한 노력은 작품의 우수성과 더불어, 이 작품집이 매년 수많은 독자들에게 애독서로 선택되어, 20여 년 전의《이상문학상 작품집》도 계속 새로운 독자가 끊이지 않고 있다. 그처럼 여러 작가의 작품을 보아 매년 한 권의 책으로 묶은 중 · 단편 창작 소설집이 장기간에 걸쳐 다량으로 발간되고 있는 것은 세계적으로도 매우 희귀한 예로 알려지고 있으며, 그것은 우리의 문학과 독자의 성장도와 함께 성숙도를 가늠케 하는 한국문학의 상징적 발전의 척도이기도 하다. 그 같은 예는 세계 제일의 출판대국이며, 인구만도 우리의 9배 내지 3배에 가까운 미국이나 일본에서도 찾아보기 어려운 순수문학 중 · 단편집의 대량 보급 현상과 아울러 순수문학 애호 인구의 엄청난 증가 현상을 말해 주고 있다.

11. **이상문학상 운영위원회** : 주관사의 발행인을 위원장으로 하고 월간《문학사상》의 편집인과 편집주간 및 문학사상사 이사회가 선임한 3인의 위원으로 구성되며, 본상의 제도와 운영에 관한 모든 업무를 관장한다.

12. **이상문학상 심사위원회** : 이상문학상 운영위원회는 매 연도마다 5～7인의 이상문학상 심사위원을 위촉하여 이상문학상 심사위원회를 구성한다.

동 심사위원회는 주관사의 편집주간의 주재로, 이상문학상의 대상(大賞)과 우수상 그리고 특별상을 수여할 작품을 심의 결정한다. 수상자를 결정함에 있어 의견의 일치를 보지 못할 경우는 무기명 비밀 투표로써 결정한다.

13. **규정의 수정** : 본 규정은 이상문학상 운영위원회에서 3분의 2 이상의 찬성으로 수정할 수 있다.

2002. 12. 20. 개정
문학사상사
이상문학상 운영위원회

제7회 이상문학상 작품집

초판 1쇄 1983년 10월 10일
초판 38쇄 1997년 6월 3일
2판 3쇄 2001년 12월 6일
3판 7쇄 2020년 10월 26일

지은이 서영은, 문순태, 이문열, 윤후명, 박시정, 한승원
펴낸이 임지현
펴낸곳 (주)문학사상
주소 경기도 파주시 회동길 363-8, 201호(10881)
등록 1973년 3월 21일 제1-137호
전화 031)946-8503
팩스 031)955-9912
홈페이지 www.munsa.co.kr
이메일 munsa@munsa.co.kr

ISBN 978-89-7012-657-9 (03810)

* 잘못 만들어진 책은 구입처에서 교환해드립니다.
* 가격은 뒤표지에 표시되어 있습니다.